# 古典文獻研究輯刊

二 編

曾永義 主編

第 30 冊

《莊子》寓言故事研究

羅賢淑 著

中國古代童話研究

朱莉美 著

國家圖書館出版品預行編目資料

《莊子》寓言故事研究　羅賢淑　著／中國古代童話研究　朱莉美　著 — 初版 — 新北市：花木蘭文化出版社，2011〔民100〕

目 2+134 面＋目 4+116 面；19×26 公分

（古典文學研究輯刊　二編；第 30 冊）

ISBN：978-986-254-517-1（精裝）

1. 莊子　2. 寓言　3. 童話　4. 研究考訂

820.8　　　　　　　　　　　　　　　　　　100001166

ISBN-978-986-254-517-1

9 789862 545171

古典文學研究輯刊
二　編　第三十冊　　　　　　　ISBN：978-986-254-517-1

## 《莊子》寓言故事研究
## 中國古代童話研究

作　　者　羅賢淑／朱莉美
主　　編　曾永義
總 編 輯　杜潔祥
出　　版　花木蘭文化出版社
發 行 所　花木蘭文化出版社
發 行 人　高小娟
聯絡地址　新北市永和區中正路五九五號七樓之三
　　　　　電話：02-2923-1455／傳真：02-2923-1452
網　　址　http://www.huamulan.tw 信箱 sut81518@ms59.hinet.net
印　　刷　普羅文化出版廣告事業
初　　版　2011 年 3 月
定　　價　二編 30 冊（精裝）新台幣 48,000 元

# 《莊子》寓言故事研究

羅賢淑　著

## 作者簡介

羅賢淑

中國文化大學中國文學研究所博士。

現任中國文化大學中國文學系副教授。

著有《金庸武俠小說研究》、〈砌成此恨無重數——論秦觀詞的愁情建構〉、〈論唐五代宮怨詞的創作因由與藝術風貌〉、〈論韋莊於豪放詞派之地位〉……等學術論文。

## 提　要

　　《莊子》一書既以思想精深著稱於世，歷來學者對該書之研究，自然偏重在思想層面。然由於筆者翻閱《莊子》時，每每深受書中寓言故事所吸引，故本論文便以「《莊子》寓言故事研究」為題，嘗試多方探求其文學性之表現；論述範圍包括：題材來源、情節單元、修辭藝術、寫作技巧與故事流傳。至於寓言故事蘊涵之思想，也立有專章進行探討。通過本論文可具體見到《莊子》寓言故事，不但擁有出色情節與豐贍文采，更飽富絕佳哲思，它跨越千古橫流，為代代世人提供了心靈的最佳憩處。

**目**

**次**

# 第一章 緒 論

　　《莊子》一書以思想精深著稱於世，自魏、晉以來，普遍受到士人的重視；歷代解《莊》、注《莊》之作，迭有所出。但因為是著眼於思想的解、注之作，所以多偏字句訓詁、人事物考據以及義理闡發，至若文學層面的析論則比較少。雖然直至今日，學者對《莊子》的研究仍以思想鑽研為大宗，但只要翻開《莊子》，便很難不被它的豐贍文采所深深吸引。此即筆者擬定探求《莊子》文學性表現之動機所在。

　　《莊子》的文學性表現，主要在「寓言」。誠如黃錦鋐在〈莊子之文學〉中所言：

> 莊子的文學，不是根據具體形象的思索或再現，也不是憑著舊經驗
> 的新綜合，而是靠他豐富的學識與超人的智慧的結合，而產生超出
> 形色名聲之情的文學的奇範。他文學表現的方式，本來就是寓言、
> 重言、卮言。〔註1〕

所謂「寓言」、「重言」、「卮言」，張默生以為是「三位一體」。〔註2〕而依宋呂惠卿、明郭良翰、清宣穎對《莊子‧寓言》中「寓言十九」的解讀──《莊子》篇章以寓言方式處理者，約佔全書十分之九，可見「寓言」在《莊子》書中無論在質或量均屬重大。

　　《莊子》之篇數與內、外、雜篇分合暨作者認定等問題，聚訟已久。在此，茲引黃錦鋐之持平說法，概述如下。首先是篇數與篇章的分合：

> 莊子的書，漢書藝文志紀錄有五十二篇，其中內篇七，外篇廿八，

---

〔註1〕黃錦鋐：《莊子及其文學》（臺北：東大圖書有限公司，1977年7月），頁47。
〔註2〕張默生：《莊子新釋》（臺北：天工書局，1993年6月10日），頁12。

雜篇十四，解說三。據經典釋文序錄說是由淮南王的門下客編定的。晉司馬彪及孟氏都替它作注，就是那個本子。以後其他諸家，像崔譔注是十卷二十七篇，內篇八，外篇二十。向秀注是二十六篇，都沒有雜篇，這許多本子，都已經失傳了。不能夠了解其中篇章的次第，現在所傳的，只有郭象的本子，共十卷三十三篇，其中內篇七，外篇十五，雜篇十一，日本高山寺卷子本有郭象的後序，說是經過刪節，合併篇章，因此比藝文志所著錄的，少了十九篇。根據上面所記述，莊子分為內、外、雜篇，大概是在魏晉六朝的時候，不是原書本來面目。〔註3〕

其次為作者之認定，在內篇作者部分：

可見說莊子內篇不是莊子的作品，是有困難的。大多數的學者都認為莊子內七篇是莊子的作品。羅根澤在「莊子外雜篇探源」中雖然對內篇並沒有加以肯定是莊子所自作，但言外之意，也認為莊子內篇是莊子的作品，這是可以理解的。我們看莊子內篇，可以說是一個完整的哲學體系，自逍遙遊以至應帝王，由至人之無己，到外則應帝而王，無論內容、條理，都是一貫而成的。〔註4〕

至於外、雜篇的作者，則是：「後人一致的意見，都認為不是出於一人的手筆。但卻是重要的莊學論文集」。〔註5〕根據黃氏之言，我們可以理解，《莊子》乃是：以莊周為先驅、後學承繼其說而成就出的一部總集。基本上，學界已普遍將《莊子》視為莊學作品。是故，本論文所研究之寓言故事，便是以《莊子》三十三篇為範圍，論題為「《莊子》寓言故事研究」。

本論文共分六章，除第一章緒論、第六章結論以外，中間四章擬探討之重點如下。

第二章「《莊子》寓言故事釋義」。該章所欲討論之重點有二：首先為學者對寓言文體的界說，以及本論文所謂「寓言故事」的定義；其二是，《莊子》「寓言故事」的判定。論述目的在規畫本論文之研究範疇。

第三章探討「《莊子》寓言故事的題材」。《莊子》寓言故事精彩生動，而

---

〔註3〕同註1，頁11。
〔註4〕同註1，頁16。
〔註5〕同註1，頁17。

其來源究竟為何？是作者自創？或前有所承？筆者將追本溯源詳加探究。此外，由於莊學研究者多以抽象語詞形容寓言故事精彩的表現；故筆者擬別開蹊徑，嘗試借助情節單元之分析，對寓言故事的深刻妙致進行提綱挈領的說明。

第四章「《莊子》寓言故事的文學性」。該章擬就寓言故事本身之內涵，及其對後世文學的影響展開論述。在寓言故事本身，首先利用修辭格，梳理文句的優點所在；繼而嘗試透過其所運用之不同技巧予以切入，揭示出其內容情節與篇章架構的出色處。至於寓言故事對後世的影響，則是經由文學作品對《莊子》寓言故事的文句引用與故事精義鎔鑄，以及據其為底本所做的故事重寫進行探究，期能從《莊子》寓言故事為後世文學所提供的豐富貢獻，進一步貞定其所深具之文學性。

第五章「《莊子》寓言故事的思想」。由於寓言故事本身，既有故事展現的文學性，又有作者寄寓於故事的思想性。所以，雖然本論文最初之研究動機，是肇始於《莊子》文學性的探求，卻仍不能免除對其展開思想性的討論。本章將分三節探討：一是外物對人心的觸動，二是執著態度對真我的影響，三是人應如何修養自己以避免干擾。


《莊子》一書蘊涵深邃豐富的哲理，也具備巧妙絕美的文采，兩者相互交溶震古鑠今，其中最突出也最引人的表現形式，正是書中的寓言故事。筆者期待透過本論文的探討，呈現《莊子》寓言故事的文學之美與哲理之真。

# 第二章 《莊子》寓言故事釋義

　　本章旨在釐清何謂《莊子》書中的「寓言故事」，擬分兩節進行探討。第一節，首先考察學者對寓言文體的界說，以尋求寓言須具之條件；其次定義本論文所謂之「寓言故事」，並闡明寓言與寓言故事的關係。第二節，首先探討《莊子》「寓言」的意涵，運用方法爲引述及檢視歷代學者之解釋，並結合筆者觀察《莊子》全書所得；其次根據前節「寓言故事」的標準檢視《莊子》「寓言」的表現，進而確立本論文之研究範疇。

## 第一節　「寓言」與「寓言故事」的關係

　　本節將通過一般學者對於寓言文體的定義，客觀擇出其中最適切者，繼而以之爲本進一步說明具體的判斷標準，然後釐清「寓言」與「寓言故事」的關係。

### 一、「寓言」文體的界說

　　關於學者對於寓言的定義，一般是就寓言文體進行說明，並非以《莊子》一書爲特定對象來解說。學者在爲寓言文體下定義之際，時有不夠完整與具體的情形發生，譬如：魏金枝在《談談我國的寓言》中形容，「寓言是一種短小而精悍的匕首」，只提到了寓言的形式的短小特性與其猶如匕首般的有力作用；[註 1] 而嚴北溟、嚴捷在其編選《中國哲學寓言故事》的前言中所

---

〔註 1〕 魏金枝之說見陳蒲清：《寓言文學理論・歷史與應用》（板橋：駱駝出版社，1992 年 10 月），頁 8。

提出，「寓言是譬喻的高級形態」，〔註2〕則只說明了寓言寫作的部分表現形態。由於類似前引之說，難以呈現寓言的全貌，故筆者將直接觀察比較全面的寓言意義。

汪惠敏在〈先秦寓言的考察——兼評李奕定著「中國歷代寓言選集」〉一文中，對「寓言」有詳細的說明：

> 寓言，為一個短小精悍的故事，用隱喻的技巧，以散文體書寫，目的在舉例或示範：借著飛禽、走獸、魚鱉、昆蟲、神仙、志怪的性質與行動，或是人物虛構的行為事跡，以達到諷刺、教訓、啟示的正面效果。其寓意只有在讀者去其故事性的外衣後，始能宣洩作者的目的。〔註3〕

在定義結束之後，汪氏還從六方面規範了寓言的構成要件：

> （一）以性質言，寓言必須是一則短小精悍的故事。故事求其簡短明白，除人、物的必要動作和對話可稍詳盡外，對故事的背景、人物形態的描寫，都可採取簡略的寫法。（二）以結構言，寓言必須有完整的故事性結構。所謂完整的故事性，是指一段有開端、發展、結尾，且具有機結構的敘述性文字；因此，完整的故事，必須是結構環整、緊湊而不可支離。（三）以技巧言，寓言採用隱喻的方式，因此，讀者必須透過文字，去尋求言外之意，始能推出作者的本意。
>
> （四）以文體言，寓言以散文體書寫。（五）以題材言，寓言採用虛構性的題材。（六）以功效言，透過寓言，必須使讀者收到教訓、啟示、諷刺的正面效果。〔註4〕

而劉城淮在編選《先秦寓言大全》時，也為寓言下了定義：

> 寓言，據我們看來，是用作象徵性比喻與諷喻的、隱寓深邃道理的簡煉文藝故事。所謂「簡煉文藝故事」，一是具有故事性，二是具有形象性，三是具有虛構性，四是簡短精煉。所謂「隱寓深邃道理」，即文藝故事有其寓意。這寓意，是作者賦予的、作品本身含有的。寓意為意象，故事為表象；表象是軀體，因意象而活，是固定的；意象是

---

〔註2〕 嚴北溟、嚴捷編著：《中國哲學寓言故事》（臺北：桂冠圖書股份有限公司，1990年9月），第一冊，頁2。

〔註3〕 汪惠敏：〈先秦寓言的考察——兼評李奕定著「中國歷代寓言選集」〉，《文學評論》第五集（1978年6月），頁6。

〔註4〕 同註3，頁7。

靈魂，因表象而存，既有固定的一面，又有變化的一面。因而，較之一般文藝作品，寓言的形象性更大於思想，其效能更廣泛，活力也更強。所謂「用作象徵性比喻與諷喻的」，寓言都是作象徵性比喻用的，它的人物、故事均是同類的人物、事情的象徵。作為象徵性比喻，寓言是比喻的本體，其所比喻、象徵的事物是客體，客體不是寓言的有機組成部分。上述三點，有機地交織在一起，便成了寓言。〔註5〕

汪、劉二氏所下之寓言定義，雖然囊括有寓言的篇幅、修辭、體製、目的、題材（包括主角與事件）、結構等方面，但所論是否洽切呢？若就陳蒲清之說來看，在某些方面是頗值得質疑。首先是篇幅，汪、劉認為必須簡短，但陳蒲清卻主張沒有限制，他說：「短小的寓言固然很多，但長篇寓言並不罕見。篇幅並非本質特徵，短篇居多只是次要特徵。」〔註6〕其次是體製的問題，汪、劉認定寓言的體製必須是散文，陳蒲清則以為散文只是寓言援用的體製之一，他說：「寓言可用散文體，也可用韻文（詩）體，還可以用韻散夾雜體，且有寓言戲劇和寓言小說。」。〔註7〕至於汪、劉對寓言修辭所提出的「隱喻技巧」，陳蒲清則表示無須刻意提及：

> 寓言的手法不只一種，更不限於比喻和象徵，談不勝談，此其一；動植物寓言常用擬人化手法，但有些寓言並不用擬人化手法，此其二；無論比喻、象徵、擬人，都不是寓言專用的手法，其他文體也同樣使用，修辭或表現手法不是寓言的本質特徵，此其三。〔註8〕

至於汪、劉主張：寓言所處理的事件純屬「虛構」，陳蒲清也有不同的觀點，他說：「虛構性是一切文學作品的共同特徵。小說、戲劇，敘事詩的定義中都不談虛構性，為什麼寓言的定義中一定要強調這點呢？」。〔註9〕筆者則認為寓言題材是否為「虛構」，若能從寓言所援用的事件來觀察，則可獲得更明確的答案，好比《莊子》寓言就利用史實來為自己的思想服務，例如：〈列禦寇〉中載有「正考父一命而傴，再命而僂，三命而俯，循牆而走」〔註10〕之事，

---

〔註5〕劉城淮主編：《先秦寓言大全》（湖南長沙：岳麓書社，1993年9月），頁2。

〔註6〕陳蒲清：《寓言文學理論・歷史與應用》（板橋：駱駝出版社，1992年10月），頁13。

〔註7〕同註6，頁13。

〔註8〕同註6，頁14。

〔註9〕同註6，頁14。

〔註10〕郭慶藩編、王孝魚整理：《莊子集釋》（臺北：群玉堂出版事業股份有限公司，1991年10月），下冊，頁1056。

正是引用《左傳》昭公七年的記載。〔註 11〕因此，陳蒲清為寓言下了精簡的定義，他認為寓言是「作者另有寄託的故事」，〔註12〕然後進一步論述道：

> 我們認為寓言有兩個必不可少的要素：一是它的故事，二是它的寓意。拉封丹把前者比做寓言的軀體，把後者比做寓言的靈魂。寓言的寓意不同於一般敘事作品（小說、故事、敘事詩等）的主題思想直接從作品的形象和情節中反映出來，言在此而意在此；寓言則是言在此而意在彼……總之，寓言必須具備兩個要素，缺一不可。根據第一要素故事性，我們可以把它跟一切雖另有所指而無故事性可言的作品區別開來。如：修辭上的比喻、雙關，托物言志的詩歌。根據第二要素寄託性，我們可以把它跟其他敘事作品區別開來。這兩個要素是寓言的必要條件，同時也是寓言的充分條件。我們可以說，只有具備這兩個條件的作品才算寓言；也可以說，只要具備這兩個條件就算寓言。〔註13〕

這種說法和李奕定在〈漫談寓言〉中的觀點相同，李氏云：

> 寓言，依照字面來說，該是有所寄託的故事體的一種文體，昔人稱作「遯辭以隱意，譎譬以指事」的就是；說得明顯些，是「言雖在彼而意卻在此」，或者適為反是，也即所謂「誠乎此而諭乎彼，感乎己而發乎人」的一種物語。〔註14〕

以凝溪為筆名的李治中在《中國寓言文學史》中，將寓言定義為「寄託有一定哲理的故事」，〔註15〕直陳寓言必須具有三大要素「寄託」、「哲理」、「故事」。他認為「找到了寓言的三大要素，確定了寓言的定義，根據寄託手法的不同、哲理內容的不同、故事形式的不同，便可引伸出它們各自不同的許多特徵。」〔註16〕相較於陳蒲清所標舉的「故事」和「寓意」，表面上看來李治中的「寄

---

〔註11〕 左丘明撰、孔穎達正義：《春秋左傳正義》（臺北：藝文印書館，未標出版年月），頁 765～766。云：「及正考父佐戴、武、宣，三命益共。故其鼎銘云：一命而僂，再命而傴，三命而俯，循牆而走」

〔註12〕 同註 6，頁 11。

〔註13〕 同註 6，頁 11～12。

〔註14〕 該文收錄於李奕定選輯：《中國歷代寓言選集》（臺北：臺灣商務印書館，1994年 4 月），見頁 29～30。

〔註15〕 凝溪（本名李治中）：《中國寓言文學史》（雲南：雲南人民出版社，1992 年 1月），頁 4。

〔註16〕 同註 15。

托」、「哲理」、「故事」似乎是多了一項，但仔細思索則不難發現，其實陳蒲清的「寓意」正涵括李治中所謂的「寄託」與「哲理」。

在辨析了不同學者對寓言的定義後，筆者採用的是陳蒲清所持，寓言為「作者另有寄託的故事」，因其最為清晰簡明。關於「另有寄託」，我們很容易理解，只要是作者以輾轉方式傳達一己思想，而不以作者身分直接論述、直陳己意即是。所以，作者筆下的故事，除了故事自身所擁有的客觀意義之外，還有寓言作者所賦予的另一層主觀意義。簡而言之，就是具有「言在此而意在彼」的雙重意義。而附帶補述的是，由於寓言具有這項特質，而此一特質的表現，時與修辭學上「借喻」手法所呈現的形式和意義有相合之處，是故蔡謀芳師在《表達的藝術——修辭二十五講》論及「借喻」時，曾經說：「此種修辭技巧的大型製作，就是『寓言體』的寫法」；〔註17〕而黃錦鋐也有「寓言是譬喻的具體描寫」〔註18〕之語。但必須申明的是，引述這種說法並不表示筆者認為寓言必須採用絕對的譬喻修辭，其原因正如前述：寓言的手法誠然不僅此端。何況，故事本身的客觀意義與寓言作者所賦予的主觀意義，也並非完全相符。

至於在寓言必備要件「故事」的定義方面，汪惠敏、劉城淮、陳蒲清、李奕定以及李治中雖然都主張寓言必須有「故事」，但卻沒有指出何謂「故事」。檢視陳蒲清《中國古代寓言史》與李奕定《中國歷代寓言選集》所選寓言，委實歸納不出足以依循的標準。汪惠敏雖然提出了「完整的故事性結構」的說法，並言明「所謂完整的故事性，是指一段有開端、發展、結尾，且具有機結構的敘述性文字」，〔註19〕但細察其所輯錄之先秦寓言，似乎有標準不一的情形，例如：他不選「庖丁解牛」〔註20〕為寓言，卻認為「子貢過漢陰見一丈人」〔註21〕是寓言，不知兩者在形式結構與寓意的條件上，究竟有何不同？而他所提出的「開端」、「發展」、「結尾」，是一般文學作品都有的結構，因此，他所下的「故事」定義很難使人清楚掌握。那麼「故事」是什麼呢？關於這個疑問，若以「故事」本身必須具備何種條件來界說，似乎較為明確。金榮華師為「故事」下了定義，他認為「故事」必須具備「情節單元」：

---

〔註17〕蔡謀芳師：《表達的藝術——修辭二十五講》（臺北：三民書局股份有限公司，1990 年 12 月），頁 7。

〔註18〕黃錦鋐：《莊子及其文學》（臺北：東大圖書有限公司，1977 年 7 月），頁 51。

〔註19〕同註3。

〔註20〕同註 10，《莊子集釋》，上冊，頁 117～124。

〔註21〕同註 10，《莊子集釋》，上冊，頁 433～436。

> 所有可稱之爲「故事」的，都至少有一個極基本的情節。有了一個
> 基本情節，即使寥寥數筆，就是一個故事；否則的話，縱使洋洋灑
> 灑數千言，不過是「流水賬」「起居注」一類的東西。從另一方面來
> 看，一個基本情節固然就已經可以成爲一個故事，但是一個故事往
> 往有好幾個情節。〔註22〕

引文所稱「基本情節」指的就是「情節單元」，而「情節單元」則是「一個分
析得不能再分的最小情節」。〔註23〕說得更明確一些：情節單元包括不尋常的
角色，他（牠、它）們有些是外形奇怪、有些是行爲動作特殊；而異物、風
俗、禁忌、巧合，以及自然界中不尋常的現象，也都可以做爲情節單元。情
節單元是足以影響故事發展且特殊的具體描寫，它一定是與眾不同的，因此
能使人們印象深刻。基於前述，我們應能確切地掌握住寓言的定義，並據以
判斷什麼是寓言。

### 二、「寓言」與「寓言故事」之間

　　雖說「寓言」必須具備「寓意」與「故事性」兩項基本條件，但中國學
者素來都比較偏重「寓意」的部分，而即使有識之士提出「故事」的條件，
對「故事」的界義卻往往沒有明確的判斷標準。準此，筆者爲了強調「寓言」
是必得擁有「故事性」的具有「情節單元」，方特地採用「寓言故事」爲名。
所以，實際上「寓言」與「寓言故事」並無不同之處。

## 第二節　《莊子》「寓言故事」的定義

　　本節將藉由歷代學者對《莊子》「寓言」的解釋，爲《莊子》「寓言」梳
理出較完整之定義。而後再以寓言故事必備之「寓意」與「故事性」兩項條
件檢視《莊子》「寓言」，明確釐清《莊子》「寓言故事」的領域。

---

〔註22〕金榮華師：《比較文學》（臺北：福記文化圖書公司，1982年8月），頁91。
　　　　在引文中，金老師所提「基本情節」就是motif。後，金榮華老師將之譯爲
　　　　「情節單元」。關於motif，可參見湯姆遜（Stith Thompson）在 DICTIONARY
　　　　OF FOLKLORE MYTHOLOGY AND LEGEND 頁753所做說明。Motif 譯名
　　　　不一，或譯爲「母題」，或譯爲「子題」。本文採金榮華師之譯名——「情
　　　　節單元」。
〔註23〕同註22，頁92。

## 一、《莊子》「寓言」的意涵

如果以《莊》解《莊》，最可以得到《莊子》的真義；要想了解《莊子》的「寓言」，便適合從《莊子》書中，尋找有關「寓言」的說法。而在《莊子》雜篇〈寓言〉的首段，正有解釋「寓言」的文字。由於多數學者主張，〈寓言〉篇的作者是莊子，如宋蘇東坡云：「蓋自敘其作書之旨」；〔註24〕明王夫之《莊子解》說：「此內外雜篇之序例也」，〔註25〕黃錦鋐稱：「寓言篇篇名見於史記，其首段自己說明寫作本書的旨趣，王夫之說是全書的序文，是可以相信的」。〔註26〕因此，歷代解莊者對《莊子》「寓言」的解釋，莫不依附該段論點進行發揮。〈寓言〉篇所論「寓言」文字為：

> 寓言十九，重言十七，卮言日出，和以天倪。寓言十九，藉外論之。
>
> 親父不為其子媒。親父譽之，不若非其父者也；非吾罪也，人之罪也。
>
> 與己同則應，不與己同則反；同於己為是之，異於己為非之。〔註27〕

在查考與分析歷代解莊者對《莊子》「寓言」的解釋後，筆者發現，眾人所持觀點，基本上可以分為三類。三類之間並無牴觸，只是分別著眼於文意表現、修辭方式與講述手法等不同角度，茲說明如下。

首先是文意表現。唐成玄英《莊子疏》云：「寓，寄也」；〔註28〕明陳深《莊子品節》言：「寓言，寄託而言也」；〔註29〕明朱得之《莊子通義》則更具體地說：「寓言者，如逐臣思君托於棄婦，或托於異類。」；〔註30〕清王先謙《莊子集釋》謂：「意在此而言寄於彼」。〔註31〕這些注解均是著重在《莊子》「寓言」一詞的涵義做解釋，他們認為《莊子》「寓言」的意義是「寄託之言」，即表面上有一層文意，內底裡又含一層文意。

---

〔註24〕蘇軾之說見藏雲山房主人：《南華大義解懸參註》，收入嚴靈峰編輯《無求備齋莊子集成初編》（臺北：藝文印書館，1972年5月），第十五冊，頁805。

〔註25〕王夫之：《莊子解》（香港：中華書局，1989年7月），頁246。

〔註26〕同註18，頁31。

〔註27〕同註10，《莊子集釋》，下冊，頁947～948。

〔註28〕同註10，《莊子集釋》，下冊，頁947。

〔註29〕陳深：《莊子品節》，收入嚴靈峰編輯《無求備齋莊子集成初編》（臺北：藝文印書館，1972年5月），第十一冊，頁428。

〔註30〕朱得之：《莊子通義》，收入嚴靈峰編輯《無求備齋莊子集成續編》（臺北：藝文印書館，1974年12月），第四冊，頁782。

〔註31〕王先謙、劉武撰：《莊子集解、莊子集解內篇補正》（臺北：木鐸出版社，1988年6月），頁245。

其次是修辭方式。明藏雲山房主人《南華大義解懸參註》認爲《莊子》「寓言」爲「比喻之言」；〔註32〕清江有誥在《莊子韻讀》中，簡而言之地直指「寓言」是「譬喻」；〔註33〕清程以寧《南華眞經注疏》，則稱：「寓言，猶詩之比體」；〔註34〕清浦起龍《莊子鈔》云：「寓者，喻也」。〔註35〕前述各家對「寓言」所做的的詮釋，皆是從修辭角度立說，他們認爲《莊子》「寓言」的修辭方式是「譬喻」。

其三是講述手法。宋王元澤《南華眞經新傳》認爲「寓言」是「託爲他人所說以言之」；〔註36〕宋林希逸《莊子鬳齋口義》也說：「寓言者，以己之言借他人之名以言之」；〔註37〕清宣穎《南華經解》，則云：「託一事以論此事」。〔註38〕分析王、林、宣三人說法，可以了解他們主張《莊子》的「寓言」是一種講述方式，即作者不直接焦點式地陳述想要說出的道理，而是援用其他來委婉表現。所謂「其他」指的是所選素材，而此素材據王、林、宣所言，乃包涵他人與他事，那麼是否也包括他物呢？答案可以透過檢視《莊子》得知，例如：〈秋水〉記載，惠施相梁，聞莊子欲代其職而深感驚恐，莊子爲了表明個人心志，便說了一則以「物」（飛禽）爲主角的寓言故事：

> 南方有鳥，其名爲鵷鶵，子知之乎？夫鵷鶵，發於南海而飛於北海，非梧桐不止，非練實不食，非醴泉不飲。於是鴟得腐鼠，鵷鶵過之，仰而視之曰：「嚇」。〔註39〕

故明代陸長庚《南華眞經副墨》曾說，「寓言」「往往藉外物以相比論」；〔註40〕

〔註32〕同註24。

〔註33〕江有誥：《莊子韻讀》，收入嚴靈峰編輯《無求備齋莊子集成續編》（臺北：藝文印書館，1974年12月），第三十六冊，頁262。

〔註34〕程以寧：《南華眞經注疏》，收入嚴靈峰編輯《無求備齋莊子集成續編》（臺北：藝文印書館，1974年12月），第二十八冊，頁637。

〔註35〕浦起龍：《莊子鈔》，收入嚴靈峰編輯《無求備齋莊子集成初編》（臺北：藝文印書館，1972年5月），第二十冊，頁60。

〔註36〕王元澤：《南華眞經新傳》，收入嚴靈峰編輯《無求備齋莊子集成初編》（臺北：藝文印書館，1972年5月），第六冊，頁565。

〔註37〕林希逸：《莊子鬳齋口義》，收入嚴靈峰編輯《無求備齋莊子集成初編》（臺北：藝文印書館，1972年5月），第十冊，頁828。

〔註38〕宣穎：《南華經解》，收入嚴靈峰編輯《無求備齋莊子集成續編》（臺北：藝文印書館，1974年12月），第三十二冊，頁477。

〔註39〕同註10，《莊子集釋》，下冊，頁605。

〔註40〕陸長庚：《南華眞經副墨》，收入嚴靈峰編輯《無求備齋莊子集成續編》（臺北：藝文印書館，1974年12月），第八冊，頁1000。

而與之同朝的陳治安在《南華經本義》中亦曰：「莊子作書有寓言，假於物名或假人名」。〔註41〕據此，我們可以理解《莊子》「寓言」的「藉外論之」，是一種不直接切入所欲申述之理，而以通過他人、他事、他物的說明來比論所欲申述之理的講述手法。

由於《莊子》注家對「寓言十九」之「十九」，有不同的解釋，而這也牽涉了「寓言」的定義，故於此亦引述解莊者對「寓言十九」的看法。

有一類解莊者對於「寓言十九」的解釋，是站在聽「寓言」之人的立場來思考。此派解莊者認為，以「寓言」方式傳達理念時，說十言可收到使人信九言的成效。例如：郭象主張「寓言十九」是「寄之他人，則十言而九見信」，〔註42〕而成玄英承其說加以發揮道：「寓，寄也。世人愚迷，妄為猜忌，聞道己說，則起嫌疑，寄之他人，則十言而信九矣。故鴻蒙、雲將、肩吾、連叔之類皆寓言耳。」〔註43〕至於宋王元澤則說：「寓言者，極明大道之真空，以世俗必以為迂怪也，故託為他人所說以言之，致其十信其九也。」〔註44〕

另外一類解莊者對於「寓言十九」的詮解，是就《莊子》全書以「寓言」方式寫作的分量來衡量。這一派論者認為，在《莊子》一書中以「寓言」方式來寫作的篇章，約佔全書的十分之九。其如：宋朝呂惠卿《莊子義》言：「寓言十九，則非寓而言者十一」；〔註45〕明代郭良翰《南華經薈解》云：「十九者，言此書中十居其九，謂寓言多矣」；〔註46〕清宣穎《南華經解》則稱：「寄寓之言，十居其九」。〔註47〕

平心而論，這兩類解莊者對於「寓言十九」的解釋，只是立場有異，所以內容並不衝突：第一類是就《莊子》「寓言」傳達的成效而言；另一類則是據「寓言」在《莊子》書中所佔份量觀察。

由於前述研究者為《莊子》「寓言」所做的解釋，大都針對「寓言」的某

---

〔註41〕陳治安：《南華經本義》，收入嚴靈峰編輯《無求備齋莊子集成續編》（臺北：藝文印書館，1974 年 12 月），第二十六冊，頁 765。

〔註42〕同註 10，《莊子集釋》，下冊，頁 947。

〔註43〕同註 10，《莊子集釋》，下冊，頁 947。

〔註44〕同註 36。

〔註45〕呂惠卿：《莊子義》，收入嚴靈峰編輯《無求備齋莊子集成初編》（臺北：藝文印書館，1972 年 5 月），第五冊，頁 275。

〔註46〕郭良翰：《南華經薈解》，收入嚴靈峰編輯《無求備齋莊子集成初編》（臺北：藝文印書館，1972 年 5 月），第十四冊，頁 1044。

〔註47〕同註 15。

項特質，所以不夠完整。對於《莊子》「寓言」一詞做較完整的解釋者，有張默生，他在《莊子新釋》一書中的〈莊子研究問答〉裡說：「言在彼而意在此，就叫做寓言」，〔註48〕又言：

> 莊子的寓言，正是處在這種無可如何的當兒而說的。他有時借河伯（河神）和海若（海神）來談道，有時借雲將（雲神）和鴻蒙（太初元氣）來說法，甚至鷗鴉狸狌，山靈水怪，無一不可演爲故事，來表達自己的哲學。在莊書全書中，這種寓言的成分佔得最多，所以說：「寓言十九」，就是說寓言的部分佔了全書的十分之九。〔註49〕

而許清吉在《莊子寓言研究》一書中，則以「寓言有著寄託的本質，它是假託他人、他事，甚至他物曲達思想的言論」，〔註50〕做爲《莊子》「寓言」的揀擇標準。根據前述各家說法，以及檢視《莊子》全書的結果，筆者在此嘗試爲《莊子》「寓言」下一較全面的定義：「《莊子》「寓言」是借著他人、他事、他物做具體的描寫，有時也運用譬喻的修辭方式，寄託莊子的思想，它的數量約佔《莊子》全書的十分之九，藉寓言來傳達思想給他人，其成效可達九成。」

## 二、《莊子》「寓言」的分類

如果抽離對《莊子》「寓言」所涉及的修辭、數量、目的及成效等外緣問題，我們可以說《莊子》「寓言」的本質，乃是「借著他人、他事、他物所做的具體描寫」。此一定義和一般做爲寓言文體的意義——「寓言是作者另有寄託的故事」十分接近，兩者均是另有寄託；不同的是，寓言必須具有構成故事之「情節單元」，而《莊子》書中被稱爲「寓言」的，則並非完全如此。爲了明確規範本論文的界限是「寓言故事」，茲依「寓意」之表達與「故事性」之有無，對《莊子》「寓言」進行分類。

按照寓言文體所含「故事性」與「寓意」兩項條件，檢視《莊子》「寓言」，可取得四種分類，茲先以表格方式略清眉目，然後說明。

---

〔註48〕張默生：《莊子新釋》（臺北：天工書局，1993 年 6 月），頁 13。

〔註49〕同 48，頁 13～14。

〔註50〕許清吉：《莊子寓言研究》（臺中：東海大學中文研究所碩士論文，1982 年），頁 5。

《莊子》「寓言」分類表

|  | 故事性（情節單元） | 寓意（表現方式） |
|---|---|---|
| 第一類 | 有 | 讀者推想 |
| 第二類 | 有 | 作者明言 |
| 第三類 | 無 | 作者藉篇中人物說出 |
| 第四類 | 無 | 讀者推想 |

第一類是具有情節單元，但作者對於文中的寓意，並未直接陳述，所以讀者必須由故事本身的客觀意義去自行推想，其如〈達生〉篇「紀渻子爲王養鬥雞」：

紀渻子爲王養鬥雞。十日而問：「雞已乎？」曰：「未也，方虛憍而恃氣。」十日又問，曰：「未也，猶應嚮景。」十日又問，曰：「未也。猶疾視而盛氣。」十日又問，曰：「幾矣。雞雖有鳴者，已无變矣，望之似木雞矣，其德全矣，異雞无敢應者，反走矣。」〔註51〕

第二類是具有情節單元且作者已經明言故事寓意，其如〈山木〉篇「莊周遊雕陵之樊」：

莊周遊於雕陵之樊，睹一異鵲自南方來者，翼廣七尺，目大運寸，感周之顙而集於栗林。莊周曰：「此何鳥哉，翼殷不逝，目大不睹？」蹇裳躩步，執彈而留之。睹一蟬，方得美蔭而忘其身；螳蜋執翳而搏之，見得而忘其形；異鵲從而利之，見利而忘其眞。莊周怵然曰：「噫！物固相累，二類相召也！」捐彈而反走，虞人逐而誶之。莊周反入，三月不庭。藺且從而問之：「夫子何爲頃間甚不庭乎？」莊周曰：「吾守形而忘身，觀於濁水而迷於清淵。且吾聞諸夫子曰：『入其俗，從其令，』今吾遊於雕陵而忘其身，異鵲感吾顙，遊於栗林而忘眞，栗林虞人以吾爲戮，吾所以不庭也。」〔註52〕

第三類是不具情節單元，而作者所要表達之寓意是藉著他人之口說出，其如〈天地〉篇記載「門無鬼與赤張滿稽觀於武王之師」之事：

門無鬼與赤張滿稽觀於武王之師。赤張滿稽曰：「不及有虞氏乎！故離此患也。」門無鬼曰：「天下均治而有虞氏治之邪？其亂而後治之

---

〔註51〕同註10，《莊子集釋》，下冊，頁654～655。
〔註52〕同註10，《莊子集釋》，下冊，頁695～699。

與？」赤張滿稽曰：「天下均治之為願，而何計以有虞氏為！有虞氏之藥瘍也，禿而施髢，病而求醫。孝子操藥以脩慈父，其色燋然，聖人羞之。至德之世，不尚賢，不使能；上如標枝，民如野鹿；端正而不知以為義，相愛而不知以為仁，實而不知以為忠，當而不知以為信，蠢動而相使，不以為賜。是故行而無跡，事而無傳。」〔註53〕

第四是不具情節單元，作者也沒有點明事情的寓意，寓意必須由讀者自己揣摩，其如〈養生主〉中記載的「澤雉」：「澤雉十步一啄，百步一飲，不蘄畜乎樊中。神雖王，不善也」。〔註54〕

## 三、《莊子》「寓言故事」的判定

陳蒲清將「門無鬼與赤張滿稽觀於武王之師」與「澤雉」這兩段文字視為寓言；而以《莊子》書中所稱之「寓言」標準看來，它們也已經達到門檻；但筆者卻不認為它們是「寓言」，因為它們缺少「情節單元」。因此，本文對於寓言所下的定義為「作者另有寄託的具體描述，其中含有情節單元」。若以「情節單元」之有無觀察《莊子》書中原指的「寓言」，可以發現具有「情節單元」者比不具「情節單元」者，呈現出更豐富的文學性，因為「情節單元」有生動且令人印象深刻的特質。所以，本篇論文的研究範疇乃是具有「故事性」的《莊子》寓言，即是前述分類中的第一、二兩類，並不同於《莊子》書中「寓言」之本義，故特地用「《莊子》寓言故事研究」為名，以示區隔。


宋蘇東坡在遊廬山時，曾有〈題西林壁〉詩：「橫看成嶺側成峰，遠近高低各不同，不識廬山真面目，只緣身在此山中。」寓言給人的感覺也彷彿如此，寓言故事的客觀意義是較平矮的山嶺，寓言作者所欲寄託的主觀意義則是高聳的山峰。不同的讀者本著自身不同的學養，從不同的角度觀察寓言，都會有不同的領悟。若不能識得寓言作者所寄寓的思想，恐怕是被故事的表象或個人的學養所侷限。筆者認為《莊子》的寓言是作者刻意的經營，故事寓意有的淺顯易懂，有的隱晦難明，隱晦難明者必須努力深思，才能窺見堂奧，閱讀《莊子》的次數愈多，感受即愈為深刻。

---

〔註53〕同註10，《莊子集釋》，上冊，頁443～445。
〔註54〕同註10，《莊子集釋》，上冊，頁126。

　　「寓言」一詞最早見諸《莊子・寓言》，但未必就與今日作爲寓言文體的意義完全相符，所謂「後出轉精」，對於寓言我們也可以試著規範。筆者並沒有「以後制推前事」的苛求，事實上《莊子》「寓言」中符合做爲寓言這種文體的標準也不少，而這些寓言故事不但是《莊子》書中最瑰麗的文學花朵，同時也是蘊藏莊子思想精義的所在。

# 第三章 《莊子》寓言故事的題材

　　顧實在《中國文學史大綱》中曾說：《莊子》一書之選材「極自由，不論何事，一經其筆，則發揮一種妙致，雖土砂而爲黃金，襤褸而爲錦繡矣」，〔註1〕而細考《莊子》寓言故事之題材，其並非純爲作者自創，有部份之人物與內容係前有所承，故本章第一節將針對《莊子》寓言故事中之人物與內容來源進行探究，並觀察其是否產生變化。

　　一則故事的精彩與否，並非來自辭藻而是取決於題材內的情節單元。這個論點可以得證於，當人們閱讀一篇文辭並茂的故事之後，想通過口頭方式傳達給第三者時，他所易於擷取或應該掌握的重點當爲故事梗概，較難記憶或可以簡省的就屬優美辭藻。即以《莊子》寓言故事爲例，使人印象深刻的不就是：一飛九萬里的大鵬鳥，「朝三暮四」的愚猴，運斤成風盡斲對手鼻端白灰的匠石……等。爲具體指出《莊子》寓言故事令人聞之難忘的魅力所在，本章第二節將分析《莊子》寓言故事之情節單元。

## 第一節　故事來源

　　《莊子》寓言故事中的人物與內容來源，可以分爲四部分：一是古代神話、二是歷史傳說、三是民間故事、四是作者自創。平心而論，就《莊子》寓言故事看來，要明確區分其來源，有相當難度：一方面是因爲《莊子》以前的書籍資料有限；二方面是因爲《莊子》寓言故事之作者在寫作時，不但往往會將其意念融入原有故事內，亦常常吸收民間故事於自創故事中，使人

<hr>

〔註1〕顧實：《中國文學史大綱》（臺北：臺灣商務印書館股份有限公司，1976 年 10 月），頁 81。

難以分辨。由於作者將本身想法融入原有故事時，會使原有故事之人物形象或內容產生變化，所以本節除了交代《莊子》寓言故事的來源，還探討作者對原有故事之人物與內容的處理。

## 一、古代神話

「神話」一詞就字面來解釋是「神的故事」，也有人說「神話」即是「話神」，但事實上並非如此簡單。以研究神話著稱的袁珂就曾說：「什麼是神話？這是一個不很容易解答的問題」。〔註 2〕據此，我們更可以想見要替神話下定義並不容易。茲先引述幾位學者對於神話的界說，然後選出較完整具體的神話定義。

魯迅在《中國小說史略・神話與傳說》中，提出了他對於神話起源與神話內容及先民對待神話的看法：

> 昔者初民，見天地萬物，變異不常，其諸現象，又出於人力所能之上，則自造眾說以解釋之：凡所解釋，今謂之神話。神話大抵以一「神格」為中樞，又推演為敘說，而於所敘說之神、之事，又從而信仰敬畏之。〔註3〕

王孝廉對神話的解釋，包含起源與內容：「神話是古代民眾以超自然性威靈的意志活動為底基而對於周圍自然界及人文界諸事象所做的解釋或說明的故事」。〔註4〕

袁珂是先就神話起源予以論述，他認為原始人在腦力較為開發之後，才在自己的想像中賦予周遭環境以神靈與魔力，然後接著說：

> 他們對於大自然所發生的各種現象：例如風雨雷電的擊搏，森林中大火的燃燒，太陽和月亮的運行，虹霓雲霞的幻變……產生了巨大的驚奇的感覺。驚奇而得不到解釋，於是以為它們都是有生命的東西，管它們叫神。他們不但把太陽、月亮……等等當做神，還把各種各樣的動物、植物，甚而至於微小到像蚱蜢那樣的生物，也都當做神來崇拜，這就近似所謂萬物有靈論。〔註5〕

〔註 2〕袁珂：《中國神話傳說》（板橋：駱駝出版社，1987 年 8 月），上冊，頁 9。
〔註 3〕魯迅：《中國小說史略》（臺北：風雲時代出版股份有限公司，1990 年 11 月），頁 17。
〔註 4〕王孝廉：《中國的神話與傳說》，（臺北：聯經出版事業公司，1977 年 2 月），頁 1。
〔註 5〕同註 2，頁 10。

　　林惠祥《神話論》一書首章〈神話的性質與解釋〉認為：「神話的意義或說是『關於宇宙起源，神靈英雄等的故事』，或再詳釋為『關於自然界的歷程或宇宙起源宗教風俗等的史談』」。〔註6〕

　　至於洪淑苓對於神話的定義，則是就神話的起源、內容、形式等三方面敘述：

（一）神話之起源，乃是原始初民的心理狀況之反映。此心理狀況可歸結為好奇、信仰與敬畏，由此而影響到人對於神話，相信確有其事，並且視為神聖；二者又可能導引出信仰與崇拜之行為。……

（二）神話之內容，以解釋天地萬物之現象居多。其主角是具有「神格」之人物，而且有擬人化的事件：其活動的舞台，乃在遠古時代，不同於現實的另一空間。……

（三）神話之形式，是代代相傳，以「敘說」的方式流傳。〔註7〕

因為此說鎔鑄各家精華且綱舉目張，故筆者即藉其觀察《莊子》寓言故事中之神話。

　　《莊子》寓言故事雖存有取材古代神話之例，但作者所以採用神話寫作，其目的並非在保存神話，而是想利用神話闡發個人學說主張。因此，時有加工改造之狀況發生，但這種狀況並不限於神話，在歷史傳說與民間故事的援引中都見運用。《莊子》寓言故事源出神話，並經作者潤飾增添之例，譬如《莊子·逍遙遊》中的「鯤鵬與斥鴳」，〔註11〕其中鯤鵬部份即為神話，茲引述於下：

北冥有魚，其名為鯤。鯤之大，不知其幾千里也。化而為鳥，其名為鵬。鵬之背，不知其幾千里也；怒而飛，其翼若垂天之雲。是鳥也，海運則將徙於南冥。南冥者，天池也。〔註8〕

對於這段文字，袁珂在〈漫談民間流傳的古代神話〉一文中曾說：「《莊子·逍遙遊》開始一段，所寫的鯤鵬之變，它的哲理味就非常濃厚，非經深入探討，不知道原來是古神話的改裝」。〔註9〕此後，又在《中國神話史》中云：

---

〔註6〕林惠祥：《神話論》（臺北：臺灣商務印書館，1968年3月），頁1。
〔註7〕洪淑苓：《牛郎織女研究》（臺北：臺灣學生書局，1988年10月），頁9。
〔註11〕整個寓言故事應該從「北冥有魚」起，一直到「之二蟲又何知」才算結束。
〔註8〕郭慶藩編、王孝魚整理：《莊子集釋》（臺北：群玉堂出版事業股份有限公司，1991年10月），上冊，頁2。
〔註9〕袁珂：《神話論文集》（臺北：漢京文化事業有限公司，1987年1月），頁111。

經我考證，這化爲鵬的「鯤」，乃是北海的海神禺京，又叫禺彊，當
他以海神身份出現的時候，他的神形就是一頭大鯨；及至「化而爲
鳥」，他就由海神變作了風神，他的神形就是一隻大鵬——大風。每
年夏秋之際，當海潮運轉的時候，總是有這番變化的。〔註10〕

根據袁氏之說，莊子顯然改裝了這段神話，而就整個寓言故事來看，斥鴳與
學鳩的部分，應該就是莊子所增飾，增飾目的在闡發個人論點。

同樣見於〈逍遙遊〉的神話，又如「肩吾問於連叔」〔註12〕一事內的「藐
姑射山之神人」：

藐姑射之山有神人居焉，肌膚若冰雪，淖約若處子。不食五穀，吸
風引露。乘雲氣，御飛龍，而遊乎四海之外。其神凝，使物不疵癘
而年穀熟。……之人也，之德也，將旁礡萬物以爲一，世蘄乎亂，
孰弊弊焉以天下爲事。之人也，物莫之傷，大浸稽天而不溺，大旱
金石流土山焦而不熱，是其塵垢粃糠，將猶鑄堯舜者也，孰肯以物
爲事！〔註13〕

根據陸德明《釋文》：「考山海經本有兩姑射。東山經：盧其之山，又南三百八
十里，曰姑射之山，無草木，多水。又南，水行三百里，流沙百里，曰北姑射
之山，無草木，多水。又南三百里，曰南姑射之山，無草木，多水。海內北經：
列姑射在海河洲中，姑射國在海中，屬列姑射，西南山環之」，〔註14〕查考今本
《山海經》確實有「姑射山」之名，只是其中並沒有神人居住的記載。關於這
位神人的形象，也許是莊子擷取其他神話人物塑造出的。根據成玄英的說法：「肩
吾、連叔，並古之懷道人也」，〔註15〕如果此說爲眞，那麼這個寓言故事就融合
了神話與傳說。

與前則「肩吾問於連叔」同樣融有神話與傳說的寓言故事，尚見〈齊物
論〉：

故昔者堯問於舜曰：「我欲伐宗、膾、胥敖，南面而不釋然。」舜曰：
「夫三子者，猶存乎蓬艾之間。若不釋然，何哉？昔者十日並出，

---

〔註10〕 袁珂：《中國神話史》，（臺北：時報文化出版企業有限公司，1991年5月），
頁97。
〔註12〕 同註8，《莊子集釋》，上冊，頁27～31。
〔註13〕 同註8，《莊子集釋》，上冊，頁28。
〔註14〕 同註8，《莊子集釋》，上冊，頁28。
〔註15〕 同註8，《莊子集釋》，上冊，頁27。

萬物皆照，而況德之進乎日者乎！」〔註16〕

在此段文字，堯、舜是史實人物，而其中提及的「十日並出」正是神話。「十日」之說首見《楚辭・招魂》：「十日代出，流金礫石些」。王逸曾爲這句話做解釋：「言東方有扶桑之木，十日並在其上，以次更行，其熱酷烈，金石堅剛，皆爲銷釋也」；洪興祖以爲「代出」之意，是「言一日至，一日出，交會相代也」，〔註17〕而聞一多〈楚辭校補〉則主張十日代出的「代」字應解釋爲「並」。如果聞氏之說正確，《楚辭》便是記載「十日並出」這則神話的最早文獻。此外，十日之說也出現在《山海經・海外東經》：「湯谷上有扶桑，十日所浴，在黑齒北。居水中，有大木，九日居下枝，一日居上枝」。〔註18〕而《山海經・海外西經》則有「十日並出」記載：「女丑之尸，生而十日炙殺之，在丈夫北。以右手鄣其面。十日居上，女丑居山之上」。〔註19〕清郭嵩燾認爲莊子在此引用「十日並出」的神話只是借以譬喻：「萬物受日之照而不能遁其形，而於此累十日焉，皆求得萬物而照之，則萬物之神必敝。日之照，無心者也。德之求辯乎是非，方且以有心出之，又進乎日之照矣。人何所措手足乎」。〔註20〕

融有神話與傳說的寓言故事之例，又如：〈達生〉篇所記「桓公見委蛇」之事：

桓公田於澤，管仲御，見鬼焉。公撫管仲之手曰：「仲父何見？」對曰：「臣无所見。」公反，誒詒爲病，數日不出。齊士有皇子告敖者曰：「公則自傷，鬼惡能傷公！夫忿滀之氣，散而不反，則爲不足；上而不下，則使人善怒；下而不上，則使人善忘；不上不下，中身當心，則爲病。」桓公曰：「然則有鬼乎？」曰：「有。沈有履，灶有髻。戶內之煩壤，雷霆處之；東北方之下者，倍阿鮭蠪躍之；西北方之下者，則泆陽處之。水有罔象，丘有峷，山有夔，野有彷徨，澤有委蛇。」公曰：「請問，委蛇之狀何如？」皇子曰：「委蛇，其大如轂，其長如轅，紫衣而朱冠。其爲物也，惡聞雷車之聲，則捧

〔註16〕同註8，《莊子集釋》，上冊，頁89。

〔註17〕洪興祖補注、蔣驥註：《楚辭補注・山帶閣註楚辭》（臺北：長安出版社，1987年9月），頁119。王逸、洪興祖之說皆在此。

〔註18〕袁珂校注：《山海經校注》（臺北：里仁書局，1981年7月），頁260。

〔註19〕袁珂校譯：《山海經校譯》（臺北：明文書局，1986年9月），頁192。

〔註20〕同註8，《莊子集釋》，上冊，頁90。

其首而立。見之者殆乎霸。」桓公軻然而笑曰：「此寡人之所見者也。」

於是正衣冠與之坐，不終日而不知病之去也。〔註21〕

引文所提之不同「鬼」名，各注本多有註解爲「神」者。其如：陸德明《經典釋文》說，「『沈有履』司馬本作沈有漏，云：沈水汙泥也。漏，神名。」成玄英疏「灶有髻」：「竈神，其狀如美女，著赤衣，名髻也。」而「倍阿」、「泆陽」、「罔象」亦皆有解作神名的情形。

至於主角「委蛇」，或名「委維」、「延維」，分見《山海經》之〈大荒南經〉與〈海內經〉。〈大荒南經〉云：「赤水之東，有蒼梧之野，舜與叔均之所葬也，爰有文貝、離俞、鴟久、鷹賈、委維、熊、羆、象、虎、豹、狼、視肉」，〔註22〕其中的「委維」，郭璞說：「即委蛇也」。〔註23〕〈海內經〉云：「有人曰苗民，有神焉，人首神身，長如轅，左右有首，衣紫衣，冠旃冠，名曰延維，人主得而饗食之，伯天下」，〔註24〕郭璞說：「延維即委蛇，即齊桓公所見而遂霸諸侯者」。〔註25〕所以，這段「桓公見委蛇」的記載，大概是《莊子》書中最保有原貌的神話。

神話之又一例，如：〈天地〉篇記載「黃帝遺失玄珠」之事，今先引錄此段文字：

黃帝遊乎赤水之北，登乎崑崙之丘而南望，還歸，遺其玄珠。使知索之而不得，使離朱索之而不得，使喫詬索之而不得也。乃使象罔，象罔得之。黃帝曰：「異哉！象罔乃可以得之乎？」〔註26〕

郭象、成玄英、陸德明等歷代學者都認爲：這是一則《莊子》作者自創的寓言故事。茲舉唐成玄英之說觀之：「罔象，無心之謂。離聲色，絕思慮，故知與離朱自涯而反，喫詬言辨，用力失眞，唯罔象無心，獨得玄珠也」。〔註27〕但袁珂則不以爲如此，他說：

有人說這不過是莊子的寓言，從知、喫詬、象罔等寓意性的名字上可以見之。我以爲這話只是說對了一半。不錯，寓言誠然是寓言，

---

〔註21〕同註8，《莊子集釋》，下冊，頁654。
〔註22〕同註18，頁364～365。
〔註23〕同註18，頁366。
〔註24〕同註18，頁456。
〔註25〕同註18，頁457。
〔註26〕同註8，《莊子集釋》，上冊，頁414。
〔註27〕同註8，《莊子集釋》，上冊，頁415。

但還應當看到除了寓言之外的別一半。莊子是哲學家，自然要寫寓言，並不要寫神話，然而以莊子的博聞，許多地方，實在可以借古代神話傳說以寓意，用不著再去生硬編造。……知、喫詬、象罔三人的名字雖然可說是寓意的，然而離朱明目，又是一人三頭（見《御覽》引《莊子逸篇》），卻是地道的神話人物，並不具有多少寓意性，而莊子述之，可見並非純粹的寓言。且故事一到《淮南子》裡，除了原有的離朱外，又增攓剟，象罔亦易名爲忽恍，尤可見有此大同小異的現象，乃根據不同的傳說以成文。〔註28〕

在《莊子》寓言故事中，最精彩且廣爲人知的神話，當屬「渾沌鑿七竅」，其云：

南海之帝爲儵，北海之帝之爲忽，中央之帝爲渾沌。儵與忽時相與遇於渾沌之地，渾沌待之甚善。儵與忽謀報渾沌之德，曰：「人皆有七竅以視聽息，此獨无有，嘗試鑿之。」日鑿一竅，七日而渾沌死。
〔註29〕

「渾沌」，畢沅和袁珂主張即「渾敦」。〔註30〕其形象在《山海經・西山經》有比較清晰的描寫：「英水出焉，而西南流注于湯谷。有神焉，其狀如黃囊，赤如丹火，六足四翼，渾敦無面目，是識歌舞，實爲帝江也」，〔註31〕渾沌在《莊子》與《山海經・西山經》中的共通處是「面無竅」。雖然渾沌是神，但莊子完全打破了它的神聖性，何新認爲莊子此舉是和渾沌開了一個大玩笑：「他使用了渾沌一字的引申語義——糊塗，讓儵忽二位鑿破這個糊塗神的糊塗面孔，其結果是糊塗神丟了命」。〔註32〕

《莊子》作者除了對渾沌神做出開創性的戲劇化描述之外，又替雲將塑造了「爲之奈何」的困惑形象，還安排《莊子》作者自創會說話的鴻濛〔註33〕爲雲將解答疑慮。「雲將」，晉朝李頤認爲是「雲主帥也」，唐代成玄英也持相同看法，〔註34〕許清吉認爲「雲將」就是「雲中君」。〔註35〕在《楚辭・九歌》的

---

〔註28〕袁珂：《古神話選釋》（臺北：長安出版社，1986年6月），頁122。
〔註29〕同註8，《莊子集釋》，上冊，頁309。
〔註30〕同註18，頁56。
〔註31〕同註18，頁55。
〔註32〕何新：《諸神的起源——中國遠古神話與歷史》，（臺北：木鐸出版社，1987年6月），頁231。
〔註33〕同註8，《莊子集釋，》上冊，頁384。
〔註34〕同註8，《莊子集釋》，上冊，頁386。李頤、成玄英之說皆見此。

「雲中君」正是「雲神」，〔註36〕〈九歌〉對雲神的描寫是採禮讚崇敬的態度：

> 浴蘭湯兮沐芳，華采衣兮若英。靈連蜷兮既留，爛昭昭兮未央。蹇
> 將憺兮壽宮，與日月兮齊光。龍駕兮帝服，聊翱遊兮周章。靈皇皇
> 兮既降，猋遠舉兮雲中，覽冀州兮有餘，橫四海兮焉窮？思夫君兮
> 太息，極勞心兮忡忡。〔註37〕

這和《莊子》書中所敘述的那種為之奈何、束手無策，而使人易生質疑心理
的困惑形象頗有差異。

此外，在〈秋水〉篇中所描寫的獨足怪獸「夔」〔註38〕也是神話角色。
袁珂主張：夔「本來是殷民族在原始社會時期所奉祀的圖騰神……是一個獸
頭、鳥喙、猴身、一足的怪物。」〔註39〕但在〈秋水〉篇中，夔只是一隻羨
慕多足蚿的動物罷了，顯然已喪失「神」所讓人崇拜敬畏的形象。

綜合前述，可知《莊子》書中對於神話的使用，多非神話原貌。有的是
汲取神的特徵或神之名，以鋪演作者安排的情節，前者如渾沌、夔，後者如
雲將。有的是一半為神話，另一半則加上作者個人想像的筆墨，如：鯤鵬與
斥鴳。而所有一切，都在替作者之思想服務。

## 二、歷史傳說

《莊子》一書之寓言故事，經筆者考察是出自經史，並保有相當原貌者
有兩則：一則關於正考父，一則關於大王亶父。試分述如下。

正考父之事見〈列禦寇〉，其云：「正考父一命而傴，再命而僂，三命而俯，
循牆而走，孰敢不軌！如而夫者，一命而呂鉅，再命而於車上儛，三命而名諸
父，孰協唐許」。〔註40〕而《左傳‧昭公七年》則記：「及正考父，佐戴、武、
宣，三命茲益共，故其鼎銘云：一命而僂，再命而傴，三命而俯，循牆而走，
亦莫余敢侮」。〔註41〕這兩段文字在處理正考父的謙虛態度上，不但精神相同，

---

〔註35〕許清吉：《莊子寓言研究》，（臺中：東海大學中文研究所碩士論文，1982 年），
　　　　頁 24。
〔註36〕同註 17，王逸、洪興祖主張「雲中君」就是「雲神」的說法皆見此。
〔註37〕同註 17，頁 57～59。
〔註38〕同註 8，《莊子集釋》，下冊，頁 592。
〔註39〕同註 9，頁 219。
〔註40〕同註 8，《莊子集釋，》下冊，頁 1056。
〔註41〕左丘明撰、孔穎達正義：《春秋左傳正義》（臺北：藝文印書館，未標出版年
　　　　月），頁 765～766。

甚至用字遣詞也多相同。只不過〈列禦寇〉作者，在最後加寫了一般凡夫俗子若得正考父際遇、必會驕傲的行逕，用來彰顯正考父謙虛的難能可貴。

大王亶父之事見〈讓王〉篇：

> 大王亶父居邠，狄人攻之；事之以皮帛而不受，事之以犬馬而不受，事之以珠玉而不受，狄人之所求者土地也。大王亶父曰：「與人之兄居而殺其弟，與人之父居而殺其子，吾不忍也。子皆勉居矣！爲吾臣與爲狄人臣奚以異！且吾聞之，不以所用養害所養。」因杖筴而去之。民相連而從之，遂成國於岐山之下。〔註42〕

《詩經‧大雅‧綿》描寫大王亶父：「綿綿瓜瓞。民之初生，自土沮漆。古公亶父，陶復陶穴，未有家室。古公亶父，來朝走馬，率西水滸，至于岐下。爰及姜女，聿來胥宇」。〔註43〕而《史記‧周本紀》則有更清楚的記載：

> 古公亶公復脩后稷、公劉之業，積德行義，國人皆戴之。薰育戎狄攻之，欲得財物，予之。已復攻，欲得地與民。民皆怒欲戰，古公曰：有民立君，將以利之。今戎狄所爲攻戰，以吾地與民。民之在我，與其在彼何異，民欲以我故戰。殺人父子而君之，予不忍爲。乃與私屬遂去豳度漆沮、踰梁山、止於岐下。豳人舉國扶老攜弱，盡復歸古公於岐下。〔註44〕

根據《詩經》的敘述，並將《莊子》與《史記》相比較，即可得知兩者事蹟大致相同，所以《莊子》這則寓言故事的來源是史實。

至於其他以歷史人物做爲主角來敷演的寓言故事數量雖多，卻不見於史籍之中，因此列於傳說範圍。而什麼是傳說？且看譚達先透過神話與傳說之比較所做的說明：

> 神話和傳說最大的不同有兩點：其一、主人公的不同。神話的主人公是神，或半人半神，他的形貌、才能、功業，具有誇張怪異因素，充滿浪漫主義色彩；傳說的主人公則是人，他的形貌、才能、功業，雖然具有想像虛構因素，可以具有較多的浪漫主義色彩，但是更接近人間。二、生活色彩的不同。神話反映的多半是超乎現實生活，

---

〔註42〕 同註8，《莊子集釋》，下冊，頁967。

〔註43〕 屈萬里：《詩經詮釋》（臺北：聯經出版事業公司，1989年10月），頁459。

〔註44〕 司馬遷撰、瀧川龜太郎會注考證：《史記會注考證》（臺北：洪氏出版社，1986年9月），頁65。

傳說則大致接近或符合現實生活。〔註45〕

根據譚氏所云，傳說的定義應該可以如此說道：傳說中的主角是史實人物，而傳說中所敘之主角作為，雖在現實生活裡有可能發生，但卻未見載於史書，故難以斷定是否眞實存在。此一定義同於許清吉在歸類《莊子》寓言時，對「傳說」所抱持的看法，許氏云：

> 其中的人物事跡雖然有歷史的依據，如：孔子、顏回、老子，史書記載著他們的行誼。但是，他們在莊子書中的事跡，卻有不見於史書的，可能是莊子所杜撰的，用來抒發思想的。因爲不易證實它的眞妄，所以只能歸屬於傳說。至於神農、黃帝、堯舜等上古帝王，史書雖有記載，但其人與其事是否眞實存在，仍待考察，因此也只能列爲傳說。〔註46〕

《莊子》寓言故事之人名於經史有據者，包括：黃帝、堯、舜、禹、湯、文王、伯夷、叔齊、老聃、孔子、顏回、子貢、子路、列子、惠施、莊子……等。今在古史帝王部份選取黃帝、堯及舜加以論述，諸子人物則以老子與孔子爲主。《莊子》書中對於這些人物的描寫，與正史或原典中的形象是否相合則尚待考察，爲求論述客觀化，所引例證將不限於筆者所釐定之寓言故事範疇，而是就《莊子》全書來探索。

## （一）古史帝王

### 1、黃　帝

古代描寫黃帝事蹟較早且相對清晰的書籍，應屬《史記‧五帝本記》。雖然《史記》較《莊子》晚出，但由於司馬遷距離莊子的時代不遠，並曾閱遍石室金匱之書，對古代史事十分熟悉，再加上其先人又曾任周室太史。所以，《史記》的可信度頗高。《史記》對黃帝的介紹爲：

> 黃帝者，少典之子，姓公孫、名軒轅。生而神靈，弱而能言，幼而徇齊，長而敦敏，成而聰明。軒轅之時，神農世衰，諸侯相侵伐，暴虐百姓，而神農弗能爭。於是軒轅乃習用干戈，以征不享，諸侯咸來賓從，而蚩尤最爲暴、莫能伐。炎帝欲侵陵諸侯，諸侯咸歸軒轅，軒轅乃修德振兵、治五氣、蓺五種、撫萬民、度四方。教熊羆

---

〔註45〕譚達先：《中國神話研究》（臺北：臺灣商務印書館股份有限公司，1988 年 8 月），頁25。

〔註46〕同註35，頁28。

貔貅貙虎，以與炎帝戰於阪泉之野，三戰然後得其志。蚩尤作亂，不用帝命，於是黃帝乃徵師諸侯，與蚩尤戰於涿鹿之野，遂禽殺蚩尤。而諸侯咸尊軒轅爲天子，代神農氏，是爲黃帝。天下有不順者，黃帝從而征之，平者去之，披山通道，未嘗寧居。東至于海、登丸山、及岱宗。西至於空桐、登雞頭。南至于江、登熊湘。北逐葷粥、合符釜山、而邑于涿鹿之阿，遷往來無常處。以師兵爲營衛，官名皆以雲命，爲雲師。置左右大監，監于萬國。萬國和，而鬼神山川封禪與爲多焉。獲寶鼎，迎日推筴。舉風后、力牧、常先、大鴻以治民。順天地之紀、幽明之占、死生之說、存亡之難、時播百穀草木、淳化鳥獸蟲蛾、旁羅日月星辰、水波土石金玉、勞勤心力耳目、節用水火材物。有土德之瑞，故號黃帝。〔註47〕

由《史記·五帝本紀》看來，黃帝是一位「積極有爲的聖賢君王」。黃帝的「聖賢君王」聲譽，在《莊子》「重言」策略的運用下，雖然得到正面稱許；但其「積極有爲」之作風，卻也在《莊子》標榜「自然無爲」理念的篇章內，受到負面批評。正面之例，如：〈天運〉篇中，以道心說明「天樂」之理的黃帝；〔註48〕〈山木〉篇中，以「无譽无訾，一龍一蛇，與時俱化，而无肯專爲；一上一下，以和爲量，浮遊乎萬物之祖；物物而不物於物」爲處世法則的黃帝。負面之例，則如：〈徐无鬼〉篇「黃帝將見大隗乎具茨之山」故事中，所形容之非聖智形象，不但與眾臣迷了路，還向小童請益治天下之道；〔註49〕在〈盜跖〉篇中，被盜跖指爲近於殘酷的暴君，「不能致德，與蚩尤戰於涿鹿之野」，致使人民血流百里。〔註50〕

### 2、堯、舜

堯、舜是儒家典型的賢君代表。孔子曾在《論語·泰伯》中讚美堯：「大哉，堯之爲君也！巍巍乎，唯天爲大，唯堯則之！蕩蕩乎，民無能名焉！巍巍乎，其有成功也！煥乎，其有文章！」〔註51〕孟子則在〈盡心〉篇稱許舜存心向善：「舜之居深山之中，與木石居，與鹿豕遊，其所以異於深山之野人

---

〔註47〕同註44，頁24～26。
〔註48〕同註8，《莊子集釋》，下冊，頁501～510。
〔註49〕同註8，《莊子集釋》，下冊，頁830～833。
〔註50〕同註8，《莊子集釋》，下冊，頁995。
〔註51〕謝冰瑩等編譯：《新譯四書讀本》（臺北：三民書局股份有限公司，1980年3月），頁155。

者幾希；及其聞一善言，見一善行，若決江河，沛然莫之能禦也」。〔註52〕但在《莊子》書中關於堯、舜的描寫，一如前述黃帝之情況，乃是毀譽參半。

　　《莊子》書中對堯、舜兩人的正面著墨，主要由《史記・五帝本紀》所敍之爲國爲民的禪讓風範出發。如：〈逍遙遊〉篇云：「堯讓天下於許由，曰：日月出矣，而爝火不息，其於光也，不亦難乎！時雨降矣而猶浸灌，其於澤也，不亦勞乎！夫子立而天下治，而我猶尸之，吾自視缺然。請致天下」；〔註53〕〈讓王〉篇也有舜願意禪讓王位給予州支伯、善卷、石戶之農等人的情形。〔註54〕不過，值得注意的是，堯、舜的禪讓除了有「聖人無名」的佳評，也重視不接受王位者的自然無爲。

　　至於負面描寫，堯之例如〈大宗師〉言：

　　　意而子見許由。許由曰：「堯何以資汝？」意而子曰：「堯謂我：『汝必躬服仁義而明言是非。』」許由曰：「而奚來爲軹？夫堯既已黥汝以仁義，而劓汝以是非矣，汝將何以遊夫遙蕩恣睢轉徙之塗乎？」

　　〔註55〕

在這段引文中，堯所尊奉的仁義、是非，變成了黥面、劓鼻的刑具。舜之例則如〈徐无鬼〉云：

　　　卷婁者，舜也。羊肉不慕蟻，蟻慕羊肉，羊肉羶也。舜有羶行，百姓悅之，故三徙成都，至鄧之虛而十有萬家。堯聞舜之賢，舉之童土之地，曰冀得其來之澤。舜舉乎童土之地，年齒長矣，聰明衰矣，而不得休歸，所謂卷婁者也。〔註56〕

於此，舜成了一位勞心勞形的自苦者。而〈逍遙遊〉更將堯舜並舉，以爲神人之「塵垢秕糠，將猶鑄堯舜者也，孰肯以物爲事」〔註57〕。

## （二）諸子人物

### 1、老　子

　　老子是道家的開山祖師，而莊子是發揮道家學說的代表人物。就兩人的

---

〔註52〕同註51，頁621。
〔註53〕同註8，《莊子集釋》，上冊，頁22。
〔註54〕同註8，《莊子集釋》，下冊，頁966。
〔註55〕同註8，《莊子集釋》，上冊，頁278～279。
〔註56〕同註8，《莊子集釋》，下冊，頁864。
〔註57〕同註8，《莊子集釋》，上冊，頁31。

關係來推測，《莊子》一書對於老子，自然不會有貶抑狀況發生，事實也正是如此。端看〈知北遊〉中，老聃爲孔子解釋「至道」一例，即能領略：

> 夫道，窅然難言哉！將爲汝言其崖略。夫昭昭生於冥冥，有倫生於无形，精神生於道，形本生於精，而萬物以形相生，故九竅者胎生，八竅者卵生。其來无跡，其往无崖，无門无房，四達之皇皇也。邀於此者，四肢彊，思慮恂達，耳目聰明，其用心不勞，其應物无方。天不得不高，地不得不廣，日月不得不行，萬物不得不昌，此其道與！且夫博之不必知，辯之不必慧，聖人以斷之矣。若夫益之而不加益，損之而不加損者，聖人之所保也。淵淵乎其若海，巍巍乎其終則復始也，運量萬物而不匱。則君子之道，彼其外與！萬物皆往資焉而不匱，此其道與！中國有人焉，非陰非陽，處於天地之間，直且爲人，將反於宗。自本觀之，生者，暗醷物也。雖有壽夭，相去幾何？須臾之說也。奚足以爲堯桀之是非！果蓏有理，人倫雖難，所以相齒。聖人遭之而不違，過之而不守。調而應之，德也；偶而應之，道也；帝之所興，王之所起也。人生天地之間，若白駒之過郤，忽然而已。注然勃然，莫不出焉；油然漻然，莫不入焉。已化而生，又化而死，生物哀之，人類悲之。解其天弢，墮其天袠，紛乎宛乎，魂魄將往，乃身從之，乃大歸乎！不形之形，形之不形，是人之所同知也，非將至之所務也，此眾人之所同論也。彼至則不論，論則不至。明見无值，辯不若默。道不可聞，聞不若塞。此之謂大得。〔註58〕

對於「至道」如此熟稔，其他論述可想而知，必然是面面俱到，只有稱許而沒有貶抑了。

### 2、孔 子

被後世尊爲「至聖先師」的孔子，在《論語》中的形象，是一個既能傳道、授業，又善於解惑的能人。但當他來到《莊子》書中，雖然大致保有原有形象，卻偶爾也有被質疑的狀況。其如：在〈德充符〉中的記載：

> 魯有兀者叔山无趾，踵見仲尼。仲尼曰：「子不謹，前既犯患若是矣。雖今來，何及矣！」无趾曰：「吾唯不知務而輕用吾身，吾是以亡足。

---

〔註58〕同註8，《莊子集釋》，下冊，頁741～747。

今吾來也，猶有尊足者存，吾是以務全之也。夫天無不覆，地無不
載，吾以夫子爲天地，安知夫子之猶若是也！」孔子曰：「丘則陋矣。
夫子胡不入乎，請講以所聞！」无趾出。孔子曰：「弟子勉之！夫无
趾，兀者也，猶務學以復補前行之惡，而況全德之人乎。」无趾語
老聃曰：「孔丘之於至人，其未邪？彼何賓賓以學子爲？彼且蘄以諔
詭幻怪之名聞，不知至人之以是爲己桎梏邪？」老聃曰：「胡不直使
彼以死生爲一條，以可不可爲一貫者，解其桎梏，其可乎？」无趾
曰：「天刑之，安可解！」〔註59〕

此外，在〈盜跖〉篇中，也有遭盜跖稱爲「巧僞人」後，又被盜跖譏諷的情
形：

今子脩文武之道，掌天下之辯，以教後世，縫衣淺帶，矯言僞行，
以迷惑天下之主，而欲求富貴焉，盜莫大於子。天下何故不謂子爲
盜丘，而乃謂我爲盜跖？子以甘辭說子路而使從之，使子路去其危
冠，解其長劍，而受教於子，天下皆曰孔丘能止暴禁非。其卒之也，
子路欲殺衛君而事不成，身菹衛東門之上，是子教之不至也。子自
謂才士聖人邪？再則逐於魯，削跡於衛，窮於齊，圍於陳蔡，不容
身於天下。子教子路菹此患，上无以爲身，下无以爲人，子之道豈
足貴邪？〔註60〕

而原有之正面形象的描寫，數量頗多，例如：在〈德充符〉中，爲魯哀公講
述「才全德不形」之理；〔註61〕在〈大宗師〉中爲顏回解釋：死生非人力能
及，只須順應之理；〔註62〕在〈秋水〉篇中，即使被誤認成陽虎遭到圍困，
仍然弦歌不輟。在在顯現出孔子的聖人通達之姿。〔註63〕

總而言之，《莊子》寓言故事在源自傳說部份，多是借重傳說人物的聲譽，
以引起閱讀者的注意，即〈寓言〉篇所謂的「重言」。因此，它的史實大多只
著眼在人物本身的存有與人物所發生的重要事件與主張之學說上，例如：堯
與舜的禪讓，孔子主張「仁」之學說。在此，作者是企圖利用人們所熟知的
人物，鋪陳其個人安排想像的情節，藉以闡揚學理。

---

〔註59〕同註8，《莊子集釋》，上冊，頁203～205。
〔註60〕同註8，《莊子集釋》，下冊，頁996～997。
〔註61〕同註8，《莊子集釋》，上冊，頁206～216。
〔註62〕同註8，《莊子集釋》，上冊，頁274～275。
〔註63〕同註8，《莊子集釋》，下冊，頁595～596。

## 三、民間故事

　　民間故事是民間文學的一部份，因此在定義民間故事以前，可以先看看學者對民間文學的定義，而後再探究民間故事的定義。譚達先對民間文學的理解為：

> 在原始社會裡，是指全體人民的口頭創作；在奴隸社會裡，主要是指奴隸的口頭創作；在封建、半封建社會裡，主要是指農民、手工業者、工人的集體的口頭創作。自然，一些民間故事家、民間歌手的個人的口頭文學作品，也應該包括在內。這種文學，直接而鮮明地表現了廣大下層民眾的思想感情、要求願望、藝術情趣和美學理想。〔註64〕

而洪淑苓對民間故事的想法是：「基本上民間故事幾乎是像文學創作一樣，由一般民眾根據既有的知識，以日常生活為題材，拿現實中匿名的人物當主角，編理出故事」。〔註65〕根據這兩種說法，我們可以了解：民間故事的創作者是廣大群眾，它的題材與日常生活相關，所表現的正是一般平民的心聲。

　　在《莊子》的寓言故事中，要明確區分其是來自民間或由莊子自創，有相當難度。理由之一是因為《莊子》作者有取用平民人物生活中之事為題材來寫作的情形，此舉使作品呈現濃厚的民間色彩；理由之二是因為《莊子》作者在取材於民間故事時，對故事進行了加工改造或潤色刪削。例如：〈養生主〉所記「庖丁解牛」之事，劉燦認為是一則民間故事：

> 在先秦寓言裡，常常遇到這樣有趣的事：同一個民間故事，在不同作家的作品，寓意大不相同……又如著名的〈庖丁解牛〉故事，莊子用它來說明道家的養生之術；管子用它來說明用兵之道；呂不韋卻用它來說明精神專一。〔註66〕

然而筆者卻傾向是莊子自創，而後被《管子》與《呂氏春秋》的作者靈活運用。因為莊子本人除了擔任過漆園吏的小官之外，其他時間都是窮兮兮地度日，貧困使他了解並接觸平民。根據〈秋水〉篇，莊子在惠子相梁時，去過梁國；〔註67〕在〈至樂〉篇，莊子到過楚國；〔註68〕也許他也曾拜訪魯國。

---

〔註64〕譚達先：《中國民間文學概論》（臺北：貫雅文化事業有限公司，1992年7月），頁5。

〔註65〕同註7，頁12。

〔註66〕劉燦：《先秦寓言》（臺北：群玉堂出版事業股份有限公司，1991年11月），頁22。

〔註67〕同註8，《莊子集釋》，下冊，頁605。

〔註69〕這種種經歷豐富了他的生活，也讓他看見或聽見更多的民情，也許真
有那麼一位善於解剖牛體的人帶給莊子靈感，他便馳騁想像自編情節對話，
以寓養生之旨。以當時解牛人應有之見識，要說出這般哲理深刻的言語，恐
怕不可能，今引述庖丁之語：

> 臣之所好者道也，進乎技矣。始臣之解牛之時，所見无非牛者。三
> 年之後，未嘗見全牛也。方今之時，臣以神遇而不以目視，官知止
> 而神欲行。依乎天理，批大郤，導大窾，因其固然。技經肯綮之未
> 嘗，而況大軱乎！良庖歲更刀，割也；族庖月更刀，折也。今臣之
> 刀十九年矣，所解數千牛矣，而刀刃若新發於硎。彼節者有閒，而
> 刀刃者无厚；以无厚入有閒，恢恢乎其於遊刃必有餘地矣，是以十
> 九年而刀刃若新發於硎。雖然，每至於族，吾見其難爲，怵然爲戒，
> 視爲止，行爲遲。動刀甚微，謋然已解，如土委地。提刀而立，爲
> 之四顧，爲之躊躇滿志，善刀而藏之。〔註70〕

在《莊子》寓言故事中被認爲是來自民間者，譚達先認爲有〈齊物論〉
的「朝三暮四」、〈天運〉篇的「東施笑顰」、〈秋水〉篇的「埳井之蛙」以及
〈則陽〉篇的「觸蠻之爭」。〔註71〕今舉「東施笑顰」與「埳井之蛙」二例說
明：

> 故西施病心而矉其里，其里之醜人見之而美之，歸亦捧心而矉其里。
> 其里之富人見之，堅閉門而不出，貧人見之，挈妻子而去走。彼知
> 矉美而不知矉之所以美。〔註72〕

> 子獨不聞夫埳井之蛙乎？謂東海之鱉曰：『吾樂與！出跳梁乎井幹之
> 上，入休乎缺甃之崖；赴水則接腋持頤，蹶泥則沒足滅跗；還虷蟹
> 與科斗，莫吾能若也。且夫擅一壑之水，而跨跱埳井之樂，此亦至
> 矣，夫子奚不時來入觀乎！』東海之鱉左足未入，而右膝已縶矣。
> 於是逡巡而卻，告之海曰：『夫千里之遠，不足以舉其大；千仞之高，
> 不足以極其深。禹之時十年九潦，而水弗爲加益；湯之時八年七旱，

---

〔註68〕同註8，《莊子集釋》，下冊，頁617。
〔註69〕同註8，《莊子集釋》，下冊，頁717。
〔註70〕同註8，《莊子集釋》，上冊，頁119。
〔註71〕四則故事分見譚達先：《中國民間寓言研究》（香港：商務印書館香港分館，
1985年2月），頁61、63、92、93。
〔註72〕同註8，《莊子集釋》，上冊，頁515。

而崖不爲加損。夫不爲頃久推移，不以多少進退者，此亦東海之大
樂也。』於是埳井之蛙聞之，適適然驚，規規然自失也。〔註73〕

仔細觀察這兩則寓言故事，確實不同於文人所仿作的民間寓言，首先是故事
的結構比較簡單，客觀意義比較淺顯，不論老幼都能了解；取材也十分生活
化，至於人物對話也通俗。

　　此外，劉燦在《先秦寓言》一書中，還主張〈外物〉篇的「任公子釣大
魚」也是民間故事：「莊子對〈任公子釣大魚〉的寓言加工後，明確地交代了
這則寓言的來源：『已而，後世輊才諷說之徒，皆驚而相告也。』所謂「輊才
諷說之徒」，大概就是一些民間故事的搜集和傳播者」。〔註74〕

## 四、作者自創

　　在《莊子》寓言故事中，由作者自創的數量不少，在作者自創的故事裡，
有光怪陸離的事件。例如：〈人間世〉記載「匠石與櫟社樹」之事：

匠石之齊，至於曲轅，見櫟社樹。其大蔽數千牛，絜之百圍，其高
臨山十仞而後有枝，其可以爲舟者旁十數。觀者如市，匠伯不顧，
遂行不輟。弟子厭觀之，走及匠石，曰：「自吾執斧斤以隨夫子，未
嘗見材如此其美也。先生不肯視，行不輟，何邪？」曰：「已矣，勿
言之矣！散木也，以爲舟則沈，以爲棺槨則速腐，以爲器則速毀，
以爲門戶則液樠，以爲柱則蠹。是不材之木也，無所可用，故能若
是之壽。」匠石歸，櫟社見夢曰：「女將惡乎比予哉？若將比予文木
邪？夫柤梨橘柚，果蓏之屬，實熟則剝，剝則辱；大枝折，小枝泄。
此以其能苦其生者也，故不終其天年而中道夭，自掊擊於世俗者也。
物莫不若是。且予求无所可用久矣，幾死，乃今得之，爲予大用。
使予也而有用，且得有此大也邪？且也若與予也皆物也，奈何哉其
相物也？而幾死之散人，又惡知散木！」〔註75〕

寫樹藉夢責人，大概也只有莊子才能構思得出吧！在《莊子》書中，除了有
能透過夢境責備人的大樹，還有人「咶其葉，則口爛而爲傷；嗅之，則使人
狂醒，三日不已」的奇樹。

---

〔註73〕同註8，《莊子集釋》，下冊，頁598。
〔註74〕同註66，頁22。
〔註75〕同註8，《莊子集釋》，上冊，頁170～172。

在人的外貌上，《莊子》作者也有匠心獨運的筆墨，例如：〈人間世〉中「支離疏」的模樣——「頤隱於臍，肩高於頂，會撮指天，五管在上，兩髀為脅」；〔註76〕以及長有「甕㼔大瘤」〔註77〕的相貌。作者偶而也創造一些怪病，例如：〈大宗師〉中的子輿就得了「曲僂發背，上有五管，頤隱於臍，肩高於頂，句贅指天」〔註78〕的異疾。

至於懷一技在身的平民人物，在《莊子》作者筆下也有突出表現，試看〈徐无鬼〉中運斤成風的匠石：

> 郢人堊慢其鼻端若蠅翼，使匠石斲之。匠石運斤成風，聽而斲之，盡堊而鼻不傷，郢人立不失容。宋元君聞之，召匠石曰：『嘗試為寡人為之。』匠石曰：『臣則嘗能斲之。雖然，臣之質死久矣。』〔註79〕

總之，在《莊子》作者自創的故事裡，為了寄託自我思想，以吸引人們注意，作者將想像力發揮至極致，創造出最奇特的人、事、物。如此弔詭之情形，一方面是作者的苦心孤詣，另一方面或許也有「予不得已」的感慨！

# 第二節　情節單元分析

本節將逐篇分析《莊子》寓言故事之情節單元，凡一篇中無情節單元者，則略過篇名。為便於查考，篇名序號與《莊子》原書相同。每篇所列情節單元，乃按原文出現先後排列，倘有內容相同的故事重複出現，且情節單元也相同時，將在該情節單元後加註括號標明重出；如果同一篇內之不同故事有相同的情節單元出現時，則只列一次。

〈逍遙遊〉第一

一、巨大之鯤

二、鯤變為鵬

三、巨大之鵬

四、蟬作人語

五、鳩作人語

六、長壽之樹

---

〔註76〕同註8，《莊子集釋》，上冊，頁180。
〔註77〕同註8，《莊子集釋》，上冊，頁216。
〔註78〕同註8，《莊子集釋》，上冊，頁158。
〔註79〕同註8，《莊子集釋》，下冊，頁843。

七、長壽之人

八、巨大之鯤（重出）

九、巨大之鵬（重出）

十、鵙作人語

十一、御風而行之人

十二、不受王位之人

十三、神人膚若雪，飲風露，乘雲御龍，神凝利物生長

十四、斷髮紋身之人

十五、巨大之瓠

十六、因藥封官

十七、巨大之氂牛

〈齊物論〉第二

一、猴解人語

二、愚笨之猴

三、十日並出

四、至人嚴寒酷暑不傷，疾雷飄風不懼

五、罔兩作人語

六、影子作人語

七、人變為蝶

〈養生主〉第三

一、奇技解牛

二、友死不悲之人

〈人間世〉第四

一、螳臂擋車

二、以養人之方式養馬

三、巨大之樹

四、樹藉夢責人

五、巨樹葉爛人口，味醒人身

六、白顙牛不可適河

七、亢鼻豚不可適河

三、困惑的雲將神

〈天地〉第十二

一、無心尋找失去之玄珠反得之

二、霧作人語

三、風作人語

〈天運〉十四

一、祭祀須用芻狗

二、猴衣人服

三、醜婦效顰

四、龍的變化（合而成體，散而成章）

五、子生五月而能言

六、白鶂相視成孕

七、雄蟲鳴上風而雌受孕

八、魚相濡成孕

〈秋水〉第十七

一、一足獸（夔）

二、夔作人語

三、蚿作人語

四、蛇作人語

五、風作人語

六、因面貌與罪犯相似而遭圍困

七、蛙作人語

八、鰲作人語

九、學步未成，反失故步

十、三千歲之龜

十一、鵷鶵知節飲食、中行止

〈至樂〉第十八

一、妻死鼓盆而歌

二、瞬間而瘤生肘上

三、髑髏藉夢與人通意

四、以君王之養養鳥

五、物種得水變爲水草

六、物種得水土變爲青苔

七、物種生於高地變爲車前草

八、車前草長於糞壤變爲烏足草

九、烏足草之根變爲金龜子之幼蟲

十、烏足草之葉變爲蝴蝶

十一、蝴蝶變爲鴝掇蟲

十二、鴝掇蟲變爲乾餘骨鳥

十三、乾餘骨鳥之沫變爲斯彌蟲

十四、斯彌蟲變爲食醯蟲

十五、食醯蟲變爲頤輅蟲

十六、九猷蟲變爲黃軦蟲

十七、黃軦蟲變爲螢火蟲

十八、螢火蟲變爲瞀芮蟲

十九、羊奚與竹毗連生出青寧蟲

二十、青寧蟲生出大蟲

二十一、大蟲生出馬

二十二、馬生人

〈達生〉第十九

一、至人潛行不窒，蹈火不熱，行乎萬物之上而不慄

二、捕蟬奇技

三、操舟奇技

四、修道者鶴髮童顏

五、人見神鬼

六、見委蛇者，將爲霸主

七、奇特的委蛇（狀大如轂，長如轅，紫衣朱冠，惡聞雷車之聲，
聞之則捧首）

八、聞己所見非不祥之物，病即瘳

九、似木雞之鬥雞王

十、蹈水奇技

十一、爲鐻奇技

十二、御車奇技

十三、以君王之養養鳥（重出）

〈山木〉第二十

一、知行止守中之意怠鳥

二、棄千金之璧負赤子逃亡之人

三、剖心之刑

四、鶹鵰鳥非禮無視

五、翼廣七尺不逝，目大運寸不睹之鵲

六、螳螂捕蟬，鵲鳥在後

七、醜妾蒙寵，美妾失愛

〈田子方〉第二十一

一、以判死刑測驗儒者之眞假

二、解衣露身箕坐之眞畫者

三、諉稱先王託夢，以立良臣

四、射箭奇技

五、至人上窺青天，下潛黃泉，揮斥八極，神氣不變

六、對於官位得失不在意之人

七、聞國滅不動心之君主

〈知北遊〉第二十二

一、師死不悲反笑之人

二、捶鉤奇技

〈徐无鬼〉第二十四

一、聖賢之君問治術於小童

二、鼓此瑟彼瑟亦響

三、運斤奇技

四、搏捷矢之猴

五、賣弄靈巧而遭射之猴

六、盜刖人足，以便買賣

七、不受王位而逃亡之人

〈則陽〉第二十五

　　一、蝸牛角上有兩小國（觸、蠻）

　　二、蝸牛角上爭戰的小國

　　三、預言某人將遷家以避己結果應驗

　　四、卜知吉葬之地

　　五、掘葬地得石槨，槨上銘文之預言有驗

〈外物〉第二十六

　　一、鮒魚作人語

　　二、大鉤、巨緇、巨餌

　　三、巨大之魚

　　四、盜墓之儒生

　　五、死者含珠以葬

　　六、龜變人通夢於人，要求解困

　　七、占夢為驗

　　八、白龜

　　九、每卜皆驗之龜甲

　　十、因善毀封官

　　十一、為求封官，哀毀而死

　　十二、不受王位而逃亡之人（重出）

　　十三、慕人高名，投水自盡之人

〈寓言〉第二十七

　　一、罔兩作人語（重出）

　　二、影子作人語（重出）

〈讓王〉第二十八

　　一、不受王位之人（重出）

　　二、為民祉拋棄王位

　　三、不受王位而逃亡之人

　　四、燒艾草薰人出洞

　　五、不受餽贈巧言脫身

　　六、雖窮困卻不受餽贈之人

七、為避王位，投水自盡之人

八、歃血為盟

九、不食異朝之粟而死

〈盜跖〉第二十九

一、切碎人肝而食

二、菹刑

三、不踐異土，抱木而死

四、割股食人

五、尾生之信

六、剖心之刑（重出）

七、殺兄娶嫂

八、父殺子

九、弟殺兄

十、抉眼之刑

十一、證父偷羊

〈漁父〉第三十一

一、因畏影惡跡，疾走而死之人

〈列禦寇〉第三十三

一、因父助弟與己論辯，故憤而自殺

二、亡者藉夢與人通意

三、舐痔結駟

四、循牆而走之卿

五、驪龍頷下有千金之珠

六、潛於深淵取得驪龍珠之人

七、裸葬

　　《莊子》寓言故事的來源，除了作者自創外，前有所承的部分，包括：古代神話、歷史傳說以及民間故事。然而雖然是前有所承，但是保有故事原貌的卻很少。尤其是數量佔全書寓言故事最多的傳說部分，不單記載的內容

未見於經書史籍，甚至不符人物的原有形象，而在神話方面也有類似情形。這種狀況的產生，可以使我們了解《莊子》作者所謂：「重言十七，所以已言也，是爲耆艾」〔註 80〕的重言理論。但這些「重言」是否眞是「耆艾」親口所言，則不能盡信，畢竟它只是作者爲了闡明其個人學說而隨心所欲用以「適己」的工具。

在成長的歲月中，接觸到的故事數量不算少，作者費盡心思深刻雕琢的瑰麗辭藻，講述者滔滔不絕天花亂墜的形容，早已煙消雲散，印象所及不過是故事中特殊之人、事、物，不能忘記的是〈白雪公主〉中兇惡殘忍的後母，殺鹿取心以代白雪公主之心的方法。而在《莊子》寓言故事中，令人印象深刻的是〈秋水〉篇內邯鄲學步反失故步的壽陵餘子；〔註 81〕〈至樂〉篇中藉夢與莊子通意的空髑髏；〔註 82〕〈達生〉篇裡游於「縣水三十仞，流沫四十里，黿鼉魚鱉之所不能游」的呂梁丈夫。〔註 83〕這些都是《莊子》寓言故事的情節單元。

---

〔註80〕同註 8，《莊子集釋》，下冊，頁 949。
〔註81〕同註 8，《莊子集釋》，下冊，頁 601。
〔註82〕同註 8，《莊子集釋》，下冊，頁 617。
〔註83〕同註 8，《莊子集釋》，下冊，頁 657。

# 第四章 《莊子》寓言故事的文學性

對於《莊子》寓言的文學表現，黃錦鋐曾經如此評述：「當我們讀了莊子的文章，事實上也很難去區分它是形式結構的優美，還是內容情節的動人，因為他那豐富的情意，就寄寓在優美的文辭之中」。〔註1〕由此可見，《莊子》寓言的文學表現乃是面面俱到。

有關《莊子》寓言故事的文學表現，筆者擬透過寓言故事的自身表現與外在影響進行論述。第一節分析它的修辭藝術，藉以了解其文句優美之成因。第二節探討其寫作技巧，包括人物與物類的描摹、事件的安排與處理，藉以說明其在內容情節、篇章結構上何以能有動人表現。第三節觀察《莊子》寓言故事的流傳，即外在影響：一部好的文學作品，其所運用之文字與寫作技巧，乃至作品所呈現的精神與風格，往往都是後人具體模仿或神襲的對象。因此，若能挖掘出《莊子》寓言故事在後世的流傳狀況，自能進一步貞定其所具之文學性。茲由文句引用、故事精義鎔鑄、故事重寫三方面切入。

## 第一節 修辭藝術

優秀的文學作品往往令讀者不忍釋手，有心人為了進一步瞭解佳作的形成，便逐字、逐句、逐章地著手分析，然後歸納出格目，修辭學因此產生。所以，現代讀者若能透過修辭學的理論，對名家鉅作進行分析，自然也可以體會出篇章中的神來之筆，或苦心孤詣所創造出的絕佳修辭。在《莊子》一書成立的年代，修辭學尚未發展，作者自然不可能採用修辭理論來輔助創作，但是此書的文詞卻暗合了今日修辭學中所開發的修辭格目。本節嘗試以修辭格目分析

---

〔註1〕黃錦鋐：《莊子之文學》（臺北：三民書局股份有限公司，1977年7月），頁52。

《莊子》寓言故事，以發掘其中蘊藏的精心與巧思。本節提出的修辭格共有十五項，每論一項皆先做解釋，項下若有條目也會進行釋義，項下皆有例證。

## 一、譬　喻

　　譬喻是「取用類似的觀念來相比方，以達曉喻的目的」。〔註2〕譬喻格乃由喻體、喻詞、喻依所組成，喻體是所要闡明的主體；喻詞是連接喻體和喻依的繫詞；喻依則是用來說明喻體的另一事物。完整的譬喻是三者俱全，稱爲「明喻」，三者若有省略或變化的情形產生時，則爲變格。在《莊子》寓言故事中的譬喻格，除了典型的「明喻」之外，還包括：以肯定繫詞作爲喻詞的「隱喻」，省略喻詞所形成的「略喻」，以及喻體、喻詞均被省略的「借喻」。今逐項舉例：

### （一）明　喻

　　　吾驚怖其言，猶河漢而无極也。〔註3〕

此例之中，「言」爲喻體，「猶」爲喻詞，「河漢而无極」則是喻依。

　　　藐姑射之山，有神人居焉，肌膚若冰雪，淖約若處子。〔註4〕

此例之中，「肌膚」、「淖約」分別是喻體，「若」是喻詞，「冰雪」、「處子」分別爲喻依。

　　　爲其妻爨，食豕如食人。〔註5〕

此句喻體在「食豕」，喻詞是「如」，喻依則爲「食人」。

　　上述三例，喻體、喻詞、喻依三者皆備，故爲明喻。

### （二）隱　喻

　　　彼且爲嬰兒，亦與之爲嬰兒；彼且爲无町畦，亦與之爲无町畦；彼

　　　且爲无崖，亦與之爲无崖。〔註6〕

引文出現的三個「彼」都是喻體；六個「爲」都是喻詞；喻依則分別是「嬰兒」、「无町畦」、「无崖」。「爲」字的一般用法是當作肯定繫詞，但是在此處

---

〔註2〕蔡謀芳師：《表達的藝術——修辭二十五講》（臺北：三民書局股份有限公司，1980 年 12 月），頁 1。
〔註3〕郭慶藩編、王孝魚整理：《莊子集釋》（臺北：群玉堂，1991 年 10 月），上冊，頁 27。
〔註4〕同註3，《莊子集釋》，上冊，頁 28。
〔註5〕同註3，《莊子集釋》，上冊，頁 306。
〔註6〕同註3，《莊子集釋》，上冊，頁 165。

則解釋為「像」，故為隱喻格寫法。

> 生者，假借也；假之而生生者，塵垢也。死生為晝夜。且吾與子觀
> 化而化及我，我又何惡焉。〔註7〕

「死生為晝夜」之義，乃是將死生比做晝夜。所以，此句之中的「死生」是
喻體，「為」是喻詞，「晝夜」則是喻依，係一隱喻格型態。

### （三）略　喻

> 夫水之積也不厚，則其負大舟也無力⋯⋯風之積也不厚，則其負大
> 翼也無力。〔註8〕

此例是用「水之積也不厚，則其負大舟也無力」，比喻「風之積也不厚，則其
負大翼也無力」。前者為喻依，後者為喻體，其中不見喻詞，正是略喻。

> 堯讓天下於許由，曰：「日月出矣而爝火不息，其於光也，不亦難乎！
> 時雨降矣而猶浸灌，其於澤也，不亦勞乎！夫子立而天下治，而我
> 猶尸之，吾自視缺然。請致天下。」〔註9〕

此例不見喻詞，但卻能從語意中體會出「日月」、「時雨」是喻依，用來形容
喻體「夫子」（許由）的治國能力；而「爝火」、「浸灌」也是喻依，用來比擬
喻體「我」（堯）的治國能力。兩者均無喻詞，故為略喻。同時，「日月出矣
而爝火不息，其於光也，不亦難乎」和「時雨降矣而猶浸灌，其於澤也，不
亦勞乎」，這兩項敘述也是喻依，用來說明喻體「夫子立而天下治，而我猶尸
之，吾自視缺然」的情形。其中也缺少喻詞，故亦屬略喻。

### （四）借　喻

〈盜跖〉篇記載，孔子見盜跖四處為惡，便至盜跖紮營處，對其曉以大
義。結果如何？試看孔子與柳下季的對答：

> 柳下季曰：「跖得无逆汝意若前乎？」孔子曰：「然。丘所謂无病而
> 自灸也，疾走料虎頭，編虎須，幾不免虎口哉」〔註10〕

這段文字的修辭十分精彩。孔子首先以「无病而自灸」，比喻自己的行為是「沒
事自找麻煩」；而後又用「虎」來比喻盜跖的凶狠。前後均省略了喻體與喻詞，
而直接採用喻依取代要說明的情況與主體，正是借喻的修辭型態。

---

〔註 7〕同註3，《莊子集釋》，下冊，頁 616。
〔註 8〕同註3，《莊子集釋》，上冊，頁 7。
〔註 9〕同註3，《莊子集釋》，上冊，頁 22。
〔註10〕同註3，《莊子集釋》，下冊，頁 1001。

> 宋元君將畫圖，眾史皆至，受揖而立；舐筆和墨，在外者半。有一
> 史後至者，儃儃然不趨，受揖不立，因之舍。公使人視之，則解衣
> 磐礴臝。君曰：「此乃眞畫者也。」〔註11〕

這是借喻的大型製作，故事爲「喻依」，用來說明專家不受成規的約束，方能
有所突破。在此除了喻依之外，喻體、喻詞都消失了，故爲借喻。

　　適當的譬喻能幫助讀者了解作者所要描寫的事物，以及作者所想表達的
意念。好的譬喻甚至能使讀者印象深刻、永誌不忘，並觸發靈感。《莊子》寓
言故事運用的譬喻修辭俯拾皆是，這就增添了文字的吸引力。

# 二、擬　人

　　蔡謀芳師認爲：「正常的句法，其主語與謂語之間，自然具有一種統一性。
但在文學作品中卻有刻意造就『不統一』的時機。『統一』是常態，『不統一』
是變格。」〔註12〕《莊子》作者向來標舉「天地與我並生，而萬物與我爲一」，
故書中修辭多有擬人格表現。根據蔡謀芳師的說法，擬人修辭可以分爲兩種：
一是在主語的「稱呼」上便已人性化的，稱爲「人性稱呼」；一是只有謂語具
有人性化，這就稱爲「普通稱呼」。〔註13〕

## （一）人性稱呼

> 聞諸副墨之子，副墨之子聞諸洛誦之孫，洛誦之孫聞之瞻明，瞻明
> 聞之聶許。〔註14〕

根據成玄英疏：「臨本謂之副墨，背文謂之洛誦。初既依文生解，所以執持披
讀；次則漸悟其理，是故羅洛誦之。且教從理生，故稱爲子；而誦因教起，
名之曰孫也。」〔註15〕引文當中運用「子」、「孫」來稱呼物性之屬，正是人
性稱呼的修辭表現。

## （二）常態稱呼

> 蜩與學鳩笑之曰：「我決起而飛……」〔註16〕

---

〔註11〕同註3，《莊子集釋》，下冊，頁719。
〔註12〕同註2，頁11。
〔註13〕同註2，頁12。
〔註14〕同註3，《莊子集釋》，上冊，頁256。
〔註15〕同註13。
〔註16〕同註3，《莊子集釋》，上冊，頁9。

「笑」是人的表情，在此例當中是將蜩與學鳩比擬爲人，所以有笑的描寫，此即擬人的常態稱呼格。董季棠說：「科學要眞，文學要癡。科學眞，求的固是眞理；文學癡，表的卻是眞情」，〔註17〕擬人辭格正是文學上物我同一的癡情表現。

## 三、映 襯

何謂映襯修辭？黃慶萱如是說：「在語文中，把兩種不同的，特別是相反的觀念或事實，對列起來，兩相比較，從而使語氣增強，使意義明顯的修辭方法」。〔註18〕蔡謀芳師根據映襯修辭中，兩個事體所呈現的不同關係，而將映襯分爲三類：倘若一爲主體，一爲客觀，是單向的主客關係時，就稱爲「單襯」；如果是互爲主客關係，稱之爲「互襯」；至於徒具形式而無實質映襯技巧者，則稱爲「假襯」。〔註19〕在《莊子》寓言故事中，三種映襯格皆可見到。

### （一）單 襯

#### 1、直 托

直托是「同時述說主體與客體，而主客關係顯然可辨者。」〔註20〕其如〈逍遙遊〉：

> 聚族而謀曰：「我世世爲洴澼絖，不過數金；今一朝鬻技百金，請與之。」〔註21〕

此例是利用世世漂洗絲絮所得甚少做爲客體，以襯托今朝鬻技獲利極多的主體。

> 自狀其過以不當亡者眾，不狀其過以不當存者寡。〔註22〕

引文是援引世上犯了錯不肯承認的人很多，來襯托願意坦承自己犯錯而該受罰的人卻很少。

#### 2、反 托

反托的重點是「筆墨偏重在客體而不在主體，但其結果卻是突顯了主體」，〔註23〕例如：

---

〔註17〕董季棠：《修辭析論》（臺北：文史哲出版社，1992年6月），頁142。
〔註18〕黃慶萱：《修辭學》（臺北：三民書局股份有限公司，1988年3月），頁287。
〔註19〕同註2，頁20。
〔註20〕同註2，頁20。
〔註21〕同註3，《莊子集釋》，上冊，頁37。
〔註22〕同註3，《莊子集釋》，上冊，頁199。
〔註23〕同註3，《莊子集釋》，上冊，頁199。

> 宋有荊氏者，宜楸柏桑。其拱把而上者，求狙猴之杙者斬之；三圍
> 四圍，求高名之麗者斬之；七圍八圍，貴人富商之家求樿傍者斬之。
> 故未終其天年，而中道之夭於斧斤，此材之患也。故解之以牛之白
> 顙者與豚之亢鼻者，與人有痔病者不可以適河。此皆巫祝以知之矣，
> 所以爲不祥也。此乃神人之所以爲大祥也。〔註24〕

此段文字只有最後一句是在說明主體，其餘都是對客體的闡述：敘說「有材
引發禍患所以不祥」，以及「不材斯無患因此吉祥」，故爲反托。

## （二）互　襯

> 自其異者而視之，肝膽楚越也；自其同者而觀之，萬物皆一也。
> 〔註25〕

此例是從異同角度著眼而寫出相反情況，因而形成互相襯托的修辭格，並未
偏重任何一方，所以兩方互爲主客。

> 天之小人，人之君子；人之君子，天之小人也。〔註26〕

後兩句「人之君子，天之小人」是前兩句「天之小人，人之君子」的倒置，
兩句互爲主客，因此是互襯。

## （三）假　襯

> 其分也，成也；其成也，毀也。〔註27〕

根據一般情況來觀察，這句話應該寫成「其分也，毀也；其成也，成也。」
此處卻不按照常理表達，因此讀者內心自然產生矛盾而呈現映襯之感，但事
實上其中並沒有實質的映襯作用，故爲假襯。

# 四、誇　飾

黃永武說：「以鋪張揚厲的文辭，來豁顯難傳的情狀，增強感人的力量，
藉以聳動讀者的視聽，這種辭格就是誇飾。」〔註28〕《莊子》寓言故事採用
的誇飾方法，包括：數字、譬喻、描摹，根據蔡謀芳師的定義：數字誇飾法

---

〔註24〕同註3，《莊子集釋》，上冊，頁177。
〔註25〕同註3，《莊子集釋》，上冊，頁190。
〔註26〕同註3，《莊子集釋》，上冊，頁273。
〔註27〕同註3，《莊子集釋》，上冊，頁70。
〔註28〕黃永武：《字句鍛鍊法》，（臺北：洪範書店有限公司，1986年11月），頁
90。

就是「作者所示的數字，顯然超過實際的度量」；〔註29〕而譬喻誇飾則為「取譬之度量顯然超過所喻之度量」；〔註30〕至於「描繪事象之狀態而使言過其實」〔註31〕的修辭，則屬描摹誇飾。

### （一）數字誇飾法

> 鵬之徙於南冥也，水擊三千里，摶扶搖而上者九萬里，去以六月息者也。〔註32〕

上句的「三千里」、「九萬里」都是極言其遠與其高，正是利用數字的極大來進行誇飾。

> 世之所高，莫若黃帝，黃帝尚不能全德，而戰涿鹿之野，流血百里。〔註33〕

此例之中的「流血百里」，也是運用數字來進行誇飾。

### （二）譬喻誇飾法

> 今夫犛牛，其大若垂天之雲。〔註34〕

以「垂天之雲」來比喻「犛牛」之大，是言過其實，即為誇飾。

### （三）描摹誇飾法

> 支離疏者，頤隱於臍，肩高於頂，會撮指天，五管在上，兩髀為脅。〔註35〕

在世界上恐怕是找不到如此奇特長相之人，因此顯然為誇飾的描摹。

> 盜跖聞之大怒，目如明星，髮上指冠。〔註36〕

以「髮上指冠」來說明盜跖大怒的情態，係為描摹誇飾法。

## 五、摹狀

摹狀修辭是針對外在事物給人的感覺來對事物進行描寫，例如：描寫眼

---

〔註29〕同註2，頁27。
〔註30〕同註2，頁27。
〔註31〕同註2，頁28。
〔註32〕同註3，《莊子集釋》，上冊，頁4。
〔註33〕同註3，《莊子集釋》，下冊，頁997。
〔註34〕同註3，《莊子集釋》，上冊，頁40。
〔註35〕同註3，《莊子集釋》，上冊，頁180。
〔註36〕同註3，《莊子集釋》，下冊，頁991。

睛看見的顏色，耳朵聽到的聲音，鼻子聞到的氣息，舌頭嚐到的味道，肢體碰觸物體的感覺。在《莊子》寓言故事中，有運用視覺與聽覺的摹狀修辭。

### （一）視覺的摹寫

> 天之蒼蒼，其正色邪？〔註37〕

「蒼蒼」是形容天空的顏色，所以是視覺摹寫。

### （二）聽覺的摹寫

> 今子蓬蓬然起於北海，蓬蓬然而入於南海。〔註38〕

根據成玄英疏：「蓬蓬，風聲也」，〔註39〕所以「蓬蓬」是聽覺摹寫。

## 六、排　比

排比是「連綴若干句型相等，而句意不等的文句，來強調同一範圍的事象，構成一小組排句，來強化語氣的辭格。」〔註40〕由於排比的句意是相並的，因此如果排比得當，不但可以加深筆力，甚至能讓讀者感受到有如排山倒海的千鈞氣勢。在《莊子》寓言故事中，運用排比的文句頗多，今依排比形式分為四類：

### （一）兩句並列

> 瞽者无以與乎文章之觀，聾者无以與乎鐘鼓之聲。〔註41〕

> 彷徨乎无為其側，逍遙乎寢臥其下。〔註42〕

以上二例分別以單句方式來排比，所以是兩句並列的排比修辭。

### （二）三句並列

> 至人无己，神人无功，聖人无名。〔註43〕

成玄英之疏云：「至言其體，神言其用，聖言其名。故就體語至，就用語神，就名語聖，其實一也。詣於靈極，故謂之至；陰陽不測，故謂之神；正名百物，故謂之聖也。一人之上，其有此三，欲顯功用名殊，故有三人之別。」

---

〔註37〕同註32。
〔註38〕同註3，《莊子集釋》，下冊，頁594。
〔註39〕同註3，《莊子集釋》，下冊，頁594。
〔註40〕同註28，頁107。
〔註41〕同註3，《莊子集釋》，上冊，頁31。
〔註42〕同註3，《莊子集釋》，上冊，頁40。
〔註43〕同註3，《莊子集釋》，上冊，頁17。

〔註44〕由此看來，這三句都是在描寫同一個人，所以屬於排比修辭。

> 毛嬙麗姬，人之所美；魚見之深入，鳥見之高飛，麋鹿見之決驟。
> 〔註45〕

引文最後三句呈現排比的形式，「魚」、「鳥」、「麋鹿」三者都是因為看見了毛嬙、麗姬而有逃避之舉。

### （三）多句排比

> 散木也，以為舟則沈，以為棺槨則速腐，以為器則速毀，以為門戶
> 則液橫，以為柱則蠹。〔註46〕

此一文例是由一項原因（散木）而引發多項結果（散木做成的舟、棺槨、器具、門戶、柱都快速毀損）。故此例除首句「散木」之外，後面五種情形正是以多句排比的形式出現。

### （四）長句排比

> 鷦鷯巢於深林，不過一枝；偃鼠飲河，不過滿腹。〔註47〕

> 民溼寢則腰疾偏死，鰍然乎哉？木處而惴慄恂懼，猿猴然乎哉？
> 〔註48〕

上述二例雖然是四句，但前兩句與後兩句皆各自形成一組，因此屬於長句排比。

## 七、對　偶

董季棠說：「對偶是上下兩句成雙成偶地對立。不但字數相等，而且詞性相同，如名詞對名詞，動詞對動詞，形容詞對形容詞等。而詞性相同，但字面又各異」。〔註49〕根據對偶的形式，可區分為四類，《莊子》寓言故事中皆有之。

### （一）當句對

> 名實未虧而喜怒為用。〔註50〕

---

〔註44〕同註3，《莊子集釋》，上冊，頁22。
〔註45〕同註3，《莊子集釋》，上冊，頁93。
〔註46〕同註3，《莊子集釋》，上冊，頁171。
〔註47〕同註3，《莊子集釋》，上冊，頁24。
〔註48〕同註45。
〔註49〕同註17，頁327。
〔註50〕同註3，《莊子集釋》，上冊，頁70。

意有所至而愛有所亡。〔註51〕

一句之中有相對的短語出現就是當句對。第一例「名實未虧」與「喜怒爲用」相對；第二例「意」與「愛」相對，「至」與「亡」相對。

### （二）單句對

昔者，十日並出，萬物皆照。〔註52〕

若然者，乘雲氣，騎日月，而遊乎四海之外。〔註53〕

此處前者「十日並出」與「萬物皆照」相對；後者則以「乘雲氣」和「騎日月」相對，兩個例子都是上下句相對，故爲單句對。

### （三）隔句對

仰而視其細枝，則拳曲而不可以爲棟梁；俯而視其大根，則軸解而不可以爲棺槨。〔註54〕

例文首句的「仰」、「細枝」分別與第三句的「俯」、「大根」相對；第二句則是以「拳曲」、「棟梁」與末句的「軸解」、「棺槨」相對，所以是隔句對。

### （四）長句對

比干剖心，子胥抉眼，忠之禍也；直躬證父，尾生溺死，信之患也。〔註55〕

同是人名的「比干」、「子胥」分別與「直躬」、「尾生」相對，皆爲動詞的「剖」、「抉」分別與「證」、「溺」相對，至於「忠」與「信」、「禍」與「患」則以名詞屬性相對，因而形成長句對偶。此中尚有短句對的表現，即「比干剖心」與「子胥抉眼」相對，「直躬證父」和「尾生溺死」相對。

## 八、層　遞

所謂層遞，根據蔡謀芳師的解釋，就是「三件以上同屬『秩序性』的事物被依序述說出來」。〔註56〕層遞修辭依董季棠的分類，有順層遞與倒層遞，順層遞是按照表達材料的秩序沿漸大方向排列，倒層遞則根據材料的秩序朝

〔註51〕同註3，《莊子集釋》，上冊，頁168。
〔註52〕同註3，《莊子集釋》，上冊，頁89。
〔註53〕同註3，《莊子集釋》，上冊，頁96。
〔註54〕同註3，《莊子集釋》，上冊，頁176。
〔註55〕同註3，《莊子集釋》，下冊，頁1006。
〔註56〕同註2，頁52。

漸小方向排列，這兩種層遞方式，均見於《莊子》寓言故事。

## （一）順層遞

> 寡人召而觀之，果以惡駭天下。與寡人處，不至以月數，而寡人有
> 意乎其爲人也；不至乎期年，而寡人信之。國无宰，寡人傳國焉。
> 悶然而後應，氾若辭。寡人醜乎，卒授之國。無幾何也，去寡人而
> 行，寡人卹焉若有亡也，若無與樂是國也。〔註57〕

上述之例是魯哀公對孔子敘述他與哀駘它相處的情形，所涉及的層遞可分兩
方面來看：一是時間秩序，從初相見到月數到期年再至國無宰，然後授國、
終了離開，這是從昔至今的時間層遞；另外一個層遞則是由時間引發出來的
品質秩序，即初相見的驚駭，處之不過月數的有意，不滿期年的信任，國無
宰的傳國，離去的若有亡也，這是就情感的表現由淺而深地描寫魯哀公對哀
駘它的逐漸重視。

> 以瓦注者巧，以鉤注者憚，以黃金注者殙。〔註58〕

成玄英爲此句註解時，說：「用瓦器賤物而戲賭射者，既無心矜惜，故巧而中
也。以鉤帶賭者，以其物稍貴，恐不中垛，故心生怖懼而不著也。用黃金賭
者，既是極貴之物，矜而惜之，故心智昏亂而不中也」。〔註59〕根據成玄英的
說法，我們可以看出這段文字也有兩方面的層遞表現：一是「瓦」、「鉤」、「黃
金」三物價值的從賤而貴的順層遞；二爲「巧」、「憚」、「殙」三項心智程度
由清明到昏亂所形成的倒層遞。

## （二）倒層遞

> 子不見唾者乎？噴則大者如珠，小者如霧，雜而下者不可勝數也。
>
> 〔註60〕

「大者如珠」、「小者如霧」、「雜而下者則不可見」，這是按照唾液噴出的體積
大小來做排列，所以是屬於倒層遞的修辭格。

## 九、錯　綜

關於錯綜之義，黃慶萱說得很清楚：「凡把形式整齊的辭格，如類疊、對

---

〔註57〕 同註3，《莊子集釋》，上冊，頁206。
〔註58〕 同註3，《莊子集釋》，下冊，頁642。
〔註59〕 同註3，《莊子集釋》，下冊，頁643。
〔註60〕 同註3，《莊子集釋》，下冊，頁593。

偶、排比、層遞等，故意抽換詞彙、交蹉語次、伸縮文句、變化句式，使其形式參差，詞彙別異，叫做『錯綜』。〔註61〕今依蔡謀芳師之分類用語，說明《莊子》寓言故事在錯綜格修辭方面的表現。

### （一）抽換詞彙

抽換詞彙是將相同的意念，用不相同的詞彙故意變換，使前後詞彙不重複，其如：

> 列子追之不及。反，以報壺子曰：「已滅矣，已失矣，吾弗及已。」
〔註62〕

此例之中，「滅」與「失」都是「不見蹤跡」的意思，爲了強調情況與避免重複，因此抽換用詞。

> 廣成子曰：「來！吾語汝。彼其物无窮，而人皆以爲有終；彼其物无測，而人皆以爲有極。」〔註63〕

在這段文字中，「无窮」與「无測」取義相同；「有終」和「有極」意思也一樣，所以是屬於錯綜修辭中抽換詞彙之屬。

### （二）交蹉文序

交蹉文序的運用原則是：「當同樣的語意必須重複出現時，爲避免詞或句的重複，尚可就原詞或句的『文序』，加以變易，以造就錯綜的修辭效果。」〔註64〕今舉句序交蹉之例說明：

> 孫子之所言是邪？先生之所言非邪？……孫子所言非邪？先生所言是邪？〔註65〕

前兩句是「孫子之所言是邪？先生之所言非邪？」後兩句爲「孫子所言非邪？先生所言是邪？」兩者的文序已經交蹉。

> 莊子曰：「貧也，非憊也。士有道德不能行，憊也；衣弊履穿，貧也。」〔註66〕

「貧也，非憊也」是「貧」在前，「憊」在後；「士有道德不能行，憊也；衣

---

〔註61〕同註18，頁 527。
〔註62〕同註3，《莊子集釋》，上冊，頁 304。
〔註63〕同註3，《莊子集釋》，上冊，頁 383。
〔註64〕同註2，頁 62。
〔註65〕同註3，《莊子集釋》，下冊，頁 665。
〔註66〕同註3，《莊子集釋》，下冊，頁 688。

弊履穿，貧也」，則是先闡明「憊」的意義，再說明「貧」的內涵。

> 陽子之宋，宿於逆旅。逆旅人有妾二人，其一人美，其一人惡，惡
> 者貴而美者賤。陽子問其故，逆旅小子對曰：「其美者自美，吾不知
> 其美也；其惡者自惡，吾不知其惡也。」〔註67〕

此段文字第一次出現「美」與「惡」時，是先說「美」再談「惡」（其一人美，
其一人惡），第二次出現時，卻是先說「惡」再講「美」（惡者貴而美者賤），
末了則又變成先「美」後「惡」（其美者自美，吾不知其美也；其惡者自惡，
吾不知其惡也）。因此，第二次出現的次序與第一次不同；第三次出現的次序
又與第二次不同，文序即已交蹉。

### （三）伸縮文身

伸縮文身是將一段文字中，字數原本可以等長於其他句子而與之並列的
某一句，做伸長或縮短的變化，以使長句短句交相錯雜，茲舉例明之：

> 墮爾形體，吐爾聰明，倫與物忘：大同乎涬溟，解心釋神，莫然无
> 魂。〔註68〕

以上六句除「大同乎涬溟」是五字句之外，其他五句都是四字句，「大同乎涬
溟」原可寫成「同乎涬溟」而相對於其他句之字數而與之並列，但作者卻沒
有採用這樣的處理，所以形成伸縮文身的辭格。

> 至道之精，窈窈冥冥；至道之極，昏昏默默。无視无聽，抱神以靜，
> 形將自正。必靜必清，无勞女形，无搖女精，乃可以長生。〔註69〕

引文前十句是四字句，最後一句則為五字句，實際上「乃可以長生」也可以
寫成「可以長生」而和其他句等長。

## 十、引　用

根據黃慶萱的定義，引用是指「語文中援用別人的話或典故、俗語等等」，
可分為明引與暗用，明引是明白指陳出處，暗用是不說明出處。明引與暗用
項下又分「全用」與「略用」兩種，全用是引用文字不加刪節，略用則是將
文字加以刪節更改。〔註70〕

---

〔註67〕同註3，《莊子集釋》，下冊，頁699。
〔註68〕同註3，《莊子集釋》，上冊，頁390。
〔註69〕同註3，《莊子集釋》，上冊，頁381。
〔註70〕同註18，參見頁99～106。

## （一）明　引

> 《齊諧》者，志怪者也。《諧》之言曰：「鵬之徙於南冥也，水擊三
> 千里，摶扶搖而上者九萬里，去以六月息者也。」〔註71〕

此段文字已清楚地說明出處乃是《齊諧》，故爲明引之例。但是由於《齊諧》
一書已不可查考，所以不能判斷這段文字的援引是全用或略用。

> 莊周曰：「吾守形而忘身，觀於濁水而迷於清淵。且吾聞諸夫子曰：
> 『入其俗，從其令，』」〔註72〕

雖然莊周的夫子是誰已不可查考，但是莊周既然明言「入其俗，從其令」乃
是他的老師所說，因此就是明引。

> 滿苟得曰：「小盜者拘⋯⋯故《書》曰：『孰惡孰美？成者爲首，不
> 成者爲尾。』」〔註73〕

滿苟得自言引用《書經》之語即爲明引，但今本《尚書》不見此語，因此不
能判斷滿苟得的引用是否改易了原文。

## （二）暗　引

> 正考父一命而傴，再命而僂，三命而俯，循牆而走，孰敢不軌！如
> 而夫者，一命而呂鉅，再命而車上儛，三命而名諸父，孰協唐許！
>
> 〔註74〕

《莊子》作者在記載這段文字時，並沒有交代出處，但我們卻可以在《左傳·
昭公七年》看見與引文相似的著墨：「及正考父⋯⋯其鼎銘云：一命而僂，再
命而傴，三命而俯，循牆而走，亦莫敢侮」。〔註75〕對照《左傳》原文，《莊
子》的這段文字已經做了更改，在沒有說明出處的情況下，這個例子就屬於
暗引略用的辭格。

> 仲尼聞之曰：「古之眞人，知者不得說⋯⋯既以與人，己愈有。」
>
> 〔註76〕

上文是孔子聽完孫叔敖之語後，有感而發的一段言論，其中「既以與人，己
愈有」一句，是將《老子·八十一章》：「既以與人，己愈多」之句略加更改

〔註71〕 同註3，《莊子集釋》，上冊，頁4。
〔註72〕 同註3，《莊子集釋》，下冊，頁698。
〔註73〕 同註3，《莊子集釋》，下冊，頁1003。
〔註74〕 同註3，《莊子集釋》，下冊，頁1056。
〔註75〕 《春秋左傳正義》，（臺北：藝文印書館，未標出版年月），頁765～766。
〔註76〕 同註3，《莊子集釋》，下冊，頁727。

而成，因此屬於暗引略用之例。

# 十一、仿　擬

　　所謂仿擬，根據蔡謀芳師的解釋，就是「借用舊語型以傳達新語意。」〔註77〕在《莊子・盜跖》篇的寓言故事中，也有後一語型模仿前一語型的情形，說者盡傾嘲諷之意，聞者瞠目結舌不能辯，讀者一路看來則覺諧趣四生：

> 盜跖大怒曰：「……今子脩文武之道，掌天下之辯，以教後世，縫衣淺帶，矯言僞行，以迷惑天下之主，而欲求富貴焉？盜莫大於子。天下何故不謂子爲盜丘，而乃謂我爲盜跖？」〔註78〕

此處引文是盜跖對孔子說的一段話：盜跖認爲天下人既然稱他爲「盜跖」，以孔子的行徑看來，孔子應更適合被稱爲「盜丘」。而「盜丘」之名即是借用前文中舊有之稱「盜跖」，所以爲仿擬。

# 十二、省　略

　　省略的修辭方法「是該用字的地方把字省了，它本是文法上的習慣。」〔註79〕在《莊子》寓言故事中，時有省略的情形，今舉例說明：

> 北冥有魚，其名爲鯤。鯤之大不知幾千里也。化而爲鳥，其名爲鵬。〔註80〕

如果依照自然的順序來寫文章，「化而爲鳥」之句便是少了主詞（鯤），因此這個句子完整的寫法應該是：「鯤化而爲鳥」。

> 无幾何，將甲者進，辭曰：「以爲陽虎也，故圍之。今非也，請辭而退。」〔註81〕

成玄英疏：「既知是宣尼，非關陽虎，故將帥甲士，前進拜辭，遜謝錯誤，解圍而退也。」〔註82〕根據成疏，可以看出上述引文的「今非也」有省略之處，完整的寫法應爲：「今非陽虎也」。如果依照成疏「將甲者」指的是「將帥甲

〔註77〕同註2，頁109。
〔註78〕同註3，《莊子集釋》，下冊，頁996。
〔註79〕同註17，頁443。
〔註80〕同註3，《莊子集釋》，上冊，頁2。
〔註81〕同註3，《莊子集釋》，下冊，頁597。
〔註82〕同註3，《莊子集釋》，下冊，頁597。

士」，那也是一種省略；但筆者認爲「將甲者」應是指「率領甲兵的將官」，所以爲借代修辭格。

## 十三、轉　品

　　關於轉品的解釋，張春榮說得十分簡明：「轉品，係以文法觀念爲基礎，爲求簡潔或求突顯效果，靈活運用詞性」，〔註83〕《莊子》一書之寓言故事，也有轉品的運用，例如：

　　　　常季曰：「彼兀者也，而王先生，其與庸亦遠矣。若然者，其用心也
　　　　獨若之何？」〔註84〕

引文之中「而王先生」的「王」字，在此是解釋爲「勝過、超過」，詞性爲動詞。但是《說文解字》「王」字項下的解釋則爲：「天下所歸往也。董仲舒曰：『古之造文者，三畫而連其中謂之王，三者天、地、人也，而參通之者王也』」，〔註85〕根據《說文》的解釋，以及一般的習慣，「王」字多當名詞使用。

　　　　惠子相梁，莊子往見之。或謂惠子曰：「莊子來，欲代子相。」於是
　　　　惠子恐，搜於國中三日三夜。莊子往見之，曰：「南方有鳥，其名爲
　　　　鵷鶵，子知之乎？夫鵷鶵，發於南海而飛於北海，非梧桐不止，非
　　　　練實，非醴泉不飲。於是鴟得腐鼠，鵷鶵過之，仰而視之曰：『嚇』
　　　　今子欲以子之梁國而嚇我邪？」〔註86〕

董季棠認爲這個轉品的例子，是經過作者刻意經營的，是眞正的轉品。他說：「第一個『嚇』字是嘆詞，普通用法；第二個『嚇』字是動詞，轉品用法。而第二個『嚇』字是從第一個『嚇』字引伸而來的，經過特地安排的。」〔註87〕所言甚是。

## 十四、呼　告

　　對於呼告的解釋，董季棠做了這樣的說明：「當說者、作者感情濃烈的時

〔註83〕張春榮：《修辭散步》，（臺北：三民書局股份有限公司，1991 年 9 月），頁 81。
〔註84〕同註3，《莊子集釋》，上冊，頁 189。
〔註85〕許愼撰、段玉裁注：《說文解字注》，（臺北：黎明文化事業股份有限公司，1989 年 9 月），頁 9。
〔註86〕同註3，《莊子集釋》，下冊，頁 605。
〔註87〕同註 17，頁 238。

候，會先呼受話者（人或物）的名字，再告訴他（它）一些話」，〔註88〕而說者與作者所呼告的對象若在眼前就是「普通呼告」；若是呼告的對象不在眼前則為「示現呼告」，例如：聽者不在場而在遠方，或者已經死去；至於把物當作人來向它呼告、跟它說話就是「擬人呼告」。

## （一）普通呼告

> 桓公田於澤，管仲御，見鬼焉。公撫管仲之手曰：「仲父何所見？」
> 對曰：「臣无所見。」〔註89〕

引文之中桓公直呼「仲父」，就屬普通呼告。在一般的情形下，我們通常不會直呼受話者的名字，除非是要強調自己的意見，或引起對方的注意。此外，在不尋常的狀況中也會直呼受話者的名字，這段引文的呼告，正是發生在桓公遭受驚嚇時。

> 盜跖大怒曰：「丘來前！夫可規以利而可諫以言者，皆愚陋恆民謂耳。今長大美好，人見而悅之者，此吾父罪母之遺德也。丘雖不吾譽，吾獨不知邪？」〔註90〕

盜跖屢呼孔丘的名字，是企圖先引起對方的注意，然後再強調自己的意見，即屬於普通呼告的修辭。

## （二）示現呼告

> 莫然有閒而子桑戶死，未葬。孔子聞之，使子貢往侍事焉。或編曲，或鼓琴，相和而歌也曰：「嗟來桑戶乎！嗟來桑戶呼！而已反其真，而我猶為人猗！」〔註91〕

子桑戶既已死亡，他的朋友卻直呼其名，因此是示現呼告的修辭表現。

> 莊子之楚，見空髑髏，髐然有形，撽以馬捶，因而問之，曰：「夫子貪生失理，而為此乎？將子有亡國之事，斧鉞之誅，而為此乎？將子有不善之行，愧遺父母妻子之醜，而為此乎？將子有凍餒之患，而為此乎？將子之春秋故及此乎？」〔註92〕

莊子對著髑髏說話，等於是向死者說話，所以也屬於示現呼告。

---

〔註88〕同註17，頁93。
〔註89〕同註3，《莊子集釋》，下冊，頁650。
〔註90〕同註3，《莊子集釋》，下冊，頁994。
〔註91〕同註3，《莊子集釋》，上冊，頁266。
〔註92〕同註3，《莊子集釋》，下冊，頁617。

### （三）擬人化呼告

> 越人三世弑其君，王子搜患之，逃乎丹穴。而越國無君，求王子搜不
> 得，從之丹穴。王子搜不肯出，越人薰之以艾。乘以王輿。王子搜援
> 綏登車，仰天而呼曰：「君乎！君乎！獨不可以舍我乎！」〔註93〕

這是將天擬人化，而向天呼告，所以是擬人化呼告。此一呼告傳達出說話者
濃烈的情感，乃是呼天搶地。

# 十五、扣　合

扣合是蔡謀芳師所開發的修辭格，蔡師以爲意念訴諸文字表現時，文字
的繁、簡是跟隨著意念的繁、簡而生，所謂的扣合就是「作者爲了表現一段
文字的『單元性』，採取某些修辭形式來強化它」的技術。〔註94〕至於具體的
方法，則分爲四種：一、用連接詞以連繫詞句，二、透過音節的調度使詞句
達到整飭緊湊的效果，三、採對照語型以牽制前後文句，四、憑藉文字的共
用來牽繫上下文。

### （一）用連接詞

> 今休，款啓寡聞之民也，吾告以至人之德，譬之若載鼷以車馬，樂
> 鴳以鐘鼓也。彼又惡能无驚乎哉！〔註95〕

作者認爲「吾告以至人之德」的行爲與「載鼷以車馬，樂鴳以鐘鼓」的舉動，
具有類似性，所以用「譬之若」作連接詞，而使之顯然成爲一個意念單元。

### （二）調度音節

> 父母於子，東西南北，唯命之從。……夫大塊載我以形，勞我以生，
> 佚我以老，息我以死。〔註96〕

引文中的「父母於子，東西南北，唯命之從」都是四字句，讀者一看便有整
體感。「夫大塊載我以形」雖然是六字句，但「夫大塊」三字除了是「載我以
形」的主詞之外，同時也是「勞我以生，佚我以老，息我以死」三句所共用
的主詞，因此「載我以形」與後三句即爲共同體，由於音節整齊之故，讀者
朗誦時便有一氣呵成之感。

---

〔註93〕同註3，《莊子集釋》，下冊，頁968。
〔註94〕同註2，頁212。
〔註95〕同註3，《莊子集釋》，下冊，頁666。
〔註96〕同註3，《莊子集釋》，上冊，頁262。

> 故曰，无為小人，反殉而天；无為君子，從天之理。若枉若直，相
> 天而極；面觀四方，與時消息。若是若非，執而圓機；獨成而意，
> 與道徘徊。〔註97〕

這一長串的四字句，正是利用音節的調度來達到扣合效果的典型例證。

### （三）對照語型

> 孔子曰：「魚相造乎水，人相造乎道。相造乎水者，穿池而養給；相
> 造乎道者，无事而生定。故曰，人相忘乎江湖，人相忘乎道術。」
>
> 〔註98〕

這是採取「類比」的手法，先寫出「魚相造乎水，人相造乎道」，再分別對照
這兩句當中原有的語型進行論述，以牽制前後發揮扣合的效果。

> 林回曰：『彼以利合，此以天屬也。』夫以利合者，迫窮禍患害相棄
> 也；以天屬者，迫窮禍患害相收也。夫相收之與相棄亦遠矣。且君
> 子之交淡若水，小人之交甘若醴；君子淡以親，小人甘以絕。彼无
> 故以合者，則无故以離。〔註99〕

此段引文運用了多種扣合技術，就「彼以利合，此以天屬」兩句來看，它和
下文的關係是運用了「對照語型」；若以重覆使用「迫窮禍患害」來銜接「夫
以利合者，迫窮禍患害相棄也；以天屬者，迫窮禍害相收也」的情形來觀察，
則是採取「共用字句」之法；至於用「且」字以連接前後文，則是採用「連
接詞」的扣合技術。

### （四）共用字句

#### 1、總 用

總用的修辭方式與效果乃是：「諸多並列之語，共用一話頭以總括之，可
以強化其彼此間之關連，免於零落鬆散」。〔註100〕在《莊子》寓言故事中，也
有這樣的修辭格表現：

> 就不欲入，和不欲出。形就而入，且為顛為滅，為崩為蹶。心和而
> 出，且為聲為名，為妖為孽。〔註101〕

---

〔註97〕同註3，《莊子集釋》，下冊，頁1006。
〔註98〕同註3，《莊子集釋》，上冊，頁272。
〔註99〕同註3，《莊子集釋》，下冊，頁684。
〔註100〕同註2，頁215。
〔註101〕同註3，《莊子集釋》，上冊，頁165。

此段文字是先列舉「就不欲入，和不欲出」兩種情形之後，再以長句排比分別說明各項結果：倘若不遵守「就不欲入」的原則，就會造成「形就而入」，如此一來，就將有「爲顚爲滅，爲崩爲蹶」的下場；如果不遵守「和不欲出」的原則，而造成了「心和而出」的狀況，就是「爲聲爲名，爲妖爲孽」。

### 2、分　用

分用乃是「並列諸語，分別使用同一話頭以爲連繫。」〔註102〕在《莊子》寓言故事中，也有這樣的修辭表現，例如：

> 浸假而化予之左臂以爲鷄，予因以求時夜；浸假而化予之右臂以爲彈，予因以求鴞炙；浸假而化予之尻以爲輪，以神爲馬，予因以乘之，豈更駕哉！〔註103〕

分析引文可以發現「浸假將化予之某某以爲某某，予因以某某」，就是這些句子分別共用的話語。

> 廢上，非義也；殺民，非仁也；人犯其難，我享其利，非廉也。〔註104〕

上述句型是以「非某也」爲共同話頭，因爲是放置句尾，所以是「後置」的分用修辭。

### 3、襲　用

襲用的技巧在於「下文刻意襲用上文的字句，使成首尾相銜之形勢者」，〔註105〕《莊子》寓言故事中有之，例如：

> 形莫若緣，情莫若率。緣則不離，率則不勞；不離不勞，則不求文以待形；不求文以待形，固不待物。〔註106〕

此段文字以兩句形成一組共有四組，第二組「緣則不離，率則不勞」襲用第一組「形莫若緣，情莫若率」中的「緣」、「率」二字；第三組「不離不勞，則不求文以待形」襲用第二組中的「不離」、「不勞」；第四組「不求文以待形，固不待物」則重覆第三組中「不求文以待形」之句，如此的修辭方式就造成首尾相銜的形勢，而使上下文連成一氣。

---

〔註102〕同註2，頁216。
〔註103〕同註3，《莊子集釋》，上冊，頁260。
〔註104〕同註3，《莊子集釋》，下冊，頁986。
〔註105〕同註2，頁217。
〔註106〕同註3，《莊子集釋》，下冊，頁686。

# 第二節　寫作技巧

　　寓言故事組成的要件，不外乎就是角色與事件。故事中關於角色的描寫，可以直寫角色本身的形質，也可以透過角色本身內外的不一致，以及角色之間的互異來描寫，更可以利用人物對事件的反應，以及其他角色的陳述，或況比事件來做側面的描寫。至於事件的安排處理，則可以採用特殊事件的設計與周邊人、事、物的渲染而使之更為鮮活，此外尚可利用整個寓言故事始末的推演來牽引讀者的情緒。因此，關於《莊子》寓言故事的寫作技巧，本節將透過作者對故事中的角色（人物、物類）的描摹與事件的安排處理兩方面進行探討。

## 一、人物與物類的描摹

　　人物與物類是故事中的角色。雖然在《莊子》寓言故事中，人物所佔的數量比較大；但就種類而言，物類的種數卻比較複雜：包括人以外的動物、植物和無生物。《莊子》作者對於寓言故事中之人物與物類的描摹技巧，大約有四種：一、直接描摹人物與物類自身，二、透過對比以突顯主要之人物與物類，三、利用人物對事件的反應描寫人物，四、借助他人之口與況比事件來側寫人物，今依序說明如下。

### （一）直接描摹人物與物類自身

#### 1、人物形象

　　在《莊子》寓言故事中，對於人物的形象是針對不同方向來進行描寫，含形貌、異能、技藝。

#### （1）形　貌

　　在《莊子》寓言故事裡，存在著外形極為特殊的人物，令讀者頗有觸文字而心驚的感受。例如：

　　　　支離疏者，頤隱於臍，肩高於頂，會撮指天，五管在上，兩髀為脅。
〔註107〕
這是〈人間世〉中的畸形人「支離疏」，他因為駝背得厲害，以至於臉孔隱藏在肚臍下邊，肩膀高過頭頂，髮髻朝天，五臟血管向上，而兩條腿骨則貼近

---

〔註107〕同註3，《莊子集釋》，上冊，頁180。

手臂。黃錦鋐認爲這段描寫：「眞如林西仲所說的『絕不許前人開發一字，後人摹倣一字』」。〔註108〕此外，描寫得較具體的怪異長相，還有〈德充符〉中的「闉跂支離無脤」，成玄英對此人長相的解釋是：「闉，曲也，謂攣曲企腫而行。脤，脣也，謂支離坼裂，傴僂殘病，復無脣也。」〔註109〕根據成說，闉跂支離無脤的模樣，確實醜陋詭異。

（2）異　能

所謂異能是指人物具有超乎尋常的奇特能力。例如：在〈逍遙遊〉裡，有會飛行的人：「夫列子御風而行，泠然善也。旬又五日而後反。」〔註110〕在〈大宗師〉中，有因爲修道緣故，雖年長「而色若孺子」的女偊；〔註111〕而在〈在宥〉中，以道修身的廣成子，則是壽命長達千二百歲。〔註112〕至於〈應帝王〉中的壺子，更是能藉道隨心所欲更改自己的相貌，第一次示季咸「以地文」之相；第二次示其「以天壤」之貌；第三次則示之「以太沖莫勝」；最後展現「以未始出吾宗」，因而使「知人之死生存亡，禍福壽夭，期以歲月旬日」的神巫季咸，在愈看愈弄不懂且莫知底蘊的情況下，倉皇逃走。〔註113〕

（3）技　藝

將普通的技能提昇至彷彿藝術般出神入化的人物，在《莊子》寓言故事中迭有出現。首先是〈養生主〉裡善解牛的庖丁，他「手之所觸，肩之所倚，足之所履，膝之所踦，砉然嚮然，奏刀騞然，莫不中音。合於桑林之舞，乃中經首之會。」〔註114〕一把刀用了十九年，支解過數千頭牛，刀刃卻像新磨的一樣；其中必須掌握的要領，則是「以神遇而不以目視，官知止而神欲行。依乎天理，批大郤，導大窾，因其固然。」〔註115〕至如將捕蟬的技術達到如同撿蟬一般輕易，也需要層層遞進且不間斷的磨練：

> 五六月累丸二而不墜，則失者錙銖；累三而不墜，則失者十一；累
> 五而不墜，猶掇之也。吾處身也，若厥株拘；吾執臂也；若槁木之

〔註108〕同註1，頁48。
〔註109〕同註3，《莊子集釋》，上冊，頁217。
〔註110〕同註3，《莊子集釋》，上冊，頁17。
〔註111〕同註3，《莊子集釋》，上冊，頁251。
〔註112〕同註3，《莊子集釋》，上冊，頁381。
〔註113〕同註3，《莊子集釋》，上冊，頁297～305。
〔註114〕同註3，《莊子集釋》，上冊，頁117～118。
〔註115〕同註3，《莊子集釋》，上冊，頁119。

　　枝；雖天地之大，萬物之多，而唯蜩翼之知。〔註116〕

如此煞費苦心以臻妙境的描寫，尚有〈達生〉篇中鬼斧神工的爲鐻技術，今
引述故事中梓慶對魯侯之語來說明梓慶的用心良苦：

　　臣將爲鐻，未嘗敢以耗氣也，必齊以靜心。齊三日，而不敢懷慶賞
　　爵祿；齊五日，不敢懷非譽巧拙；齊七日，輒然忘吾有四枝形體也。
　　當是時也，无公朝，其巧專而外骨消；然後入山林，觀天性；形軀
　　至矣，然後成見鐻，然後加手焉；不然則已。〔註117〕

　　《莊子》寓言故事中，對人物異能的描寫，也有不寫角色苦心孤詣地練習
過程，而只寫角色異能的直接表現者。其如：〈達生〉篇提到孔子在呂梁地方觀
光，見一名男子游於「縣水三十仞，流沫四十里，黿鼉魚鱉所不能游」〔註118〕
之處，孔子誤以爲該名男子有輕生念頭，便和學生沿著水流行走打算拯救他，
在追了幾百步之後，只見這名男了披頭散髮、唱著歌兒游到岸邊，他的泳技使
孔子驚愕不已，這是作者利用角色所處的環境襯托人物技藝的特出。

　　又如：〈田子方〉中的列禦寇，在箭術方面也有超乎常人的表現：「列禦
寇爲伯昏无人射，引之盈貫，措杯水其肘上，發之，適矢復沓，方矢復寓。」
〔註119〕此類技術的高妙呈現，是直描成果而不寫練習狀況的筆法。

### 2、物類情態

　　物類的角色，在《莊子》寓言故事裡也有出現，包括：動物、植物和無
生物。

### （1）動　物

　　在《莊子》寓言故事裡的動物角色，最負盛名者自然是〈逍遙遊〉首段中，
巨大的鯤與鵬。此外，以形貌特殊取勝者尚，有〈山木〉篇中的異鵲，此鳥「翼
廣七尺不逝，目大運寸不睹」。〔註120〕以描摹習性來彰顯的動物，則有〈秋水〉
篇中所敘述「發於南海而飛於北海，非梧桐不上，非練實不食，非醴泉不飲」
〔註121〕的鵷鶵；以及〈山木〉篇中抱持守中態度的意怠鳥，此鳥以「芴芴狋狋，
而似无能；引援而飛，迫脅而棲；進不敢爲前，退不敢爲後；食不敢先嘗，必

---

〔註116〕同註3，《莊子集釋》，下冊，頁640。
〔註117〕同註3，《莊子集釋》，下冊，頁658～659。
〔註118〕同註3，《莊子集釋》，下冊，頁656。
〔註119〕同註3，《莊子集釋》，下冊，頁724。
〔註120〕同註3，《莊子集釋》，下冊，頁695。
〔註121〕同註3，《莊子集釋》，下冊，頁605。

取其緒」。〔註 122〕此外,〈秋水〉篇尙有神形兼備的角色描寫——「埳井之蛙」。當埳井之蛙對東海之鱉描述自己快樂的生活時,說道:「吾樂與!出跳梁乎井幹之上,入休乎缺甃之崖;赴水則接腋持頤,蹶泥則沒足滅跗」,〔註 123〕在這段文字裡,一隻活生生時而跳棲井欄,時而憩在破磚缺壁,入水則抬起下巴以蹼滑水,在泥則讓稀泥埋沒四腳的青蛙,彷彿就在眼前。

## (2)植物與無生物

在《莊子》寓言故事中,植物與無生物出現的次數比較少,它們之所以能吸引讀者的注意,多是因爲具備大的特性。其如:〈逍遙遊〉中的「大瓠」,擁有五石的容量;〔註 124〕〈人間世〉的櫟社樹,也是先具備「其大蔽數千牛,絜之百圍,其高臨山十仞而後有枝,其可以爲舟者旁十數」的特點;〔註 125〕之後才因能託夢與人通意來新人耳目;同篇中的另一棵樹,也以大見稱:「結駟千乘,隱將芘其所藾。」〔註 126〕至於無生物的角色,只有〈大宗師〉裡的那塊會「踴躍曰:『我且必爲鏌邪』」〔註 127〕的奇異金屬。

由前可知,《莊子》寓言故事中,有關植物與無生物的描寫,多偏重外形靜態之著墨,而少見行爲動態之刻畫。這些被具體描寫的角色,因均具有相當之特殊性,故使人印象深刻。

## (二)對比技巧的運用

在《莊子》寓言故事裡,作者塑造了許多鮮明的形象,運用的手法也不少,其中對比技巧是重要的一環。因此,本項論述將觀察對比手法的運用。《莊子》寓言故事的對比技巧,大略有三:一是形象自身的對比;二是形象之間的對比;三是人們既有心態的無形對比,這是由於讀者在閱讀到作者刻意安排的特殊角色時,心中自然呈現的另一個尋常情況而與之對比,實際上作者並沒有安排這樣的角色。

## 1、形象自身的對比

關於形象自身的對比,筆者將從兩方面分別述說:一是角色之外形與實

〔註 122〕同註 3,《莊子集釋》,下冊,頁 680。
〔註 123〕同註 3,《莊子集釋》,下冊,頁 598。
〔註 124〕同註 3,《莊子集釋》,上冊,頁 36。
〔註 125〕同註 3,《莊子集釋》,上冊,頁 170。
〔註 126〕同註 3,《莊子集釋》,上冊,頁 176。
〔註 127〕同註 3,《莊子集釋》,上冊,頁 262。

質的對比，所謂實質，以人物來看是內在修養，就物類而言是非肉眼所能觀察到的特質；二是就角色在前後文中不一致的表現做對比。

### （1）角色的外形與實質

在《莊子》寓言故事中，有外表極爲醜陋，但德行卻超乎尋常的人物。其如：〈德充符〉的哀駘它，哀駘它面貌之醜足以「駭天下」，但「丈夫與之處者，思而不能去也。婦人見之，請於父母曰『與爲人妻寧爲夫子妾』者，十數而未止也。」〔註128〕常人一旦接近他，便願意久留在他身邊，魯哀公雖貴爲一國之君也不能例外。而同樣是以外形驚人的闉跂支離无脤，則不僅能使靈公對他萬分喜愛，甚至還讓靈公覺得一般外形完好者，是一副「其脰肩肩」的模樣。〔註129〕此外，患有異疾，頸項長有大如盆甕之瘤的甕㼜大癭，也擁有與闉跂支離无脤相同的魅力。〔註130〕這些外貌醜陋的人物，都是因爲內在德行美好，使人忘記了他們有缺憾的外貌，而願意與之親近。以上所舉之例，作者都運用了先抑（外形的殘缺醜陋）後揚（德行完美服人）的筆法進行對比。

至於以殘足形象出現的角色，如：王駘、申徒嘉、叔山无趾等，也都是以不完好的形象出現在前，再以德行修養折服人心。茲引申徒嘉之例以見一斑：

> 申徒嘉，兀者也，而與鄭子產同師於伯昏无人。子產謂申徒嘉曰：「我
> 先出則子止，子先出則我止。」其明日，又與合堂同席而坐。子產
> 謂申徒嘉曰：「我先出則子止，子先出則我止。今我將出，子可以止
> 乎，其未邪？且子見執政而不違，子齊執政乎？」申徒嘉曰：「先生
> 之門，固有執政焉如此哉？子而說子之執政而後人者也？聞之曰：
> 『鑑明則塵垢不止，止則不明也。久與賢人處則無過。』今子之所
> 取大者，先生也，而猶出言若是，不亦過乎！」子產曰：「子既若是
> 矣，猶與堯爭善，計子之德不足以自反邪？」申徒嘉曰：「自狀其過
> 以不當亡者眾，不狀其過以不當存者寡。知不可奈何而安之若命，
> 唯有德者能之。遊於羿之彀中。中央者，中地也；然而不中者，命
> 也。人以其全足笑吾不全足者多矣，我怫然而怒；而適先生之所，
> 則廢然而反。不知先生之洗我以善邪？吾與夫子遊十九年矣，而未

---

〔註128〕同註3，《莊子集釋》，上冊，頁206。。
〔註129〕同註3，《莊子集釋》，上冊，頁216。
〔註130〕同註3，《莊子集釋》，上冊，頁216。

> 嘗知吾兀者也。今子與我遊於形骸之內,而子索我於形骸之外,不
> 亦過乎!」子產蹵然改容更貌曰:「子无乃稱!」〔註131〕

子產的心態是自我尊大,他認爲兀者申徒嘉的殘缺外形,並不適合當他的同學,因此不願意與之同進同出,他先向申徒嘉示意,申徒嘉不予理會;第二次的表明,引來申徒嘉的一番曉喻,子產才明白眞正鄙陋的是自己。就申徒嘉的外形與內在來看是形象自身的對比,而子產由最初的自視甚高到終了的自慚也是一種對比,這是角色在前後文表現不一致所產生的對比。

### (1)角色前後表現不一

在《莊子》寓言故事中之人物,時有先以意氣風發、自視不凡的姿態出現,而在經歷某些情況後,一掃先前模樣,變成另一副截然不同面貌者。例如:〈秋水〉篇裡的公孫龍:

> 公孫龍問於魏牟曰:「龍少學先王之道,長而明仁義之行;合同異,離堅白;然不然,可不可;困百家之知,窮眾口之辯;吾自以爲至達已。今聞莊子之言,汒焉異之。不知論之不及與,知之弗若與?今吾无所開吾喙,敢問其方。」公子牟隱机大息,仰天而笑曰:「子獨不聞夫坎井之蛙乎?謂東海之鱉曰:『吾樂與!出跳乎井幹之上,入休乎缺甃之崖;赴水則接腋持頤,蹶泥則沒足滅跗;還虷蟹與科斗,莫吾能若也。且夫擅一壑之水,而跨跱坎井之樂,此亦至矣,夫子奚不時來入觀乎!』東海之鱉左足未入,而右膝已縶矣。於是逡巡而卻,告之海曰:『夫千里之遠,不足以舉其大;千仞之高,不足以極其深。禹之時十年九潦,而水弗爲加益;湯之時八年七旱,而崖不加損。夫不爲頃久推移,不以多少進退者,此亦東海之大樂也。』於是坎井之蛙聞之,適適然驚,規規然自失也。……且子獨不聞夫壽陵餘子之學行於邯鄲與?未得國能,又失其故行矣,直匍匐而歸耳。今子不去,將忘子之故,失子之業。」公孫龍口呿而不合,舌舉而不下,乃逸而走。〔註132〕

公孫龍原先是以「困百家之知,窮眾口之辯」的岸然姿態出現,最後卻以「口呿而不合,舌舉而不下」的模樣狼狽而走;一如自誇坎井之樂的青蛙先是喜不自勝,後來竟是「適適然驚,規規然自失也」。

---

〔註131〕同註3,《莊子集釋》,上冊,頁196~201。

〔註132〕同註3,《莊子集釋》,下冊,頁597~603。

至於〈應帝王〉中的神巫季咸與列子，也是在短短時間內，心態前後產生極大差距的角色。由於季咸擅長預測別人的死生存亡、禍福壽夭，使得國人在唯恐他對自己說出不祥話語的情形下，一見到他「皆棄而走」，季咸爲此自信滿滿。壺子的學生列子因驚服季咸的神算，故對其醉心不已。但經過壺子的四次示相後，季咸最後「立未定，自失而走」。看到季咸的反應，列子從心醉中覺醒。〔註133〕

同類之例，又如：〈天運〉篇的孔子與子貢，是從極端自信到完全喪失信心。情況是，孔子在老聃面前大談仁義，老聃便對他說了一番道理。孔子回去後，三天都不說話。弟子問他見老聃的情形，孔子說：「吾乃今於是乎見龍！龍，合而成體，散而成章，乘雲氣而養乎陰陽。予口張而不能嗋，予又何規老聃哉！」。〔註134〕子貢聽了之後十分不以爲然，就借孔子的名義去見老聃，在老聃面前大放厥辭，待老聃說完自己的看法，子貢表現出「蹴蹴然立不安」〔註135〕的模樣。

### 2、形象之間的對比

所謂形象之間的對比，是透過故事中兩個角色的互異來做對比，以深刻地呈現出各個角色的特性。〈逍遙遊〉篇中的「鯤、鵬」與「蜩、學鳩」，是就志向與形體兩方面進行對比；〔註136〕〈應帝王〉中的季咸與壺子，是從道業的高下來做對比；〔註137〕〈秋水〉篇中的埳井之蛙與東海之鱉，則是由見識的廣狹上做區別；〔註138〕同前篇中的鵷鶵與鴟鳥，是由飲食的習性進行相襯；〔註139〕〈山木〉篇的美妾與醜妾，是以面貌與德行相互比較；〔註140〕〈田子方〉篇中的眞畫者，則是通過裸身踞坐不同於眾史來突顯。〔註141〕

《莊子》寓言故事中，運用形象間之對比技巧者，除上述所舉數例之外尚有其他，例如〈徐无鬼〉：

> 吳王浮於江，登乎狙之山。眾狙見之，恂然棄而走，逃於深蓁。有

〔註133〕此事之始末，可參閱註3，《莊子集釋》，上冊，頁297～305。
〔註134〕同註3，《莊子集釋》，上冊，頁524。
〔註135〕此事之始末，可參閱註3，《莊子集釋》，上冊，頁522～531。
〔註136〕此事之始末，可參閱註3，《莊子集釋》，上冊，頁2～9。
〔註137〕此事之始末，可參閱註3，《莊子集釋》，上冊，頁297～305。
〔註138〕此事之始末，可參閱註3，《莊子集釋》，下冊，頁598。
〔註139〕此事之始末，可參閱註3，《莊子集釋》，下冊，頁605。
〔註140〕此事之始末，可參閱註3，《莊子集釋》，下冊，頁699。
〔註141〕此事之始末，可參閱註3，《莊子集釋》，下冊，頁719。

> 一狙焉，委蛇攫搔，見巧乎王。王射之，敏給搏捷矢。王命相者趨
>
> 射之，狙執死。〔註142〕

引文敘述吳王登上狙山，猴子見到有人來，都驚恐地逃跑，只有一隻猴子在吳王面前攀著樹枝跳來躍去地賣弄靈巧。吳王拿箭射殺此猴，不但沒射中，反被猴子抓住箭矢。於是吳王命令左右隨從上前射殺此猴，牠才抱著樹木死去。眾猴「恂然而走，逃於深蓁」的行徑，就突顯出此猴「委蛇攫搔」的無所畏懼，這是形象之間的對比。而此猴由最初的賣弄靈巧、抓住快箭，到最後的抱樹慘死，則是屬於形象自身前後表現不一的對比。

〈讓王〉篇中的列子，三餐不繼生活困窮，卻不肯接受別人的饋贈，他的妻子大為可惜，正好與他形成對比：

> 子列子窮，容貌有飢色。客有言之於鄭子陽者曰：「列禦寇，蓋有道
> 之士也，居君之國而窮，君无乃為不好士乎？」鄭子陽即令官遺之
> 粟。子列子見使者，再拜而辭。使者去，子列子入，其妻望之而拊
> 心曰：「妾聞為有道者之妻子，皆得佚樂，今有飢色。君過而遺先生
> 食，先生不受，豈不命邪！」〔註143〕

列子的「再拜而辭」與其妻的「望之拊心」正呈現強烈對比，相形之下，列子的固窮特質因此更為鮮明。至於〈列禦寇〉篇的曹商與莊子，則是在物質與品格兩方面產生對比：

> 宋人有曹商者，為宋王使秦。其往也，使車數乘；王說之，益車百
> 乘。反於宋，見莊子曰：「夫處窮閭阨巷，困窘織屨，槁項黃馘者，
> 商之所短也；一悟萬乘之主而從車百乘者，商之所長也。」莊子曰：
> 「秦王有病召醫，破癰潰痤者得車一乘，舐痔者得車五乘，所治愈
> 大，得車愈多。子豈治其痔邪，何得車之多也？子行矣！」〔註144〕

曹商擁有百乘車輛的財富，就與莊子貧居陋巷、困窘織屨、面黃肌瘦的景況，形成對比；而莊子的品德完美、清高自持，與曹商的汲汲富貴、諂媚求榮，又是一對比。

### 3、人們既定印象的無形對比

《莊子》書中的某些寓言故事，其實並沒有採用對比手法進行寫作，但

---

〔註142〕同註3，《莊子集釋》下冊，頁847。

〔註143〕同註3，《莊子集釋》下冊，頁972～973。

〔註144〕同註3，《莊子集釋》，下冊，頁1049～1050。

讀者在閱讀到故事的某些角色時，卻會在心裡浮現出另一種對比的角色──那是讀者腦海中既定的印象。例如：在一般人的認知裡面，絕大多數的人都喜歡名利權勢富貴，因此當《莊子》書中的角色卻是視其為浮雲時，讀者的腦海中自然會浮現原有的既定印象來與《莊子》書中的角色相比，此即是筆者所謂的人們既定印象的無形對比。這樣的例子，如〈外物〉篇中的「儒生發冢」：

> 儒以詩禮發冢。大儒臚傳曰：「東方作矣，事之何若？」小儒曰：「未解裙襦，口中有珠。詩固有之曰：『青青之麥，生於陵陂。生不布施，死何含珠為！』接其鬢，壓其顪，儒以金椎控其頤，徐別其頰，无傷口中珠！」〔註145〕

常人心目中的儒生形象是品格端正，而〈外物〉篇的作者卻對之進行顛覆，塑其以一副醜陋面乳：除了安排大儒帶著小儒盜墓，還讓小儒片面引詩來掩飾罪行。讀者在看見這段文字時，腦中自然會浮現對儒生原有之既定良好印象，而與〈外物〉篇的負面形象進行對比。

在《莊子》寓言故事中，屢屢出現不接受王位的人。例如：〈讓王〉篇的王子搜，因鑑於國人三弒其君，故不願繼承王位，他遠逃至丹穴後，仍被逼迫回國登基，無可奈何之際，惟能仰天長嘆。〔註146〕較王子搜遠逃之舉更甚者，則有北人无擇、卞隨、瞀光等人，他們在無奈於君主的有意讓位下，竟選擇投水自殺。北人无擇之事蹟為：

> 舜以天下讓其友北人无擇，北人无擇曰：「異哉后之為人也，居於畎畝之中而遊堯之門！不若是而已，又欲以其辱行漫我。吾羞見之。」因自投清泠之淵。〔註147〕

北人无擇認定身為國君是一件可恥的事，而大多數人卻認為是一項尊榮，在既有心理的對比下，這則故事自然深入人心。至於卞隨、瞀光之事同見於〈讓王〉篇中，今引述於下：

> 湯將伐桀，因卞隨而謀，卞隨曰：「非吾事也。」湯曰：「孰可？」曰：「吾不知也。」湯又因瞀光而謀，瞀光曰：「非吾事也。」湯曰：「孰可？」曰：「吾不知也。」湯曰：「伊尹何如？」曰：「強力忍垢，

---

〔註145〕同註3，《莊子集釋》，下冊，頁 927～928。
〔註146〕此事之始末，可參閱註3，《莊子集釋》，下冊，頁 969。
〔註147〕同註3，《莊子集釋》，下冊，頁 984。

吾不知其他也。」湯遂與伊尹謀伐桀，剋之，以讓卞隨。卞隨辭曰：
「后之伐桀也謀乎我，必以我爲賊也；勝桀而讓我，必以我爲貪也。
吾生乎亂世，而无道之人再來漫我以其辱行，吾不忍數聞也。」乃
自投椆水而死。湯又讓瞀光曰：「知者謀之，武者遂之，仁者居之，
古之道也。吾子胡不立乎？」瞀光辭曰：「廢上，非義也；殺民，非
仁也；人犯其難，我享其利，非廉也。吾聞之曰，非其義者，不受
其祿，无道之世，不踐其土。況尊我者乎！吾不忍久見也。」乃負
石而自沈於盧水。〔註148〕

常人的心態是如果有君主想把君位讓給自己，那就表示君主看得起自己，自
己理應是有幾分長處，故心中不免沾沾自喜。但卞隨與瞀光，卻把湯讓位給
自己的行徑，解讀成是對自己的侮辱，認爲自己一定有缺失，因而選擇投水
自絕，這種想法顯然迥異於常人。

### （三）利用人物對事件的反應描寫人物

　　經由文章可以窺知作者的爲人，那是因爲文章風格能夠反映作者性格；
而通過人物對事件的反應則更可以了解人物，因爲那是人物當下立即做出的
主觀作爲。職是，《莊子》作者便採用了如此筆法來刻畫人物。其如：〈讓王〉
篇描寫顏闔厭惡富貴的心理：

　　魯君聞顏闔得道之人也，使人以幣先焉。顏闔守陋閭，苴布之衣而
　　自飯牛。魯君之使者至，顏闔自對之。使者曰：「此顏闔之家與？」
　　顏闔對曰：「此闔之家也。」使者致幣，顏闔對曰：「恐聽者謬而遺
　　使者罪，不若審之。」使者還，反審之，復來求之，則不得已。故
　　若顏闔者，眞惡富貴也。〔註149〕

文中敘述顏闔厭惡富貴，所以當他面對魯君派來贈金的使者時，先是對使者
佯稱，自己不可能是受贈者，恐怕是使者聽錯了，而要使者回去驗證。然後
乘著使者回去驗證時，迅速離家，讓再次來訪的使者撲空。此即透過顏闔對
於事件的具體處理，傳達出顏闔對富貴的厭惡之情。

　　人物形象的刻畫，可以通過角色對事件的處理態度來表現，而假使故事
人物願意自述心中的想法，角色形象將更清晰，例如：〈山木〉篇中記載孔子
窮於陳蔡的景況：

---

〔註148〕同註3，《莊子集釋》，下冊，頁985～986。
〔註149〕同註3，《莊子集釋》，下冊，頁971。

> 孔子窮於陳蔡之間，七日不火食，左據槁木，右擊槁枝，而歌焱氏
> 之風，有其具而无其數，有其聲而无宮角，木聲與人聲，犁然有當
> 於人心。……仲尼曰：「有人，天也；有天，亦天地。人之不能有天，
> 性也，聖人晏然體逝而終矣！」〔註150〕

根據孔子即使身處困境，卻還擊枯枝唱歌的舉動來看，便已經可以了解到，孔子具有能順應自然、不受外在影響的修養；而透過孔子的自陳，則更能掌握到他所以能持此態度的根由。舉動加上言論，人物形象自然更鮮明。

莊子妻死，莊子的非但不悲傷、反而鼓盆唱歌，往往令讀者記憶深刻。在此事件中，莊子達觀生死的形象，正是從莊子對死亡的反應來表現：

> 莊子妻死，惠子弔之，莊子則方箕踞鼓盆而歌。惠子曰：「與人居，
> 長子老身，死不哭亦足矣，又鼓盆而歌，不亦甚乎！」莊子曰：「不
> 然。是其始死也，我獨何能无概然！察其始而本无生，非徒无生也
> 而本无形，非徒无形也而本无氣。雜乎芒芴之間，變而有氣，氣變
> 而有形，形變而有生，今又變而之死，是相與為春秋冬夏四時行也。
> 人且偃然寢於巨室，而我嗷嗷然隨而哭之，自以為不通乎命，故止
> 也。」〔註151〕

從莊子的舉動，雖然可以看出莊子對死亡的不在意，但從莊子對惠子的自述心路歷程，更可理解到莊子對生與死的觀點。而通過舉動與話語的安排，莊子通達生死的形象就此凝聚。

〈至樂〉篇中有關滑介叔的心態描寫，作者也採取角色自述的筆法：

> 支離叔與滑介叔觀於冥伯之丘，崑崙之虛，黃帝之所休。俄而柳生
> 其左肘，其意蹶蹶然惡之。支離叔曰：「子惡之乎？」滑介叔曰：「亡，
> 予何惡！生者，假借也；假之而生生者，塵垢也。死生為晝夜。且
> 吾與子觀化而化及我，我又何惡焉！」〔註152〕

這是由瘤的驟生肘上帶出人物思想說明，使讀者得知人物意識的流動，而對人物形象記憶更深。

### （四）借助他人之口與況比事件側寫人物

側寫人物的筆法是，作者不直接描寫人物，也不讓人物自己說話或行動，

---

〔註150〕同註3，《莊子集釋》，下冊，頁690。
〔註151〕同註3，《莊子集釋》，下冊，頁614～615。
〔註152〕同註3，《莊子集釋》，下冊，頁615～616。

而是探透過故事的其他角色來介紹此人，或是援用況比事件來側寫此人。借助他人之口來描摹的人物形象，有〈人間世〉篇中的衛靈公太子：

> 顏闔將傅衛靈公太子，而問於蘧伯玉曰：「有人於此，其德天殺。與之為無方，則危吾國；與之為有方，則危吾身。其知適足以知人之過，而不知其所以過。若然者，吾奈之何？」蘧伯玉曰：「善哉問乎！戒之，慎之，正女身也哉！形莫若就，心莫若和。雖然，之二者有患。就不欲入，和不欲出。形就而入，且為顛為滅，為崩為蹶。心和而出，且為聲為名，為妖為孽。彼且為嬰兒，亦與之為嬰兒；彼且為無町畦，亦與之為無町畦；彼且為無崖，亦與之為無崖。達之，入於無疵。汝不知螳螂乎？怒其臂以當車轍，不知其不勝任也，是其才之美者也。戒之，慎之！積伐而美者以犯之，幾矣。汝不知夫養虎者乎？不敢以生物與之，為其殺之之怒也；不敢以全物與之，為其決之之怒也；時其飢飽，達其怒心。虎之與人異類而媚養己者，順也；故其殺者，逆也。夫愛馬者，以筐盛矢，以蜄盛溺。適有蚊虻僕緣，而拊之不時，則缺銜毀首碎胸。意有所至而愛有所亡，可不慎邪！」〔註153〕

其中作者便是透過顏闔之口，刻畫衛太子的形象。顏闔說：衛太子此人天性好殺，如果不加以約束，他就會危害國家；倘若予以限制，又恐怕自己遭殃。他的智識只能看見人民的過錯，卻不能了解人民的過錯是由自己造成。

援用況比事件來描摹角色的寓言故事，例如：〈天運〉篇中，師金將孔子「憲章文武，祖述堯舜」的行為，比擬成「將祭祀過的芻狗，再裝進竹筐之中，重新覆蓋上繡巾」，以描摹孔子不了解古法不適用於當代，若一昧將引來禍害的迂腐形象；〔註154〕〈秋水〉篇中，魏牟將公孫龍比做是井底之蛙，諷刺公孫龍其人識見短淺；〔註155〕惠子相梁，莊子造訪，惠子惟恐莊子會取代自己的相位，四處搜尋莊子，莊子因此說了一個故事，其中就用鵷鶵高潔的習性自喻，而以鴟鳥的不辨究理比擬惠施。〔註156〕至於〈外物〉篇中提到，莊子家貧而向監河侯借粟時，由於監河侯巧言以辭，使得莊子大為不悅，所

---

〔註153〕同註3，《莊子集釋》，上冊，頁164～168。
〔註154〕此事之始末，可參閱註3，《莊子集釋》，上冊，頁511～512。
〔註155〕此事之始末，可參閱註3，《莊子集釋》，下冊，頁597～603。
〔註156〕此事之始末，可參閱註3，《莊子集釋》，下冊，頁605。

以說了一則故事況比：

> 莊周家貧，故往貸粟於監河侯。監河侯曰：「諾。我將得邑金，將貸
> 子三百金，可乎？」莊周忿然作色曰：「周昨來，有中道而呼者。周
> 顧視車轍中，有鮒魚焉。周問之曰：『鮒魚來！子何爲者邪？』對曰：
> 『我，東海之波臣也。君豈有升斗之水而活我哉？』周曰：『諾。我
> 且南遊吳、越之王，激西江之水而迎子，可乎？』鮒魚忿然作色曰：
> 『吾失我常與，我无所處。吾得斗升之水然活耳，君乃此言，曾不
> 如早索我於枯魚之肆！』」〔註157〕

莊子藉著鮒魚的怒氣，表現自己的憤慨，同時也用這個故事揭穿監河侯吝嗇、
偽善的臉孔，此一側寫筆法深深雕琢出監河侯爲人的尖酸刻薄。

　　平心而論，就側寫人物所用二法——借助他人之口與運用況比事件比較
言之，運用況比事件所獲得之成效顯然優於借助他人之口。因爲運用況比事
件來刻畫人物，將使人物性格靈活生動；惟須注意的是，雖然就表面來看，
況比事件是直寫況比內之人、事、物，但實際上它只是龍體，睛目尚在主要
人物之上。而讀者透過一則描寫精當的況比事件，將能更深刻地了解其所影
射之人物形象特質。

## 二、事件的安排與處理

　　一樁普通的事件，即使有再豐贍的文采予以彩繪，也難免只是一個徒有
外貌而無內涵的空殼子；但一樁特殊的事件則非如此，只要作者的文字能將
事件始末交代清楚，往往就能引起讀者的注意。倘若作者對於事件的周邊環
境還能加以妙筆的點染、或透過人物來闡釋事件的原委，繼之以曲折輾轉的
推演，讀者大概就可以享受到閱讀的樂趣。因此，關於《莊子》寓言故事的
安排處理，筆者將先由特殊事件之設計與點染談起，而後再就故事始末之推
演進行探討。

### （一）特殊事件之設計與周邊點染

　　在《莊子》寓言故事中，特殊事件所佔份量不少，而作者對事件周邊的
點染，也不遺餘力。關於周邊點染的方式，可分爲兩種：一是對於故事周邊
氣氛的營造，適切的周邊描繪，將使故事更深刻動人；二是特定人物對於故

---

〔註157〕同註2，《莊子集釋》，下冊，頁924。

事的分析與說明，經筆者觀察，作者會採用此種寫作方式，大多是因爲這些事件蘊藏作者個人強烈的主觀態度，故必須透過解釋才能使讀者接納，由於《莊子》作者特意選擇史實中的重量級人物來解釋，就形成《莊子》書中所謂的「重言」。

此類之例，如：〈逍遙遊〉首段載有「魚變爲鳥」之事，此事原本已具相當之特殊性。而在作者尚加以一連串周邊渲染——魚體是「不知其幾千里」，變化後的鳥背亦然，且一旦舉翅「翼若垂天之雲」，預定之抵達地乃不爲人知的「天池」〔註158〕，此便引領讀者進入一個奇幻的想像世界。又如：賣帽子原本是一件稀鬆平常的事，但作者卻讓它發生在「斷髮」的國度裡，以致帽子一頂也賣不出去。〔註159〕又如：「不龜手藥」是一帖能讓手久浸水中，卻不至龜裂的秘密藥方，擁有此藥方之家族，世代以漂洗絲絮爲業，辛苦維生。而一位客人以百金高價購得後，遊說吳王攻打越國，將之用於多天水戰，因此戰勝敵軍、受封土地。〔註160〕

〈人間世〉有「樹藉夢責人」的特殊事件，作者首先塑造此樹以「大蔽數千牛，絜之百圍，其高臨山十仞而後有枝，其可以爲舟者旁十數」的巨大形象，再藉匠石來鄙夷它的無用，引發該樹藉夢責人。最後再以匠石的態度轉變，使讀者感受故事的魅力。〔註161〕

面對莫逆之交的突然亡故，常人總不免了一場傷心，但在〈大宗師〉篇裡的孟子反與子琴張，卻非如此：

> 子桑户、孟子反、子琴張三人相與友，曰：「孰能相與於无相與，相爲於无相爲？孰能登天遊霧，撓挑無極；相忘以生，无所終窮？」三人相視而笑，莫逆於心，遂相與爲友。莫然有閒而子桑户死，未葬。孔子聞之，使子貢往侍事焉。或編曲，或鼓琴，相和而歌曰：「嗟來桑户乎！嗟來桑户乎！而已反其眞，而我猶爲人猗！」子貢趨而進曰：「敢問臨尸而歌，禮乎？」二人相視而笑曰：「是惡知禮意！」子貢反，以告孔子，曰：「彼何人邪？修行无有，而外形骸，臨尸而歌，顏色不變，无以命之。彼何人者邪？」孔子曰：「彼，遊方之外

---

〔註158〕此事之始末，可參閱註3，《莊子集釋》，上冊，頁2。
〔註159〕此事之始末，可參閱註3，《莊子集釋》，上冊，頁31。
〔註160〕此事之始末，可參閱註3，《莊子集釋》，上冊，頁37。
〔註161〕此事之始末，可參閱註3，《莊子集釋》，上冊，頁170～174。

者也；而丘，遊方之內者也。外內不相及，而丘使女往弔之，丘則
陋矣。彼方且與造物者為人，而遊乎天地之一氣。彼以生為附贅縣
疣，以死為決疣潰癰，夫若然者，又惡知死生先後之所在！假於異
物，託於同體；忘其肝膽，遺其耳目；反覆終始，不知端倪；芒然
彷徨乎塵垢之外，逍遙乎无為之業。彼又惡能憒憒然為世俗之禮，
以觀眾人之耳目哉！」〔註 162〕

友人死去，孟子反、子琴張非但不傷心，還對友人的屍體鼓琴、唱歌，若不
是文首即已交代三人為好友關係，不知情者大概會以為他們原先是仇敵吧！
作者考慮到這一層，便讓子貢出來質疑此種狀況，而藉著孔子的解釋為此事
畫上完美的句點。孟孫才母死不悲的情形，讀者也是透過顏回與孔子的對答
才能理解孟孫才的想法。這些筆墨正是作者顧及讀者不能了解故事所要表達
的意義，而刻意安排的寫作方式。

　　〈天運〉篇中有「猴衣人服」與「醜婦效顰」的特殊構思：替猴子穿上
衣服在當時原本就是一件特殊的事情，人類看了不習慣，那麼猴子呢？書中
這樣寫著，「齕齧挽裂，盡去而後慊」；〔註 163〕笑是最美的，西施是絕世美女，
面貌自然姣好，即使心痛蹙眉也依然動人，但醜婦弄不清楚狀況，也模仿西
施心痛蹙眉，結果造成「其里之富人見之，堅閉門而不出，貧人見之，挈妻
子而去走」〔註 164〕的場面。作者描寫這種誇張的窘況，就為故事增添了可看
性。

　　世上沒有血緣關係，面貌卻相似的情形，原本少見。而在《莊子》寓言
故事中，卻還有孔子因為面貌與罪犯陽虎相似而遭官兵圍困〔註 165〕的記載；
走路是正常人的本能，偏偏卻有會走路，還要到他國學習走路的人，弄得最
後沒學成，反而忘了自己原來的走路方式，只得爬行回國。〔註 166〕這些特殊
事件的設計，使人讀之難忘。

　　〈田子方〉篇中的文王，想授政給臧丈人，因唯恐大臣父兄不放心，便
諉稱先王託夢指示以立良臣：

　　文王觀於臧，見一丈夫釣，而其釣莫釣；非持其釣有釣者也，常釣

---

〔註 162〕同註 3，《莊子集釋》，上冊，頁 264～268。
〔註 163〕此事之始末，可參閱註 3，《莊子集釋》，上冊，頁 514。
〔註 164〕同註 3，《莊子集釋》，上冊，頁 514。
〔註 165〕此事之始末，可參閱註 3，《莊子集釋》，下冊，頁 595～597。
〔註 166〕此事之始末，可參閱註 3，《莊子集釋》，下冊，頁 601。

也。文王欲舉而授之政，而恐大臣父兄之弗安也；欲終而釋之，而不忍百姓之无天也。於是旦而屬之大夫曰：「昔者寡人夢見良人，黑色而髯，乘駁馬而偏朱蹄，號曰：『寓而政於臧丈人，庶幾民有瘳乎！』」諸大夫蹴然曰：「先君王也。」文王曰：「然則卜之。」諸大夫曰：「先君之命，王其无它，又何卜焉！」遂迎臧丈人而授之政。典法无更，偏令无出。三年，文王觀於國，則列士壞植散群，長官者不成德，斔斛不敢入於四竟。列士壞植散群，則尚同也；長官者不成德，則同務也；斔斛不敢入於四竟，則諸侯无二心也。文王於是焉以為大師，北面而問曰：「政可以及天下乎？」臧丈人昧然而不應，泛然而辭，朝令而夜遁，終身无聞。〔註167〕

這個事件一開始就塑造了不同於尋常的形象——無心釣魚的釣者臧丈人，文王想把國事交給他治理，卻擔心引起眾臣的不安，想放棄又不忍心讓人民的生活無法改善。於是假稱有人託夢，卻不直說此人是先君，只是根據先君的形象予以描述，使大夫們不約而同地說出，夢中人即是先君，因而安心地將國事交由臧丈人治理。這時，文王又故意安排占卜來證驗此一夢兆，大夫們遂不疑有他，認為不需占卜。這一切都是作者精心的安排，作者利用人們對夢境的信仰心理編造一夢，又以文王不知夢中人即為先君的態度取得信任，最後達成計畫。作者合情順理地營造周邊的氣氛，讀者看來感受即深。

〈則陽〉篇中也有特殊事件的設計，文中角色戴晉人透過蝸牛角上觸蠻之爭的故事，平息了魏王的報復心理：

> 魏瑩與田侯牟約，田侯牟背之。魏瑩怒，將使人刺之。犀首〔公孫衍〕聞而恥之曰：「君為萬乘之君也，而以匹夫從讎！衍請受甲二十萬，為君攻之，虜其人民，係其牛馬，使其君內熱發於背。然後拔其國。忌也出走，然後抶其背，折其脊。」季子聞之而恥之曰：「築十仞之城，城者既十仞矣，則又壞之，此胥靡之所苦也。今兵不起七年矣，此王之基也。衍亂人，不可聽也。」華子聞之而醜之曰：「善言伐齊者，亂人也；善言勿伐者，亦亂人也；謂伐之與不伐亂人也者，又亂人也。」君曰：「然則若何？」曰：「君求其道而已矣！」惠子聞之而見戴晉人。戴晉人曰：「有所謂蝸者，君知之乎？」曰：「然。」「有國於蝸之左角者曰觸氏，有國於蝸之右角者曰蠻氏，時

相與爭地而戰，伏尸數萬，逐北旬有五日而後反。」君曰：「噫！此虛言與？」曰：「臣請爲君實之。君以意在四方上下有窮乎？」君曰：「無窮。」曰：「知遊心於無窮，而反在通達之國，若存若亡乎？」君曰：「然。」曰：「通達之中有魏，於魏中有梁，於梁中有王。王與蠻氏，有辯乎？」君曰：「无辯。」客出而君惝然若有亡也。客出，惠子見。君曰：「客，大人也，聖人不足以當之。」惠子曰：「夫吹筦也，猶有嗃也；吹劍首者，吷而已矣。堯舜，人之所譽也；道堯舜於戴晉人之前，譬如一吷也。」〔註168〕

在公孫衍、季子、華子等人的意見相繼提出後，魏君正不知如何是好時，戴晉人經由惠子的引介，對魏君說了這麼一則想像力豐富又誇張的觸蠻事件。魏君不相信這則故事（讀者也不會相信），戴晉人竟然能證實自己所言不虛。最後，戴晉人的言論說服了魏君（也說服了讀者）。此中所說的蝸牛角，其上不但有國家，而且一旦發生戰爭，伏屍即有數萬，勝軍追趕逃兵還得花上十五天的光景。當讀者看至此，想到蝸角不過是擁有直徑零點壹公分大小的圓球，卻有這般浩大的場面，在匪夷所思之餘，大概也只能驚歎作者的想像力吧！此外，「觸」、「蠻」兩國的取名也頗有深意，蝸牛角一向是不論碰到任何事物都採伸縮迅速的舉動，「觸」讓人想到的是一觸即發，正與伸縮迅速的特質相合；「蠻」是不明事理，正與不問碰到任何情況，都驟然伸縮觸角之特質相合，兩者相遇，焉有不戰之理。

《莊子》書中光怪陸離的事件不少，〈外物〉也記載了「任公子釣大魚」這麼一則奇特的事件。試想釣餌是用五十頭大牛製成，而此魚上鉤時，場面更是驚人──「牽巨鉤錎，沒而下騖，揚而奮鬐，白波若山，海水震蕩，聲侔鬼神，憚赫千里。」〔註169〕這是透過周邊環境的渲染來描寫此魚之大，其中充滿浪漫色彩。而同篇中「神龜託夢宋元君」之事，也令人讀之不忘：

宋元君夜半而夢人被髮闚阿門，曰：「予自宰路之淵，予爲清江使河伯之所，漁者余且得予。」元君覺，使人占之，曰：「此神龜也。」君曰：「漁者有余且乎？」左右曰：「有。」君曰：「令余且會朝。」明日，余且朝。君曰：「漁何得？」對曰：「且之網得白龜焉，其圓五尺。」君曰：「獻若之龜。」龜至，君再欲殺之，再欲活之，心疑，

---

〔註168〕同註3，《莊子集釋》，下冊，頁888～893。
〔註169〕此事之始末，可參閱註3，《莊子集釋》，下冊，頁925。

卜之，曰：「殺龜以卜吉。」乃刳龜，七十二鑽而无遺筴。仲尼曰：
「神龜能見夢於元君，而不能避余且之網；知能七十二鑽而无遺筴，
不能避刳腸之患。如是，則知有所困，神有所不及也。雖有至知，
萬人謀之。魚不畏網而畏鵜鶘。去小知而大知明，去善而自善矣。
嬰兒生无石師而能言，與能言者處也。」〔註170〕

這個寓言故事是由特殊角色與一連串奇特事件組成，其中有：龜變人並通夢
於人、占夢爲驗、其圓五尺的白龜、七十二鑽皆驗的龜甲。讀者一路看來頗
有目不暇給之感，但對此龜的難逃一死，卻不免有幾分質疑。作者考慮到這
一層，便讓孔子爲讀者解決疑慮，說明智有所困、千慮猶有一失的情形。這
種點明寓意的寫法，正是《莊子》寓言故事常用的手法。如果讀者留意作者
對宋元君夢境的描寫，當可以發現其中藏有巧思：首先是夢中人有「窺」的
動作，烏龜素向給人縮頭縮腦的形象，此刻化做人類，習性未脫，所以有「窺」
的舉止；其次，也許是由於牠的畏縮，導致話也沒有交代清楚，只說自己遭
漁人捕獲而受困，而未具體要求元君予以解救，或採取酬以報償、恫以威嚇
的方式來保全一己性命，最後只得承受刳腸之禍。

### （二）故事始末的推演

由於《莊子》寓言故事，具有寓意、人物、時空、因果過程以及敘述語
言，頗類於小說之寫作筆法。因此，尹雪曼曾在《中國文學概論・小說論》
中提出這樣的看法，他說：

> 我們如果拿衡量現代小說的眼光來衡量先秦作品，想要在其中找出
> 一本小說專著，那是完全不可能的事。但是，先秦的經、史、子、
> 集裡，敘述故事的短章，卻比比皆是。孟、莊的寓言、詩經裡的敘
> 事詩，史乘裡記載的一些史實，都是很好的小說素材。追溯我國小
> 說的源頭，先秦這一段是不能忽略的。〔註171〕

如果依照薄卡秀（Giovanni Boccaccio）對寓言的定義，則更能看出小說和寓
言之間的關係：「寓言是一個不斷的講話，其外表像小說，其目的在舉例示
範」。〔註172〕平心而論，故事最吸引讀者目光者，當屬「不斷」之因果過程，

---

〔註170〕同註3，《莊子集釋》，下冊，頁933～935。
〔註171〕尹雪曼：《中國文學概論》（臺北：三民書局股份有限公司，1988年8月），
　　　　頁213。
〔註172〕John Macqueen 著、董崇選譯：《談寓言》，收錄於顏元叔主編《西洋文學術

亦即故事始末的推演，若比以小說術語則可謂情節發展。而故事始末的推演，係以因果關係層層互扣，通常具備開端、發展、變化、高潮、結局五架構，因此能呈現出首尾有致，文學性強的特質，使讀者一路看來覺得精彩。本節將針對《莊子》書中，有這類表現的寓言故事進行論述。

在〈逍遙遊〉中，莊子和惠子有一段談大論小的文字，莊子認為惠子是拙於用大的人，所以說了一則寓言故事來曉喻惠子：

> 宋人有善爲不龜手之藥者，世世以洴澼絖爲事。客聞之，請買其方百金。聚族而謀曰：「我世世爲洴澼絖，不過數金；今一朝而鬻技百金，請與之。」客得之，以說吳王。越有難，吳王使之將，冬與越人水戰，大敗越人，裂地而封之。〔註173〕

此事以宋人有不龜手藥，世世以漂洗絲絮爲開端；而以「客聞之，請買其方」，宋人聚合家族成員共同商議，決定出賣藥方，形成發展；客人得到了藥方，說服吳王攻打越國是變化的階段；高潮則在吳軍與越軍水戰時，客人因爲吳軍使用不龜手藥，故而打敗越人；結局爲客人因功封土。

〈人間世〉記載了「匠石之齊，見櫟社樹」〔註174〕的寓言故事。此事開端於匠石偕同弟子到齊國去，途中看見一棵超乎尋常的大樹，凡人經過此地莫不佇足觀賞此樹；發展於匠石卻不看大樹一眼，自顧自地向前走；等到弟子看夠了大樹，追上來問匠石何以不顧時，他表示因爲那是一棵無用之樹，做什麼東西都不適合，這便使故事的氣氛產生變化；進而挑起後續高潮——夜裡，櫟社樹入夢，將匠石數落一頓，並斥他爲「幾死之散人」；最後故事在匠石的領悟中宣告結束。

〈德充符〉篇中載有「申徒嘉與子產同師伯昏无人」〔註175〕一事。此事肇始於申徒嘉刖足的外形；而以子產向他表明，不願與其同出並進爲發展；變化在申徒嘉不聽子產建議，仍與之同出並進，因此引發子產的怒意，當他向申徒嘉質問，並加以嘲諷，就形成衝突引發高潮。終了則以子產的自慚語「子无乃稱」畫下句點。

---

語叢刊》（臺北：黎明文化事業公司，1978年2月），頁647。作者在此引用薄卡秀對寓言的定義。
〔註173〕同註3，《莊子集釋》，上冊，頁37。
〔註174〕此事之始末，可參閱註3，《莊子集釋》，上冊，頁170～174。
〔註175〕此事之始末，可參閱註3，《莊子集釋》，上冊，頁196～201。

〈應帝王〉所敘「神巫季咸替壺子觀相」〔註176〕，也具有開端、發展、變化、高潮、結束的組織。此事開端於巫者季咸的神算，發展於列子的心醉，並告之其師壺子，壺子為了向列子證明道的實質，便透過列子請季咸來看相。季咸每次來，壺子都呈現不同的相貌，此為事件之變化階段。而高潮則在壺子的第四次示相，季咸驚鴻一瞥之餘，還來不及站穩腳跟，就一陣風似地狂奔而去。結局則為列子終於了解自己所學甚淺，辭歸壺子，返回家中後，他「三年不出，為其妻爨，食豕如食人。於事无與親，彫琢復朴，塊然獨以其形立，一以是終」。

〈應帝王〉的「渾沌鑿七竅」，〔註177〕開始於南海之帝儵與北海之帝忽，常在面無竅的中央之帝——渾沌的領土上見面；發展於中央之帝對待他們十分殷勤；變化於儵、忽的為謀報渾沌盛情，繼之以鑿七竅的高潮，而結束於渾沌的死亡。

〈達生〉篇中敘有「桓公見鬼」〔註178〕一事。故事開始於桓公乘著管仲駕御的馬車在野澤中打獵，桓公見鬼，但管仲卻未看見；發展於桓公回去後，產生心病；變化部份是在皇子告敖聽說此事去見桓公，對桓公談及各種鬼的居處，而其中居於澤地者乃委蛇；高潮為桓公詢問委蛇的形貌，皇子告敖說出委蛇形貌，並向桓公說明「見之者殆乎霸」，尾結於桓公大笑，心中釋然，「不終日而不知病之去也」，正是心病還須心藥醫。

〈田子方〉篇中也有一則首尾俱全，中間有發展、有變化、有高潮的寓言故事：

> 莊子見魯哀公。哀公曰：「魯多儒士，少為先生方者。」莊子曰：「魯少儒。」哀公曰：「舉魯國而儒服，何謂少乎？」莊子曰：「周聞之，儒者冠圜冠者，知天時；履句屨者，知地形；緩佩玦者，事至而斷。君子有其道者，未必為其服也；為其服者，未必知其道也。公固不以為然，何不號於國中曰：『无此道而為此服者，其罪死！』」於是哀公號之五日，而魯國无敢儒服者，獨有一丈夫儒服而立乎公門。公即召而問以國事，千轉萬變而不窮。莊子曰：「以魯國而儒者一人耳，可謂多乎？」〔註179〕

〔註176〕此事之始末，可參閱註3，《莊子集釋》，上冊，頁297～306。
〔註177〕此事之始末，可參閱註3，《莊子集釋》，上冊，頁309。
〔註178〕此事之始末，可參閱註3，《莊子集釋》，下冊，頁650～654。
〔註179〕同註3，《莊子集釋》，下冊，頁717～718。

此事以「莊子見魯哀公，魯哀公認為魯國多儒士，鮮少有人學習莊子道業」
為始端；莊子不認為如此，所以提出測知的計策，這是事件的發展；變化則
是出現在方法實行五天之後，魯國竟然沒有人敢穿著儒服。高潮是有一名偉
昂丈夫獨自穿著儒服，站在哀公的門前，「公即召而問以國事，千轉萬變而不
窮」；最後，哀公才了解以外表來判斷國中多儒的錯誤。

　　〈田子方〉有一則敘述精彩，同時也具備完整架構的故事，今先引述於
下：

> 列禦寇為伯昏无人射，引之盈貫，措杯水其肘上，發之，適矢復沓，
> 方矢復寓。當是時，猶象人也。伯昏无人曰：「是射之射，非不射之
> 射也。嘗與汝登高山，履危石，臨百仞之淵，若能射乎？」於是无
> 人遂登高山，履危石，臨百仞之淵，背逡巡，足而二分垂在外，揖
> 禦寇而進之。禦寇伏地，汗流至踵。伯昏无人曰：「夫至人者，上窺
> 青天，下潛黃泉，揮斥八極，神氣不變。今汝怵然有恂目之志，爾
> 於中也殆矣夫！」〔註180〕

這則故事肇端於列禦寇為伯昏无人表演射箭，發展於列禦寇射技的高超，但是
伯昏无人卻不以為，所以建議更改射箭場所；變化就在他們登上高山，腳踏危
石，面臨百仞之淵的時刻；而後高潮出現，伯昏无人竟背對著深淵往後退走，
腳的三分之二懸空，然後揖請列禦寇射箭，列禦寇趴伏在地上，汗水從頭流到
腳跟；最後，列禦寇終於了解自己的技藝，尚未到達爐火純青的境界。

　　至於〈列禦寇〉篇的「鄭人緩因父助弟與之辯而自殺」一事，也以結構
完整而深刻動人：

> 鄭人緩也呻吟裘氏之地。祇三年而緩為儒，河潤九里，澤及三族，
> 使其弟墨。儒墨相與辯，其父助翟。十年而緩自殺。其父夢之曰：「使
> 而子為墨者予也。闔胡嘗視其良，既為秋柏之實也。」〔註181〕

此事開始於「緩原本是學習儒術」，發展於「緩的德澤，遍及家族，並讓弟弟
學習墨家之術」，變化即在「儒墨相與辯」，父親幫弟弟和緩論辯；高潮是緩
在氣憤之餘，竟然自殺；結尾是緩仍然不認輸，託夢表達自己對父親的輕蔑。

　　以上所舉皆是《莊子》寓言故事中，有著完整結構並且描寫精彩的篇章，
這些故事帶給讀者步調緊湊的感受。

---

〔註180〕同註3，《莊子集釋》，下冊，頁724～725。
〔註181〕同註3，《莊子集釋》，下冊，頁1042。

## 第三節　故事流傳

　　一般人寫作文章，有時會採用援古證今的筆法，來加強自己的論述。如果是徵引前人的文字，最普遍的情形是引用幾句，而選擇引用的文字通常具備佳句的條件；假設引用的情形是將前人所寫的故事加以鎔鑄，而形成典故的運用，則原故事大多必須含有一定的哲思。後人對於前人作品，除了有引用的情形之外，也有受到前人所寫故事的深深吸引，而加以重寫增飾的情形發生。在此節論述中，筆者嘗試透過後人詩文中，對《莊子》寓言故事中的文句引用與故事鎔鑄，以及《莊子》寓言故事的重寫，來貞定《莊子》寓言故事確實具有十足之文學性，否則即不會流傳日廣且為人引用。

### 一、文句引用

　　《莊子》寓言故事中的文句，往往是辭美意深或立意警奇，後人見而愛之，為了豐富自己的詩文，便有引用的情形發生。本文援引的例證，由於多是出自名家之手，因此大多已經改易了原文的語型，但仍然可以看出是源於《莊子》。

　　《紅樓夢》堪稱中國首屈一指的小說，作者曹雪芹除了在第二十一回中，曾經安排主人翁賈寶玉夜讀《莊子・盜跖》，並提筆續寫之外；〔註182〕在第七十八回也借寶玉之名寫〈芙蓉女兒誄〉以弔念晴雯，此文未寫之前就已說明作品立意乃遠師各家，其中所列書正有《莊子》，所以誄文中有一小段援引了《莊子》寓言故事中的詞句，今先引述相關文字：

> 期汗漫而無天閼兮，忍捐棄余於塵埃耶？倩風廉之為余驅車兮，冀聯
> 轡而攜歸耶？余中心為之慨然兮，徒噭噭而何為耶？君偃然而長寢
> 兮，豈天運之變於斯耶？既窀穸且安穩兮，反其真而復奚化耶？余猶
> 桎梏而懸附兮，靈格余以嗟來耶？來兮止兮，君其來耶！〔註183〕

其中的「天閼」是摘取〈逍遙遊〉：「背負青天而莫之夭閼」〔註184〕句；「徒噭噭而何為耶？君偃然而長寢兮」是離合〈至樂〉篇中「人且偃然寢於巨室，而我噭噭然隨而哭之」〔註185〕句；「反其真」一詞則是出自〈大宗師〉：「而已

---

〔註182〕曹雪芹原著、馮其庸等校注：《紅樓夢校注》，（臺北：里仁書局，1984 年 4月），第一冊，頁 329。案：此處引用《莊子・盜跖》篇之一段文字。

〔註183〕同註 182，《紅樓夢校注》，第二冊，頁 1246～1247。

〔註184〕同註 3，《莊子集釋》，上冊，頁 7。

〔註185〕同註 3，《莊子集釋》，下冊，頁 615。

反其真」，〔註186〕而其後的「懸疣」一詞，也是摘取同篇中「彼以生爲附贅縣疣」〔註187〕的句子。

《莊子·逍遙遊》有「庖人雖不治庖，尸祝不越樽俎而代之矣」〔註188〕之句，在魏嵇康〈與山巨源絕交書〉一文中，則變化爲「恐足下羞庖人之獨割，引尸祝以自助」。〔註189〕雖然嵇句已從原來的否定句改爲肯定句，但仍然可以清楚地看出是淵源於《莊子》。

吳敬梓《儒林外史·第十回》，有這麼一段文字：「此時魯小姐卸了濃妝，換幾件雅淡衣服。蓬公孫舉眼細看，真有沈魚落鴈之容、閉月羞花之美」。〔註190〕「沈魚落鴈」原出《莊子·齊物論》：「毛嬙、麗姬，人之所美也。魚見之深入，鳥見之高飛，麋鹿見之決驟。四者孰知天下之正色哉」。〔註191〕但是《莊子》原句之義，本是說明「天下無正色」，在《儒林外史》的引用中，卻是被借來形容「絕色容貌」。

《莊子·養生主》中關於「庖丁解牛」故事的句子，後人也有引用，原句「而刀刃若新發於硎」，〔註192〕杜甫〈橋陵詩三十韻因呈縣內諸官〉即有「遣詞必中律，利物常發硎」；〔註193〕唐獨孤及〈代書寄上裴六冀劉二穎〉說：「疇昔切玉刃，應如新發硎」。〔註194〕但必須說明的是，《莊子》原句本義是形容「刀的銳利」，後人在援引時，卻已不限於此，而是加以引申用來形容「才思的鋒銳」。

漢司馬遷〈報任少卿書〉文中有：「居則忽忽若有所亡」，〔註195〕李善注云：「《莊子》，魯哀公問仲尼曰：衛有惡人焉，曰哀駘它，去寡人而行，寡人恤焉若有亡也」，〔註196〕正是出自〈大宗師〉篇。漢賈誼〈鵬鳥賦〉也摘取了

〔註186〕同註3，《莊子集釋》，上冊，頁266。
〔註187〕同註3，《莊子集釋》，上冊，頁268。
〔註188〕同註3，《莊子集釋》，上冊，頁24。
〔註189〕蕭統編、李善注：《文選》（臺北：華正書局有限公司，1987年9月），頁601。
〔註190〕吳敬梓：《儒林外史》（臺北：臺灣商務印書館股份有限公司，1973年4月），頁117。
〔註191〕同註3，《莊子集釋》，上冊，頁93。
〔註192〕同註3，《莊子集釋》，上冊，頁119。
〔註193〕杜甫著、楊倫箋：《杜詩鏡銓》（臺北：天工書局，1988年9月10日），頁100。
〔註194〕獨孤及：《毘陵集》（臺北：臺灣商務印書館股份有限公司，1986年3月景印文淵閣四庫全書本），集部一七四別集類，頁1072之167。
〔註195〕同註189，頁581。
〔註196〕同註189，頁581。

〈大宗師〉:「又惡知死生先後之所在?假於異物,託於同體」〔註197〕中的詞語,而寫下「忽然為人兮,何足控摶,化為異物兮,又何足患」之句,《莊子》原句中的「異物」是指「死亡後變化為他物」,賈句的援引則重在「死亡」的意義;魏阮瑀〈為曹公作書與孫權〉中也有:「元瑜長逝,化為異物」〔註198〕之句,而南梁劉孝標〈重答劉秣陵沼書〉一文中則有「尋而君長逝,化為異物」。

《北史‧司馬膺之傳》云:「膺之所與游集,盡一時名流,與刑子才、王景等為莫逆之交」;〔註199〕唐李白〈憶舊遊寄譙郡元參軍〉:「海內賢豪青雲客,就中與君心莫逆」;〔註200〕宋蘇軾〈妒佳月〉:「使我能永延,約君為莫逆」。〔註201〕以上諸句所用的「莫逆」一詞,正是摘自《莊子‧大宗師》:「四人相視而笑,莫逆於心,遂相與為友」〔註202〕中之詞語。

《莊子》作者才思特出,所擬之句自然不凡,無怪後人喜歡引用,試看〈大宗師〉的「以汝為鼠肝乎?以汝為蟲臂乎?」,〔註203〕「鼠肝」、「蟲臂」的遣詞實是特殊,因此也被後人引用,例如:唐白居易〈老病相仍以詩自解〉云:「蟲臂鼠肝猶不怪,雞膚鶴髮復何傷」;〔註204〕宋陸游〈書病〉詩稱:「昏昏但思向壁臥,蟲臂鼠肝寧暇恤」〔註205〕,這些都是離合《莊子》原句另組新語的引用方式。

《莊子‧秋水》篇記「公孫龍見魏牟」一文,也有多處為後人引用,今依原文次序分別說明。例如:原文中有「合同異,離堅白」,〔註206〕任彥昇〈王文憲集序〉文中有「沈鬱澹雅之思,離堅合異之談」〔註207〕,雖然原文意義

〔註197〕同註3,《莊子集釋》,上冊,頁268。
〔註198〕同註189,頁591。
〔註199〕李延壽:《北史》(北京:中華書局,1974年10月),第六冊,頁1950。
〔註200〕李白著、王琦輯注:《李太白全集》,(臺北:長歌出版社,1975年10月),頁321。
〔註201〕蘇軾著、王文誥輯註、孔凡體點校:《蘇軾詩集》(臺北:莊嚴出版社,1990年10月),第一冊,頁172。
〔註202〕同註3,《莊子集釋》,上冊,頁258。
〔註203〕同註3,《莊子集釋》,上冊,頁261。
〔註204〕白居易:《白居易集》(臺北:里仁書局,1980年10月15日),第二冊,頁796。
〔註205〕陸游:《陸放翁全集》(臺北:世界書局,1961年1月),下冊,頁514。
〔註206〕同註3,《莊子集釋》,下冊,頁597。
〔註207〕同註189,頁653。

根據成玄英疏是說，公孫龍「率才弘辯，著守白之論，以博辯知名，故能合異爲同，離合爲異」，〔註208〕但在任句的「離堅合異之談」中，卻只取「弘辯」之意。又如：原文中的「適適然驚」，〔註209〕清朝蒲松齡《聊齋志異・卷十雲翠仙》寫成「適適驚」。〔註210〕至於此文當中「是直用管窺天」〔註211〕一句，漢東方朔在〈答客難〉中則寫爲「以筦窺天」。〔註212〕

　　晉陶潛〈飲酒〉其五：「結廬在人境，而無車馬喧；問君何能爾，心遠地自偏。採菊東籬下，悠然見南山；山氣日夕佳，飛鳥相與還，此中有眞意，欲辨已忘言」，〔註213〕此詩末兩句素爲世人所知，其中意蘊深刻，正是從《莊子・外物》寓言故事中的文句點化而出，原句爲：「言者所以在意，得意而忘言」。〔註214〕

　　分析以上所引文句，可以歸納出一個結論，那就是被引用的原句本身都是辭美意深、立意新奇的佳句，否則後人也不會加以引用。事實上，古今引用《莊子》寓言故事中的語句非常多，筆者所引只是其中一小部份。即使《莊子》寓言故事中的語句，在流傳日廣後，往往以成語形式出現，而使人忘了它原出何典，但無論如何，從前人名家的徵引中，《莊子》寓言故事的文句，又再次散發出耀眼光芒，呈現出強烈的文學性。

## 二、故事精義鎔鑄

　　古代騷人墨客作詩爲文，有援用典故的習慣，一個用得適切、精當的典故，就作者的立場來看，可收言簡意賅之效，也能豐富詩文的內涵，更便於譬喻的製作；就讀者的感受而言，援用典故可以觸動讀者豐富的聯想，回味原作的精髓，但首要條件必須是讀者知道這則典故；就原典本身而言，則是精神內涵的再次呈現。前人所寫的事件會被後人鎔鑄成典故，此事通常有相當之文學性且意味深長。所以，假若一本書被後人大量引用，便表示該書具

---

〔註208〕同註3，《莊子集釋》，下冊，頁597。
〔註209〕同註3，《莊子集釋》，下冊，頁598。
〔註210〕蒲松齡：《聊齋志異》，（臺北：文化圖書公司，1991年6月），頁427。
〔註211〕同註3，《莊子集釋》，下冊，頁601。
〔註212〕同註189，頁629。
〔註213〕陶淵明著、楊勇校箋：《陶淵明集校箋》，（臺北：正文書局有限公司，1987年1月），頁144。
〔註214〕同註3，《莊子集釋》，下冊，頁944。

有相當之文學性。

　　觀察後世作家鎔鑄《莊子》寓言故事成為典故的情形，筆者發覺泰半是著眼或擷取篇章中的特殊處，也多是筆者前章中所分析的情節單元，因為它是讀者印象深刻的地方，後世作家只要一觸及，讀者腦中立刻會浮現原有故事內容的大概。在此就針對後世援用《莊子》寓言故事的典故，來觀察它的文學性。

　　《莊子・逍遙遊》所記「鯤、鵬」之事，筆觸出人意表，想像力極為高超，寓意也十分深刻，因此多為後人引用。著眼於「巨大之鯤」、「鯤變為鵬」、「巨大之鵬」、「斥鴳作人語」這些情節單元之特出，而摘取來做為典故的數量甚多，如以下各例：唐朝盧照鄰〈同崔錄事哭鄭員外〉：「已陪東嶽駕，將逝北溟鯤」；〔註215〕李白〈古風〉其三十三：「北溟有巨魚，身長數千里。仰噴三山雪，橫吞百川水。憑陵隨海運，燀赫因風起。吾觀摩天飛，九萬方未已」，〔註216〕〈江夏使君叔席上贈史郎中〉：「希君生羽翼，一化北溟魚」；〔註217〕杜甫〈贈虞十五司馬〉：「佇鳴南岳鳳，欲化北溟鯤」；〔註218〕宋陸游〈寓懷〉：「笑謂同舟子，世豈無鯤鵬？」。〔註219〕唐高適〈酬秘書弟兼寄幕下諸公〉，則云：「並負垂天翼，俱乘破浪風」；〔註220〕劉禹錫〈和牛相公題姑蘇所寄太湖石兼寄李蘇州〉：「寄言垂天翼，早晚起滄溟」；〔註221〕宋蘇軾〈次韻周開祖長官見寄〉：「海南未起垂天翼，澗底仍依徑寸麻」；〔註222〕辛棄疾〈水調歌頭・慶韓南澗尚書七十〉：「看取垂天翼，九萬里風在下，與造物同遊」。〔註223〕魏嵇康〈述志詩二首〉其二：「斥鴳擅蒿林，仰笑神鳳飛」；〔註224〕宋葉適〈送龔叔虎〉：「去從孔鸞翔，勿受斥鴳呼」；〔註225〕辛

〔註215〕盧照鄰：《盧昇之集》（臺北：臺灣商務印書館股份有限公司，1986 年 3 月景印文淵閣四庫全書本），集部四別集類，頁 1065 之 310。

〔註216〕同註 200，頁 64。

〔註217〕同註 200，頁 280。

〔註218〕同註 193，頁 363。

〔註219〕同註 205，頁 373。

〔註220〕高適著、阮廷瑜校注：《高常侍集》（臺北：中華叢書編審委員會，1965 年 6 月），頁 86。

〔註221〕劉禹錫：《劉賓客集》，（臺北：臺灣商務印書館股份有限公司，1986 年 3 月景印文淵閣四庫全書本），集部一六別集類，頁 1077 之 564。

〔註222〕同註 201，《蘇軾詩集》，第二冊，頁 982。

〔註223〕辛棄疾著、徐漢明編：《稼軒集》，（臺北：文津出版社，1991 年 6 月），頁 40。

〔註224〕逯欽立編校：《先秦漢魏晉南北朝詩》（臺北：木鐸出版社，1983 年 9 月），

棄疾〈水調歌頭・題永豐楊少遊提點一枝堂〉：「休說須彌芥子，看取鯤鵬斥
鷃，小大若爲同？君欲論齊物，須訪一枝翁」。〔註226〕

　　《莊子・逍遙遊》記載「宋人資章甫」之事，據筆者第三章的分析，此
處的情節單元是「斷髮紋身之人」，後世作者對於這段文字的鎔鑄，也是根據
這個情節單元的特殊處切入，例如魏嵇康〈與山巨源絕交書〉一文中：「不可
自見好章甫，強越人以文冕也」；〔註227〕趙至〈與嵇茂齊書〉：「表龍章與裸壤」。
〔註228〕同出於〈逍遙遊〉而成典故者，又有「列子御風而行」，其例如南朝宋
何承天〈臨高臺〉：「攜列子，超帝鄉，雲衣雨帶乘風翔」；〔註229〕唐吳筠〈高
士詠・沖虛眞人〉：「沖虛冥至理，體道自玄通。不受子陽祿，但飲丘壺宗。
泠然竟何依，撓挑遊太空。未知風乘我，爲是我乘風」。〔註230〕

　　〈逍遙遊〉記「宋人有不龜手藥」，「因藥封官」的情節單元，也被後人
鎔鑄成一則典故，宋黃庭堅〈次韻孔四著作北行滹沱〉：「平生不龜藥，才可
衛十指，持比千戶封，誰能優劣比」；〔註231〕宋陸游〈寓嘆〉：「裹馬革心空許
國，不龜手藥卻成功」；〔註232〕清黃遵憲〈己亥續懷人詩・瀏陽唐敀臣〉：「龜
手正需洴澼藥，語君珍重百金方」。〔註233〕

　　後世引用〈齊物論〉中「朝三暮四」之寓言故事入詩者，有唐李商隱〈送
千牛李將軍赴闕五十韻〉：「喧闐眾狙怒，容易八鸞驚」；〔註234〕宋蘇軾〈答任
師中家漢公〉：「升沈一何速，喜怒紛眾狙」；〔註235〕黃庭堅〈見子瞻粲字韻詩
和答三人四返不困而愈嶇奇輒次韻寄彭門三首〉其二：「朝四與暮三，適爲狙

　　　　上冊，頁489。
〔註225〕葉適：《葉適集》（臺灣：河洛圖書出版社，1974年5月），第一冊，頁75。
〔註226〕同註223，頁49。
〔註227〕同註189，頁603。
〔註228〕同註189，頁607。
〔註229〕同註224，《先秦漢魏晉南北朝詩》，中冊，頁1209。
〔註230〕吳筠：《宗玄集》（臺北：臺灣商務印書館股份有限公司，1986年3月景印文
　　　　淵閣四庫全書本），集部一〇別集類，頁1072之167。
〔註231〕黃庭堅著，任淵、史容、史溫注：《山谷詩內外集注・山谷詩外集注》（臺灣：
　　　　學海出版社，1979年10月），頁1470。
〔註232〕同註205，頁435。
〔註233〕黃遵憲：《人境廬詩草》（臺北：鼎文書局，1978年8月），頁253。
〔註234〕李商隱著，劉學鍇、余恕誠集解：《李商隱詩歌集解》（臺北：洪葉文化事業
　　　　公司，1992年10月），頁358。
〔註235〕同註201，《蘇軾詩集》，第二冊，頁756。

公玩」。〔註236〕這些典故都是針對「愚笨之猴」的特殊來構思。

〈人間世〉篇中的「不材散木──櫟社樹」，也被引用入詩而為典故。例如：唐杜甫〈惡樹〉的「方知不材者，生長漫婆娑」；〔註237〕溫庭筠〈古意〉的「散木無斧斤，纖莖得依託」；〔註238〕宋蘇軾〈宥老楮〉的「胡為尋丈地，養此不材木」；〔註239〕陸游〈吾年過八十〉其二的：「斧斤遺壽櫟，雲海寄冥鴻」。〔註240〕

〈天運〉篇記有「西施病心而矉其里」一事，其中除了有沈魚落雁之貌美女西施以外，就屬「醜婦效矉」的情節單元引人注目。而後世文學作品，即多以此二者入詩入文，如唐李白〈古風〉其三十五：「醜女來效矉，還家鄰四驚」；〔註241〕宋蘇軾〈次韻答章傳道見贈〉：「效矉豈不欲，頑質謝鑪鎚」；〔註242〕清曹雪芹《紅樓夢》第三十七回有：「出浴太真冰作影，捧心西子玉為魂」；〔註243〕李漁《閒情偶寄》論「脫窠臼」文中也有：「否則枉費辛勤，徒作效矉之婦，東施之貌未必醜於西施，止為效矉于人，遂蒙千古之誚，使當日逆料至此，即勸之捧心知不屑矣」〔註244〕的描寫。

《莊子・秋水》中的寓言故事，也有成為典故者。如：「夔憐蚿」之事分見宋朝黃庭堅〈寺齋睡起二首〉其一：「小黠大痴螳捕蟬，有餘不足夔憐蚿」；〔註245〕；以及辛棄疾〈哨遍・一壑自專〉：「夔乃憐蚿，谷亦亡羊，算來何異」。〔註246〕。又，金元好問〈論詩三首〉其一：「坎井鳴蛙自一天，江山放眼更超然」，〔註247〕則是援用「坎井之蛙」的寓言故事。而「壽陵餘子之學行」一事，

〔註236〕同註231。

〔註237〕同註193，頁356。

〔註238〕溫庭筠著，曾益謙原註、顧予咸補注：《溫飛卿詩集》，臺北：臺灣學生書局，1967年5月），頁121。

〔註239〕同註201，《蘇軾詩集》，第四冊，頁2314。

〔註240〕同註205，頁914。

〔註241〕同註200，頁65。

〔註242〕同註201，《蘇軾詩集》，第一冊，頁425。

〔註243〕同註182，《紅樓夢，》第一冊，頁563。

〔註244〕李漁：《閒情偶記》（臺北：廣文書局有限公司，1977年1月），上冊，頁24～25。

〔註245〕同註231，頁636。又，此詩前句「小黠大痴螳捕蟬」亦源自《莊子・山木》「螳螂捕蟬」一事。

〔註246〕同註223，頁2。又，此詩之「谷亦亡羊」亦出自《莊子・駢拇》。

〔註247〕元好問：《元遺山詩集箋注》（臺北：清流出版社，1976年10月10日），下冊，卷九之頁15。

情節單元正在「學步未成，反失故步」，李白〈古風〉其三十五感於此事的特殊而有：「壽陵失本步，笑殺邯鄲人」〔註248〕之句。至於「惠子相梁」故事中所敘「鵷鶵與鴟」，也廣被文人引用，例如：魏嵇康〈與山巨源絕交書〉：「己嗜臭腐鼠，養鴛雛以死鼠也」；〔註249〕唐劉禹錫〈飛鳶操〉：「忽聞飢鳥一噪聚，瞥下雲中爭腐鼠，騰音礪吻相喧呼，仰天大嚇疑鴛雛」；〔註250〕李商隱〈安定城樓〉：「不知腐鼠成滋味，猜意鵷雛竟未休」；〔註251〕明方孝孺〈閑居感懷十七〉其二：「鳳隨天風下，暮息梧桐枝。群鴟得腐鼠，笑汝長苦飢。」〔註252〕

宋蘇軾〈次韻答章傳道見贈〉詩中有：「髑髏有餘樂，不博南面后」〔註253〕之句，典出〈至樂〉所記「莊子之楚，見空髑髏」。唐朝駱賓王的〈遠使海曲春夜多懷〉：「未安蝴蝶夢，遽切魯禽情」，〔註254〕以及李商隱〈贈送前劉五經映三十四韻〉：「海鳥悲鐘鼓，狙公畏服裳」，〔註255〕共用了三個典故，它們都是出自《莊子》。「蝴蝶夢」源自〈齊物論〉，「狙公畏服裳」取自〈天運〉篇「猴衣人服」的特殊性，至於「魯禽情」與「海鳥悲鐘鼓」則是出自〈達生〉篇所述「魯侯養鳥」之事。

〈達生〉篇有「仲尼適楚，出於林中，見痀僂承蜩，猶掇之也」一事，如此這般的「捕蟬奇技」委實少見，晉支遁為之驚服，而有〈詠蟬思道人〉詩：「承蜩累危丸，累十亦凝注」。〔註256〕〈知北遊〉記載「大馬錘鉤者」一事，唐杜甫亦引之入詩，〈夜聽許十一誦詩愛而有作〉：「應手看捶鉤，清心聽鳴鏑」。〔註257〕

〈徐无鬼〉記「莊子送葬，過惠子墓」時，莊子因感懷惠施和自己的情誼，而說了一則「匠石運斤成風，盡斲對手鼻端白泥」的故事。由於故事中既有使人聞之不忘的情節單元「運斤奇技」，又有使人動容的珍貴友誼，故常

〔註248〕同註200，頁65。
〔註249〕同註189，頁603。
〔註250〕同註221，頁1077之456。
〔註251〕同註234，頁289。
〔註252〕方孝孺：《遜志齋集》（臺北：臺灣商務印書館股份有限公司，1986年3月景印文淵閣四庫全書），集部一七四別集類，頁1235之667。
〔註253〕同註201，《蘇軾詩集》，第一冊，頁424。
〔註254〕駱賓王著、陳熙晉箋注：《駱臨海集箋注》，（臺北：華正書局，1974年10月），頁179。
〔註255〕同註234，頁289。
〔註256〕同註224，《先秦漢魏晉南北朝詩》，中冊，頁1083。
〔註257〕同註193，頁88。

被後人援引。例如：唐駱賓王〈上梁明府啓〉中有：「豈惟成風之斲，妙思通神；流水之絃，清音入聽」，〔註258〕〈夏日遊德州贈高四〉有：「成風郢匠斲，流水伯牙絃」〔註259〕；李白〈古風〉其三十五有：「安得郢中質，一揮成風斤」，〔註260〕張九齡〈九月九日登龍山〉有：「投弔傷昔人，揮斤感前匠」；〔註261〕宋王安石〈思王逢原三首〉其一有：「布衣阡陌動成群，卓犖高才獨見君；便恐世間無妙質，鼻端從此罷揮斤」。〔註262〕可附帶一提的是，王安石詩除了末兩句是源出《莊子》外，根據李壁註前兩句之語：「莊子舉魯國而儒服，然千轉萬變而不窮者，獨有一儒耳」來看，它也是來自《莊子》寓言故事。

〈則陽〉篇中「觸蠻之爭」的故事，是從「蝸牛角上有兩小國」開始發展，由於構思弔詭恣肆，極盡想像能事，故常為後人引用。其如：唐白居易〈對酒五首〉其二：「蝸牛角上爭何事？石光火中寄此身」；〔註263〕宋薛季宣〈游竹陵善權洞〉：「左右觸蠻戰，晨昏燕蝠爭」；〔註264〕朱松〈書室述懷奉寄民表兄是日得民表書〉：「已矣榮枯盧白戲，不須物我觸蠻爭」；〔註265〕陸游〈寓懷〉：「成敗兩蝸角，貴賤一鼠肝」。〔註266〕

杜甫〈奉贈蕭十二使君〉：「監河受貸粟，一起涸中鱗」；〔註267〕清黃遵憲〈七月二十一日外國聯軍入犯京師〉：「波臣守轍還無恙，日馭揮戈豈有名」，〔註268〕前引二詩都引用《莊子‧外物》「莊周貸粟於監河侯」所述「波臣困轍」之事。同出於〈外物〉篇而成為典故者，尚有「任公子釣大魚」之事，唐李白〈猛虎行〉：「我從此去釣東海，得魚笑寄情相親」。〔註269〕

〔註258〕同註254，頁276。

〔註259〕同註254，頁21。

〔註260〕同註200，頁66。

〔註261〕張九齡：《曲江集》（臺北：臺灣商務印書館股份有限公司，1986年3月景印文淵閣四庫全書本），集部五別集類，頁1066之75。

〔註262〕王安石著、李壁箋註、劉辰翁評點：《箋註王荊文公詩》（臺北：廣文書局有限公司，1974年3月），上冊，頁750。

〔註263〕同註204，頁598。

〔註264〕薛季宣：《浪語集》（臺北：臺灣商務印書館股份有限公司，1986年3月景印文淵閣四庫全書本），集部九八別集類，頁1159之175。

〔註265〕朱松：《韋齋集》（臺北：臺灣商務印書館股份有限公司，1981年2月四部叢刊廣編），第三十七冊，頁33。

〔註266〕同註205，頁373。

〔註267〕同註193，頁1014。

〔註268〕同註233，頁274。

〔註269〕同註200，頁177。

　　《莊子‧盜跖》篇所載「盜跖與孔子」之事，也多為後人徵引。其如：杜甫〈醉時歌〉：「儒術於我何有哉，孔丘盜跖俱塵埃」；〔註270〕辛棄疾〈卜算子〉：「盜跖倘名丘，孔子還名跖，跖聖丘愚直到今，美惡無真實」。〔註271〕至於李白〈古風〉其二十四：「世無洗耳翁，誰知堯與跖」〔註272〕一句，則是取用堯之賢與盜跖之惡做對比，而曹雪芹《紅樓夢》第七十九回當中的「竟釀成個盜跖的性氣」〔註273〕一句，則是著眼於盜跖的拔扈性情，借以形容書中人物夏金桂的個性。

　　〈列禦寇〉篇記載「宋人曹商使秦，得車百乘，向莊子炫耀，反遭莊子以舐痔得車奚落」一事，也為後人引用。其中「舐痔結駟」的情節單元，最令人印象深刻，因此後人的引用，也多注重在此處。例如：宋劉筠〈偶懷〉：「可待乘軒寵，終慚舐痔求」；〔註274〕金元好問〈感事〉：「舐痔歸來位望尊，駸駸雷李入平吞」。〔註275〕而在同篇之「人見宋王而驕莊子」一事中，莊子所說「驪龍珠」故事，在賈誼〈弔屈原文〉中亦見引用：「襲九淵之神龍兮，沕深潛以自珍」。〔註276〕

　　根據前述，《莊子》寓言故事被鎔鑄為典故的數量委實不少，筆者舉證不過一二。就這些被引用的原文來看，其本身確實具有高度的文學效果，所以多被引用。因此，透過這個章節的分析，我們可以更進一步貞定《莊子》寓言故事的文學性。

## 三、故事重寫

　　金榮華師認為：「古今數千年來，文學作品愈來愈多，故事也愈來愈多，而向前人『借用』故事的情形也不少。這種借用就是故事重寫……關於這方面的材料，在中國文學裡十分豐富」，〔註277〕而《莊子》的寓言故事，正有被

---

〔註270〕同註193，頁60。
〔註271〕同註223，頁205。
〔註272〕同註200，頁58。
〔註273〕同註182，《紅樓夢校注》，第二冊，頁1264。
〔註274〕北京大學古文獻研究所編：《全宋詩》（中國：北京大學出版社，1991年7月），第二冊，頁1277。
〔註275〕同註247，卷九，頁15。
〔註276〕同註189，頁832。
〔註277〕金榮華師：《比較文學》（臺北：福記文化圖書有限公司，1982年8月），頁52。

後人重寫的情形。由於情節單元是故事的精彩處，所以在這段論述中，筆者將觀察後世在重寫《莊子》寓言故事時，是否保有原故事之情節單元。

《莊子・逍遙遊》首段記述了鯤鵬與學鳩的故事〔註278〕，晉朝阮修的〈大鵬贊〉曾加以重寫一：

> 蒼蒼大鵬，誕自北溟，假精靈鱗，神化以生。如雲之翼，如山之形，海運水擊，扶搖上征。翕然層舉，背負太清，志存天地，不屑雷霆。學鳩仰笑，尺鷃所輕，超然高適，莫知其情。〔註279〕

分析阮修的〈大鵬贊〉，其中仍然保有「巨大之鵬」、「鯤變爲鵬」、「學鳩作人語」、「斥鷃作人語」等情節單元。至於故事中原有的「巨大之鯤」此一情節單元，則因爲已被改寫爲「精靈鱗」而不存在。此外，「蜩作人語」的情節單元，則緣於只取用「學鳩作人語」爲代表即已足夠，故也被省略。後人李白認爲阮修的這篇文章頗爲俗陋，因此將年少舊作〈大鵬遇〉重寫爲〈大鵬賦〉，此賦在序言部分，直引〈逍遙遊〉中相關之兩段文字，以說明立意所在：

> 《莊子》北冥有魚，其名爲鯤，鯤之大不知其幾千里也。化而爲鳥，其名爲鵬，鵬之背不如其幾千里也。怒而飛，其翼若垂天之雲。是鳥也，海運則將徙於南冥。南冥者，天池也。齊諧者，志怪者也，諧之言曰：鵬之徙于南冥也，水擊三千里，搏扶搖而上者九萬里，去以六月息者也。湯之問棘也是已，窮髮之北有冥海者，天池也，有魚焉。其廣數千里，未有知其脩者，其名爲鯤。有鳥焉其名爲鵬，背若泰山，翼若垂天之雲，搏扶羊角而上者九萬里，絕雲氣，負青天，然後圖南且適南冥也。斥鷃笑之曰：彼且奚適也，我騰躍而上，不過數仞而下，翱翔蓬蒿之間，此亦飛之至也，而彼且奚適也。此小大之辯也。〔註280〕

即使在序言部分沒有說明，讀者只就賦文本身來觀察，其實也不難發現此賦是根據《莊子》寓言故事來改寫的，今引〈大鵬賦〉如下：

> 南華老仙，發于天機于漆園，吐崢嶸之高論，開浩蕩之奇言，徵至怪于齊諧。談北溟之有魚，吾不知其幾千里，其名爲鯤，化成

---

〔註278〕此故事亦見於同篇之「湯之問棘也是已」一段，惟略作改變，即省略了「鯤變爲鵬」的情節單元，並將「學鳩作人語」換作「斥鷃作人語」。

〔註279〕同註200，頁1。

〔註280〕同註200，頁1。

大鵬，質凝胚渾，脫鬐鬣于海島，張羽毛于天門，刷渤澥之春流，晞扶桑之朝暾。煇赫乎宇宙，憑陵乎崑崙。一鼓一舞，煙朦沙昏，五岳爲之震蕩。百川爲乃蹶厚地，揭太清，互層霄，激三千以崛起，向九萬而迅征，背嶪太山之崔嵬，翼舉長雲之縱橫。左迴加旋，倏陰忽明，歷汗漫以夭矯，牴閶闔之崢嶸。簸鴻蒙，扇雷霆，斗轉而天動，山搖而海傾，怒無所搏，雄無所爭，固可想像其勢，髣彿其形。若乃足縈虹蜺，目耀日月，連軒沓拖，揮霍翕忽，噴氣則六合生雲，灑毛則千里飛雪。邈彼北荒，將窮南圖，運逸翰以傍擊，鼓奔飆而長驅。燭龍銜光以照物，列缺施鞭而啓途，塊視三山，杯觀五湖，其動也神運，其行也道俱。任公見之而罷釣，有窮不敢以彎弧，莫不投竿失鏃。仰之長吁，爾其雄姿壯觀，塊軋河漢，上摩蒼蒼，下覆漫漫，盤古開天而直視，羲和倚日以旁嘆。繽紛乎八荒之間，掩映乎四海之半，當胸臆之掩畫，老混茫之未判，忽騰覆以迴轉，則霞廓而霧散。然後六月一息，至于海湄，欻翳景以橫翥，逆高天而下垂，憩乎泱漭之野，入乎汪湟之池。猛勢所射，餘風所吹，溟漲沸渭，巖巒紛披，天吳爲之怵慄，海若爲之躊躇，巨鼇冠山而卻走，長鯨騰海而下馳，縮殼挫鬣，莫之敢窺。吾亦不測其神怪之若此，蓋乃造化之所爲，豈比夫蓬萊之黃鵠，誇金衣與菊裳，恥蒼梧之玄鳳。耀絳質與錦章，既服御于靈仙，久馴擾于池隍。精衛殷勤于啣木，鶗鴂悲愁乎薦蘦。天雞警曉于蟠桃，踆鳥晣耀于太陽，不曠蕩而縱適，何拘攣而守常。未若茲鵬之逍遙，無厭類乎比方，不矜大而暴猛，每順時而行藏。參玄根以比壽，飲元氣以充腸，戲暘谷而徘徊，憑炎洲而抑陽。俄而希有鳥見謂之曰：偉哉鵬乎，此之樂也，吾右翼掩乎西極，左翼蔽乎東荒，跨躡地絡，周旋天綱，以恍惚爲巢，以虛無爲場。我呼爾遊，爾同我翔，于是乎大鵬許之，此二禽已登于寥廓，而斥鷃之輩，空見笑于藩籬。〔註281〕

分析李白的〈大鵬賦〉仍有「巨大之鯤」、「鯤變爲鵬」、「巨大之鵬」以及「斥鷃作人語」等情節單元，原有故事中的「蜩作人語」、「學鳩作人語」，則因其行徑所呈現意義與作用與「斥鷃作人語」相同之故，所以被省略。此外，須

〔註281〕同註200，頁2～5。

附帶說明的是，由於李白此文已名為〈大鵬賦〉，所以對大鵬奮起怒飛的景況，做了非常多的增飾，同時也援用了〈莊子〉書中其他篇章的角色或事件，如：〈秋水〉篇中的海若、〈外物〉篇的任公子釣大魚。

　　《莊子‧至樂》載錄「莊子妻死，莊子鼓盆而歌」一事，其中的情節單元是「妻死鼓盆而歌」。明無名氏以此著眼，改寫成《咬蔗》中的〈叩盆記〉，故事梗概為：莊子路經南華山下，見一婦人連搧其夫之墳欲使之乾，問緣故，方知其夫有言：若欲再適，須待墳土乾時。莊子因而慨嘆，夫妻一旦陰陽相隔即絕無情意，莊妻田氏不以為然。莊子佯死，並化為楚王孫試妻，妻慕楚王孫而嫁之。新婚之夜，王孫頭痛不已，其僕謂死人腦髓可以治病，田氏聞言便以斧劈破莊子棺蓋，此時莊子突然起身，質疑田氏舉動。田氏自慚而縊，莊子鼓盆作歌。〔註282〕〈叩盆記〉內容同樣可見《莊子》其他篇章之文字，尚有：「楚威王聞周之賢，遣使厚幣，欲聘為相。莊子辭之不受」，〔註283〕所敘正合《莊子‧秋水》之記載：

　　　　莊子釣於濮水，楚王使大夫二人往先焉，曰：「願以境內累矣！」莊
　　　　子持竿不顧，曰：「吾聞楚有神龜，死以三千歲矣，王巾笥而藏之廟
　　　　堂之上。此龜者，寧其死為留骨而貴乎？寧其生而曳尾於塗中乎？」
　　　　二大夫曰：「寧生而曳尾塗中。」莊子曰：「往矣，吾將曳尾於塗中。」
　　　　〔註284〕

根據成玄英疏：「楚王，楚威王也」。〔註285〕至於「妻死鼓盆而歌」的情節單元，在〈叩盆記〉中仍見保留，其處理文字為：「田氏自覺無顏，解帶自縊。莊生見田氏已死，解將下來，就將劈破棺中盛放了。把瓦盆為樂器，鼓之成韻。倚棺而作歌」。〔註286〕另，馮夢龍《警世通言‧莊子休鼓盆成大道》又據〈叩盆記〉再敷演，更加入《莊子》書中「莊子夢蝶」之事。

　　清代乾隆朝無名氏所寫的〈蝴蝶夢〉，同樣承襲前述《莊子》書中「莊子夢蝶」之事。而根據陶君起《平劇劇目初探》所言〈大劈棺〉亦同，陶氏言此劇：「一般演出多有色情、恐怖、庸俗、醜惡表演。漢劇、弋腔、秦腔都有

---

〔註282〕無名氏撰、陳妙如師整理：《咬蔗》，（臺北：中國文化大學中國文學研究所，1994年7月），頁483～491。
〔註283〕同註282，頁483。
〔註284〕同註3，《莊子集釋》，下冊，頁603～604。
〔註285〕同註3，《莊子集釋》，下冊，頁603。
〔註286〕同註282，頁489。

《蝴蝶夢》，河南梆子也有《莊子搧墳》」。〔註287〕筆者以爲這些故事的內容，大都已經脫離《莊子》本事的精神，只是在某些小細節上，保有《莊子》原書的敘述，如：莊生夢蝶、妻死鼓盆而歌是來自《莊子》，至於其他的敷演則非如此。

此外，附帶一說的是，陳榮富在《宗教禮儀與古代藝術》一書中，提及荊楚地方有「跳喪鼓」的習俗：「誰家有人死去，四鄰五舍，親朋好友聞訊紛至，即便與死者結有怨仇者，也不計前仇，一同前往，以熱烈歌舞形式——跳喪鼓來懷念死者，慰藉生者。……一人擊鼓，眾則隨口作歌」，〔註288〕陳氏主張：「跳喪鼓所體現的精神氣質同老莊思想的影響是分不開的。傳說『莊子喪妻，鼓盆而歌』，人們將莊子當作跳喪的老師傅，跳喪時必須先請莊子」。〔註289〕倘若此一舞蹈果眞與莊子鼓盆有關，便可視爲《莊子》寓言故事對習俗流風的影響。

《莊子・至樂》有「莊子見髑髏而問其死因，髑髏夜半與其通意，告莊子以死後之樂」一事。按照陶君起之說，平劇中有《敲骨求金》：

> 莊周閒遊，見道旁有被盜殺之張聰，莊周用死犬心臟置張腹中，作
> 法使之復活，竟成惡人，反誣莊周爲盜，扭至縣衙。縣官白儉審理，
> 莊周用陰陽扇搧張，又化爲屍骸；白儉因此悟道，隨莊周出家。……
> 川劇、漢劇、秦腔也有此目，豫劇有《莊子點化》，弋腔有《幻化》。
> 〔註290〕

陶文所言劇目，皆是以《莊子》書中「莊子見髑髏」事爲開端，後續發展則是作者自行敷陳。而魯迅根據「莊子見髑髏」事爲主要材料所寫的〈起死〉，也有與前類似之表現，其故事梗概爲：莊子見路旁有一髑髏欲知死因，即請司命大天尊復活髑髏，髑髏復活後全身赤條，見莊子在旁，以爲莊子掠己財物、衣服，因而引發爭端，莊子欲請司命大神還其死，無奈司命大神不肯現身，莊子只得吹響警笛求助於巡士，方才脫身。〔註291〕關於莊子見髑髏而問的描寫，魯迅採用了翻譯原文的方式：

> 阿呀！一個髑髏。這是怎麼的？（用馬鞭在蓬草間撥了一撥，敲著，

〔註287〕陶君起：《平劇劇目初探》，（臺北：明文書局，1982年7月），頁41。
〔註288〕陳榮富：《宗教禮儀與古代藝術》，（江西南昌：江西高校出版社，1994年6月），頁201。
〔註289〕同註288，頁202～203。
〔註290〕同註287，頁41～42。
〔註291〕魯迅：《故事新編》，（臺北：風雲時代出版社，1990年10月），頁155～170。

說：）您是貪生怕死，倒行逆施，成了這樣的呢？（橐橐。）還是失掉地盤，吃著板刀，成了這樣子的呢？（橐橐。）您不知道自殺是弱者的行為嗎？（橐橐橐！）還是您沒有飯吃，沒有衣穿，成了這樣的呢？（橐橐。）還是年紀老了，活該死掉，成了這樣的呢？（橐橐。）〔註292〕

上述之文，魯迅只增飾了「您不知道自殺是弱者的行為嗎？」。前述以《莊子》書中「莊子見空髑髏」所進行的重寫，顯然多已脫離《莊子》原貌，至於原有故事中的情節單元「髑髏藉夢與人通意」，也因為司命大神使髑髏復生此一情節單元的加入而消失不見。

魯迅在以老子為主角所寫的〈出關〉內，援有《莊子・天運》篇所敘：「孔子見老聃曰：丘治詩書禮樂易春秋，自以為久矣」〔註293〕一事。處理方式仍是將原文翻譯成白話，且在段落加入細節增飾。而變動較大之處是：將孔子改寫成非正人君子的形象，認為孔子在明白了老聃之道以後，必然會將之運用於朝廷，借以沽名釣譽，而世上只有老子明白他的底細，此時老子就將成為他的阻礙。甚至還安排老子臆測：日後孔子會對他不敬，會直呼他為老頭子，甚至在背地裡對他玩花樣。〔註294〕。

《莊子・田子方》載有「周文王藉夢諉稱先君命臧丈人攝政」之事，唐吳筠根據此一寓言故事，重寫〈高士詠・臧丈人〉：「臧叟隱中壑，垂綸心浩然。文王感昔夢，授政道斯全。一遵無為術，三載淳化宣。功成遂不處，遁跡符沖玄」，〔註295〕吳筠此詩所述內容，完全與《莊子》原書相合，只不過是改變了寫作的體裁——易文為詩，但由於「文王感昔夢」一句語焉不詳，因此原故事中「諉稱先王託夢以立良臣」的情節單元並不具體。

劉向《說苑・正諫》中有這麼一段文字，應該是衍化於〈山木〉篇「莊子遊乎雕陵之樊，目睹螳螂捕蟬異鵲在後」一事，今引劉向之文如下：

> 吳王欲伐荊，告其左右曰：「敢有諫者死。」舍人有少孺子，欲諫不敢，則懷丸操彈，遊於後園，露沾其衣，如是者三旦，吳王曰：「子來何苦沾衣若此？」對曰：「園中有樹，其上有蟬，蟬高居悲鳴飲露，

---

〔註292〕同註291，頁156。
〔註293〕同註3，《莊子集釋》，上冊，頁531～533。
〔註294〕同註291，頁117～121。
〔註295〕同註230，頁1072之167。

不知螳螂在其後也！螳螂委身曲附，欲取蟬而不知黃雀在其傍也！
黃雀延頸欲啄螳螂而不知彈丸在其下也！此三者皆務欲得前利而不
顧其後之有患也。」吳王曰：「善哉！」乃罷其兵。〔註296〕

其中少孺子所說的故事，只是改易《莊子》故事中的「異鵲」爲「黃雀」，而
螳螂捕蟬、鳥欲得螳螂之意則全然相同。所以，原來「螳螂捕蟬，鵲鳥在後」
的情節單元仍然存在。

　　至於針對兒童而重寫的古籍故事，多半是以翻譯爲主，爲了顧及兒童的
閱讀程度，作者往往對原文進行刪削與增飾。在此，茲舉馬景賢根據《莊子·
秋水》中「埳井之蛙」所改寫的〈井裡的青蛙〉爲說：

呱！呱！呱！古井裡住了一隻大青蛙。大青蛙，有時候浮在水面，有
時候爬上爬下，看著頭頂上那塊藍天。牠覺得所有人當中，就屬牠住
的地方最大。一天，一隻大烏龜爬到井邊，他的一隻腳趴到井口，井
口就給蓋了起來。大青蛙發出一聲驚叫：「哇！天怎麼黑了！」「天沒
有黑，是我大烏龜啦！」「烏龜爺爺！我這個地方很大，請下來玩吧！」
大烏龜說：「我下得去嗎？我只用一隻腳，就把井口給蓋住了。」大
青蛙聽了大烏龜的話，閉上眼睛，沒有再說一句話。〔註297〕

就以上所引與《莊子》原文相互比較，可以發現原文有被省略與增飾的情形，
省略之處是較具哲理的文字，例如：原文中東海之鱉告訴井蛙關於海的描寫；
增飾之處則是讓兒童較易理解或更有興味地去閱讀，如：擬人化的人性稱呼，
以及大烏龜一腳遮住井口、引起大青蛙驚呼。在情節單元部分，則仍保留了
原有的「蛙作人語」和「鱉作人語」。

　　經由本章的分析，我們可以了解到《莊子》寓言故事的文辭優美，是來
自《莊子》作者的精於鍊句。而故事角色的動人，則是因爲《莊子》作者擅
於運用各種不同的寫作技巧來塑造人物，除了直寫人物自身的形質之外，也

---

〔註296〕劉向著、盧元駿註譯：《說苑今註今譯》，（臺北：臺灣商務印書館股份有限公
　　　　　司，1977年1月），頁278。
〔註297〕馬景賢：《農夫和兔子》，（臺北：理科出版有限公司，1989年1月），創作兒
　　　　　童圖書第二輯之第二則故事，未標頁次。

藉由人物對比以及側寫方式來彰顯人物。至於故事周邊的巧妙渲染，以及因果關係層層互扣的發展架構，除了使故事細膩動人之外，更緊緊攫住讀者的目光。

　　好的文學作品，常常讓人在有意、無意之間，產生模倣的衝動。也許讀者看見的文句或故事，已經是後人引用、重寫的篇章，但這些文句與故事，卻仍舊引起讀者的關注，激起讀者的共鳴，那麼即便是不知道原作係出自何人之手，也無傷原作的價值，反而是讓原作再次重生；如果知道原作即是某書，就讓讀者再次回味原作的精髓。透過後人對《莊子》寓言故事中文句的引用、鎔鑄精義做為典故、故事的重寫等情形，我們可以更明瞭《莊子》寓言故事的感染力，而這份深遠的影響，正是來自原作強烈的文學性。

# 第五章 《莊子》寓言故事的思想

　　《莊子》寓言故事有豐贍的文采，也有深刻的思想，本章即針對思想層面進行探討。王邦雄在〈莊子思想及其修養工夫〉一文中，說：「老子『道生之，德畜之』的道，到了莊子，道已內在化，故轉言天人、至人、神人、聖人，真人的虛靜觀照」。〔註1〕準此，《莊子》一書的主要意義，即是教導人如何保持真性的悠遊自在，它從反省人生困苦的根源入手，並提出具體消解之法。寓言故事佔《莊子》全書分量的「十九」，其所呈現之寓意，也正在於此。

　　老子說：「五色令人目盲；五音令人耳聾；五味令人口爽；馳騁畋獵，令人心發狂；難得之貨，令人行妨」。〔註2〕《莊子》寓言故事，除了蘊含外物對本性的斲傷，同時也提及觀念偏執的易生糾葛。此外，尚提出如何修養方能使自我生命超拔提昇以免沈淪的工夫。故本章將由外物斲傷本性、執著擾亂真性、以及提昇修養的工夫等三方面逐一論述。

## 第一節 外物斲傷本性

　　外物牽引人類的欲望，欲望彷彿是無底深淵，永遠填不滿、補不足，一旦耽溺其中不能自拔，就會覺得痛苦，甚至引來禍患。所以，古今都有勸人

---

〔註1〕 王邦雄：〈莊子思想及其修養工夫〉，《鵝湖月刊》第十七卷第一期（1991 年 7 月），頁 1。
〔註2〕 余培林註釋：《新譯老子讀本》（臺北：三民書局股份有限公司，1990 年 11 月），頁 33。

知足常樂的箴言，例如：老子就曾經說：「禍莫大於不知足；咎莫大於得。故知足之足，常足矣」。〔註 3〕《莊子》一書也認爲，外物擾亂本性的清明，例如〈天地〉篇說：「且夫失性有五：一曰五色亂目，使目不明；二曰五聲亂耳，使耳不聰；三曰五臭薰鼻，困惾中顙；四曰五味濁口，使口厲爽；五曰趣舍滑心，使性飛揚。此五者，皆生之害也。」〔註 4〕〈大宗師〉又有：「其耆欲深者，天機淺」〔註 5〕之語。

外物當中最能撩撥人類欲望的正是名與利，人們有窮盡畢生精力，只爲追求虛名與外利的情形，但名利並非單憑努力就能獲得，其中還存在著許多不可知的變數，苦苦追求與未必成功的不確定性，就造成人們精神上的不安。《莊子》作者深諳此理，因此主張人們要超脫名利，否則不免會淪落至「小人殉財，君子殉名」〔註 6〕的地步。《莊子》寓言故事有外物勞形害生之例，更有摒棄名利以求保全性命之眞的人物，這些都是作者借以提醒人們必須超脫名利的刻意經營。

《達生》篇說：「夫欲免爲形者，莫如棄世。棄世則無累，無累則正平。」〔註 7〕根據引文，我們可以理解外物將使人的形體勞累，如果想要回歸自然本性，最基本的工夫就是捨棄外物以全生。但是名利確實吸引人，因爲伴隨名利而來的虛榮，往往使人心醉。爲了警惕人們不沈溺於外物，《莊子》寓言故事中，安排了爲名利殉生的例子，其如：〈外物〉篇所記：「演門有親死者，以善毀爵爲官師，其黨人毀而死者半」〔註 8〕之事，這是爲了貪圖官位而喪生。至於惟恐他人奪取己身名位而顯出醜態者，則有〈秋水〉篇中所記：惠子相梁時，莊子往見，有人告訴惠子，莊子可能要取代他的相位，使得惠子大爲驚恐，在國中搜尋莊子三天三夜。試想莊子在惠施死後，經過惠子墓前，所說的那則郢人運斤成風的故事，就可以看出兩人的情誼非常深厚。但是在面臨利益、名位時，惠子竟採取了那樣的手段，無怪乎莊子要以鵷鶵之清自比，而以鴟鳥之性嘲弄惠子。其實惠子的形象正是大多數人的寫照，君不見，在

---

〔註 3〕同註 2，頁 81。
〔註 4〕郭慶藩編、王孝魚整理：《莊子集釋》（臺北：群玉堂出版事業股份有限公司，1991 年 10 月），上冊，頁 453。
〔註 5〕同註 4，《莊子集釋》，上冊，頁 228。
〔註 6〕同註 4，《莊子集釋》，下冊，頁 1005。
〔註 7〕同註 4，《莊子集釋》，下冊，頁 632。
〔註 8〕同註 4，《莊子集釋》，下冊，頁 943。

我們的一生之中，就有不少熟人與初識的人，在利益當頭之際，從明處或暗處對我們發射出惡意的箭矢。

《莊子》作者為了使人們能安於恬淡寡欲的生活，在〈列禦寇〉中，描寫了富貴背後隱藏險惡的寓言故事：

> 人有見宋王者，錫車十乘，以其十乘驕穉莊子。莊子曰：「河上有家貧恃緯蕭而食者，其子沒於淵，得千金之珠。其父謂其子曰：『取石來鍛之！夫千金之珠，必在九重之淵而驪龍頷下，子能得珠者，必遭其睡也。使驪龍而寤，子尚奚微之有哉！』今宋國之深，非直九重之淵也；宋王之猛，非直驪龍也；子能得車者，必遭其睡也。使宋王而寤，子為齏粉夫！」〔註9〕

人們通常只能見到名利、富貴、權勢的美好表象，因此造成盲目的歆羨與不計代價的追求，《莊子》作者洞燭箇中情況，了解外物正是人性的牽累。

名利是如此，感官的欲望也會引來意想不到的麻煩，〈山木〉篇記載，莊子在遊雕陵之樊時，因貪看異鵲的行止，「蹇裳躩步，執彈而留之」，繼而沈溺在「睹一蟬，方得美蔭而忘其身；螳蜋執翳而搏之，見得而忘其形；異鵲從而利之，見利忘其真」〔註10〕的鏡頭裡，而發出「噫！物固相累，二類相召也」的慨歎，在扔下彈弓回頭走之際，卻被掌園子的管理員誤認成盜賊，遭到「逐而誶之」的待遇。

〈至樂〉篇中關於「魯侯養海鳥」之事，記載魯侯不察海鳥的本性，逕以養己之法款待海鳥，「御而觴之于廟，奏九韶以為樂，具太牢以為膳。鳥乃眩視憂悲，不敢食一臠，不敢飲一杯，三日而死。」〔註11〕此則故事的寓意係指：對鳥而言，違背牠原有的本性去飼養牠，會使牠失去寶貴的生命；對人來說，名利富貴也非人類的生命本質，所以一旦浸淫其中，也將產生惑亂迷惘的情況。陳德和認為此篇故事的意義，正是在提醒世人，「生命本質之外的富貴名利都是負累，用富貴名利的追求與享受來潤飾生命，不但是有錯誤而且是有害的」。〔註12〕

為了鼓勵人們放棄功名利祿等外物的牽累，《莊子》作者也敘述了不以外

〔註 9〕同註4，《莊子集釋》，下冊，頁 1061～1062。
〔註10〕同註4，《莊子集釋》，下冊，頁 695。
〔註11〕同註4，《莊子集釋》，下冊，頁 621。
〔註12〕陳德和：《從老莊思想詮註莊書外雜篇的生命哲學》，（臺北：文史哲出版社，1993 年 10 月），頁 135。

物害生的人物作爲典範。例如：在〈讓王〉篇中，就有幾則反對「危身棄生以殉物」〔註13〕的寓言故事：

> 堯以天下讓許由，許由不受。又讓於子州支父，子州之父曰：「以我爲天子，猶之可也。雖然，我適有幽憂之病。方且治之，未暇治天下也。」夫天下至重也，而不以害其生，又況他物乎！唯无以爲天下爲者，可以託天下也。〔註14〕

成玄英疏云：「夫位登九五，威跨萬乘，人倫尊重，莫甚於此，尚不以斯榮貴損害生涯，況乎他外事物，何能介意也！」〔註15〕從世俗的眼光來衡量，君主的地位是最尊榮、最顯耀不過的，但眞正懂得養生的人，卻不願受到它的勞形傷生而加以拒絕。在《莊子》寓言故事當中，不願接受王位的人物很多，如：許由、務光、子州支伯、善卷、石戶之農等皆是。茲舉善卷對舜的懇辭來說明：

> 舜以天下讓善卷，善卷曰：「余立於宇宙之中，冬日衣皮毛，夏日衣葛絺；春耕種，形足以勞動；秋收斂，身足以休食；日出而作，日入而息，逍遙天地之間而心意自得。吾何以天下爲哉！悲夫，子之不知余也！」遂不受。於是去而入深山，莫知其處。〔註16〕

此外，大王亶父也因爲想保全己國人民的生命，不願與狄人發生戰爭，而將國家讓給狄人統轄，獨自一人「杖策而去」；王子搜則是鑑於國人三弑其主而有逃亡的舉動，當他被尋獲強迫回國登基時，竟仰天大嘆。九五尊位尚且不足戀，尋常的尊榮、利祿更不待言，顏闔就是一例：

> 魯君聞顏闔得道之人也，使人以幣先焉。顏闔守陋閭，苴布之衣而自飯牛。魯君之使至，顏闔自對之。使者曰：「此顏闔之家與？」顏闔對曰：「此闔之家也。」使者致幣，顏闔對曰：「恐聽者謬而遺使者罪，不若審之。」使者還，反審之，復來求之，則不得已。故若顏闔者，眞惡富貴也。故曰，道之眞以治身，其緒餘以爲國家，其土苴以治天下。由此觀之，帝王之功，聖人之餘事也，非所以完身養生也。今世俗之君子，多危身棄生以殉物，豈不悲哉！〔註17〕

---

〔註13〕同註4，《莊子集釋》，下冊，頁971。
〔註14〕同註4，《莊子集釋》，下冊，頁965。
〔註15〕同註4，《莊子集釋》，下冊，頁965。
〔註16〕同註4，《莊子集釋》，下冊，頁966。
〔註17〕同註4，《莊子集釋》，下冊，頁971。

又，〈列禦寇〉篇記載，曹商使秦得車，向莊子炫耀，反遭莊子奚落成舐痔以求富貴的無恥之徒，從這件事看來，也足以證明《莊子》作者對富貴的賤視。這份賤視的根由，正是來自外物對人類真性的戕傷。恬淡寡欲能使人逍遙自在，名利欲望則使人困苦勞頓，對於欲望的危害性，《莊子》作者在〈齊物論〉中，有沈痛而發人深省的呼聲：

> 一受成其形，不忘以待盡。與物相刃相靡，其行盡如馳，而莫之能
> 止，不亦悲乎！終身役役而不見其成功，苶然疲役而不知其所歸，
> 可不哀邪！人謂之不死，奚益！其形化，其心與之然，可不謂大哀
> 乎？人之生也，固若是芒乎？其我獨芒，而人亦有不芒者乎？〔註18〕

所以，《莊子》作者主張人們應該去除功名利祿欲望的羈絆，因為唯有超脫外物的牽累，才能接近人類原有的自然本真而趨近快樂。

# 第二節　執著擾亂真性

　　《莊子》作者重視生命本真的保有，因為只有合乎自然、順應自然，才能夠進入逍遙的境界。外物的尋求使人沈淪，所以必須擺脫，雖然摒棄名利欲望，是向生命的本然狀態回歸一大步，但仍未抵達終點，因為觀念的執著仍然困擾著人類。觀念偏執造成的糾紛，大概可以分為兩種：對外是人我之間的爭執；向內是自我情緒的糾葛，這兩種情形都會影響人的心境，擾亂人固有的真性。因此，只要人類一天不捐棄成見，就永遠無法抵達無牽無挂的領域。《莊子》作者明白這個障礙，故提出去除我執與勘破生死的想法。此一理念，可以從〈齊物論〉的寓言故事中察覺：

> 齧缺問乎王倪曰：「子知物之所同是乎？」曰：「吾惡乎知之！」「子
> 知子之所不知邪？」曰：「吾惡乎知之！」「然則物无知邪？」曰：「吾
> 惡乎知之！」雖然，請嘗試言之。庸詎知吾所謂知之非不知邪？庸
> 詎知吾所謂不知之非知邪？且吾嘗試問乎女：民溼寢則腰疾偏死，
> 鰌然乎哉？木處則惴慄恂懼，猨猴然乎哉？三者孰知正處？民食芻
> 豢，麋鹿食薦，蝍且甘帶，鴟鴉耆鼠，四者孰知正味？
> 猨猵狙以為雌，麋與鹿交，鰌與魚遊。毛嬙麗姬，人之所美也；魚
> 見之深入，鳥見之高飛，麋鹿見之決驟。四者孰知天下之正色哉？

---

〔註18〕同註4，《莊子集釋》，上冊，頁56。

自我觀之，仁義之端，是非之塗，樊然殽亂，吾惡能知其辯！齧缺曰：「子不知利害，則至人固不知利害乎？」王倪曰：「至人神仙！大澤焚而不能熱，河漢沍而不能寒，疾雷破山飄風振海而不能驚。若然者，乘雲氣，騎日月，而遊乎四海之外。死生无變於己，而況利害之端乎！」〔註19〕

「至人」的境界是《莊子》作者心目中最完美的形象，他不計較人為觀念中所謂的利害得失、是非對錯，因為觀念的本身原無絕對之分別。至於生死乃是自然現象的變化，所以也不必放在心上，如此一來便能悠遊在逍遙的境界裡。我執與生死是人類的重大困惑，在此即針對這兩方面進行探討。

## 一、去除我執

《莊子》作者對於去除我執的論點，主要是表現在〈齊物論〉一篇當中，憨山大師疏解此篇的旨意十分精闢，茲引述於下：

物論者，乃古今人物眾口之辯論也。蓋言世無真知大覺之大聖，而諸子各以小知小見為自是，都是自執一己之我見，故各以己得為必是。既一人以己為是，則天下人人皆非，竟無一人之真是者。大者則從儒墨兩家相是非，下則諸子眾口，各以己是而互相是非，則終竟無一人可正齊之者，故物論之難齊也久矣，皆不自明之過也。今莊子意，若齊物之論，須是大覺真人出世，忘我忘人，以真知真悟，了無人我之分，相忘於大道。如此則物論不必要齊而是非自泯，了無人我是非之相。此齊物之大旨也。〔註20〕

根據憨山大師的註解，我們可以了解莊子認為人類會有我執的情形產生，是因為人人都抱持著既有的知識觀念而自以為是，這份自以為是將擾亂人我，所以必須去除。顏崑陽在《莊子藝術精神析論》第一章緒論的部分，也認為《莊子》作者反對的是一般所謂的知識：

莊子反對一般所謂的知識，是因為這種知識並非絕對的真知。這種知識不是絕對的真知，是因為它乃個別性之認識主體，以知覺經驗，對現象界所作有時空限制的不完全認識。所以它不是普遍、必然的

---

〔註19〕 同註4，《莊子集釋》，上冊，頁91～96。
〔註20〕 憨山大師：《莊子內篇註》（臺北：琉璃經房，1972年1月），卷二〈齊物論〉，頁1～2。

絕對認識，而是相對、概然的認識。〔註21〕

《莊子》作者將「知」分為兩類，一是「大知」，一是「小知」，這可以由〈逍遙遊〉「小知不及大知」之語得知。「大知」是眞知，「小知」是人為觀念之知，根據吳怡在《逍遙的莊子》一書中所提出的意見，他認為「大知」是智慧之知，「小知」是人事之知，「莊子的思想是要追求智慧而揚棄知識的」。〔註22〕根據吳氏之說，我們就更可以領會《莊子》作者所追求的是「眞知」，所要去除的則是人為觀念的小知，因為小知將使人師心自用，永遠囿限在人為的觀念中，宛如〈秋水〉篇中的那隻井蛙，無法看見本然的廣闊天空。

觀察《莊子》寓言故事中關於去除小知的內容，可以發現作者是運用打破人們既有觀念的手法，使人們從故事的寓意中，覺醒世間一切本無絕對，唯有超脫人為觀念、立足眞知，才能不受執著之苦。今由教化、禍福、無用三方面說明。

### （一）教化害生

《莊子》一書的主要精神在求得人生的安頓，所以任何妨礙生命本質的事物都必須捨棄，正如陳鼓應在《莊子哲學》中的見解：

> 在莊子的世界中，那種自得其得、自適其適的心境，那份廣大寬閒、悠然意遠的氣氛，都是別家所無的。因而在他的天地裡，凡是一切人為的規範，他都會舉筆抨擊。……莊子並不反對道德本身，他所反對的是「違失性命之情」的宗法禮制、是桎梏人心的禮教規範。
> 〔註23〕

在《莊子》內篇中，莊子只以「仁義之端，是非之塗，紛然殽亂」、〔註24〕「堯既已黥汝以仁義，而劓汝以是非，汝將何以遊夫遙蕩恣睢轉徙之塗乎」〔註25〕等文字，說明仁義教化有礙眞性的尋求。但在外篇與雜篇的寓言故事中，對於仁義教化卻採取了較嚴厲的撻伐，例如〈天運篇〉的記載：

〔註21〕顏崑陽：《莊子藝術精神析論》（臺北：華正書局有限公司，1985 年 7 月），頁 21。

〔註22〕吳怡：《逍遙的莊子》（臺北：東大圖書股份有限公司，1991 年 4 月），頁 58 ～64。

〔註23〕陳鼓應：《莊子哲學》（臺北：臺灣商務印書館股份有限公司，1993 年 11 月），頁 69。

〔註24〕同註4，《莊子集釋》，上冊，頁 93。

〔註25〕同註4，《莊子集釋》，上冊，頁 279。

孔子見老聃而語仁義。老聃曰：「夫播糠眯目，則天地四方易位矣；
蚊虻噆膚，則通昔不寐矣。夫仁義憯然乃憤吾心，亂莫大焉。」

〔註 26〕

也許是外、雜篇寫作的時代，教化已經成爲僵化的教條，成爲表象的口號，
有人因固守而殘害了自己的生命，有人則利用仁義以攫取個人利益、甚至借
之爲惡，是以作者主張去除它。在〈盜跖〉篇中，作者就借滿苟得之口說出
執守忠、信、廉、義害生的例證：

比干剖心，子胥抉眼，忠之禍也；直躬證父，尾生溺死，信之患也；
鮑子立乾，申子不自理，廉之害也；孔子不見母，匡子不見父，義
之失也。此上世之所傳，下世之所語，以爲士者正其言，必其行，
故服其殃，離其患也。〔註 27〕

至於打著仁義的旗幟，只爲了攫取自己利益的寓言故事，則如〈徐无鬼〉篇
的記載：

齧缺遇許由，曰：「子將奚之？」曰：「夫堯，畜畜然仁，吾恐其爲
天下笑。後世其人與人相食與！夫民，不難聚也；愛之則親，利之
則至，譽之則勸，致其所惡則散。愛利出乎仁義，捐仁義者寡，利
仁義者眾。夫仁義之行，唯且无誠，且假乎禽貪者器。是以一人之
斷制利天下，譬之猶一覕也。夫堯知賢人之利天下也，而不知其賊
天下也，夫唯外乎賢者知之矣。」〔註 28〕

成玄英對「夫仁義之行，唯且无誠，且假乎禽貪者器」的疏解是：

夫利益蒼生，愛育群品，立功聚眾，莫先仁義。而履仁蹈義，捐率
於中者少，託於聖迹以規名利者多，是故行仁義者，矯性僞情，無
誠實者也。器，聖跡也。且貪於名利，險於禽獸者，必假仁義爲其
器者也。〔註 29〕

根據成玄英的疏解，仁義業已成爲貪求者用來攫取利益的工具，顯然喪失了
它原有的內涵，如此的仁義，人人厭惡，自然逃不過《莊子》作者的抨擊。

對於有心爲政以攫利的人是如此，那麼一般學習儒術的人，他們的行徑

---

〔註 26〕 同註 4，《莊子集釋》，上冊，頁 522。
〔註 27〕 同註 4，《莊子集釋》，下冊，頁 1006。
〔註 28〕 同註 4，《莊子集釋》，下冊，頁 860～861。
〔註 29〕 同註 4，《莊子集釋》，下冊，頁 862。

又是如何呢？〈田子方〉篇記載，莊子見魯哀公，哀公以「舉魯國而儒服」的情形說明，魯國多儒而鮮少有人學習莊子道業。經過莊子的設計，魯哀公下令無儒術而著儒服者將判死刑，五日之內，竟然只有一個人敢著儒服。由此看來，虛有其表已是儒人通病。〈外物〉篇更有借著詩禮發冢爲惡的大小儒生，至此以仁義爲本的儒家，早已將仁義視爲向外獲利的工具，而非向內修養的標竿，無怪乎《莊子》作者要大力掊擊仁義。陳鼓應認爲《莊子》書中，「聖人不死，大盜不止」之語，是「一項沈痛的透視。同時，也確切勾畫出當時社會背景的真情實況。」〔註30〕其言甚是。

### （二）禍福相因

常人心態總以爲，「禍」是不幸的、悲慘的，「福」是幸運的、快樂的，雖然「塞翁失馬，焉知非福」的故事人人耳熟能詳，仍舊不能改變人們趨吉避凶的固有心態。事實上，一般人不僅對禍福採取偏重一方的態度，一切有著相對的關係的任何一組觀念，都讓人產生重此輕彼的選擇。

老子說：「禍兮福之所倚，福兮禍之所伏」，〔註31〕《莊子》作者也認爲如此，故而描寫了使人感受禍福難料的寓言故事，例如〈人間世〉的支離疏：

> 支離疏者，頤隱於臍，肩高於項，會撮指天，五管在上，兩髀爲脅。
> 挫鍼治繲，足以餬口；鼓筴播精，足以食十人。上徵武士，則支離
> 攘臂而遊於其間；上有大役，則支離以有常疾不受功；上與病者粟，
> 則受三鍾與十束薪。〔註32〕

支離疏的長相雖然令人悲憐，但碰上國家有徵役時，他可以免除；而國家如果進行撫卹，他還可以領取柴米。這就說明了任何情形，都有一體兩面的存在。

〈徐无鬼〉記載：「子綦有八子」一事，也是用來說明禍福的相生：

> 子綦有八子，陳諸前，召九方歅曰：「爲我相子，孰爲祥？」九方歅
> 曰：「梱也爲祥。」子綦瞿然喜曰：「奚若？」曰：「梱也將與國君同
> 食以終其身。」子綦索然出涕曰：「吾子何爲以至於是極也！」九方
> 歅曰：「夫與國君同食，澤及三族，而況父母乎！今夫子聞之而泣，
> 是禦福也。子則祥矣，父則不祥。」子綦曰：「歅，汝何足以識之，
> 而梱祥邪？盡於酒肉，入於鼻口矣，而何足以知其所自來？吾未嘗

---

〔註30〕同註23，頁72。
〔註31〕同註2，頁94。
〔註32〕同註4，《莊子集釋》，上冊，頁180。

爲牧而牂生於奧，未嘗好田而鶉生於宎，若勿怪，何也？吾所與吾子遊者，遊於天地。吾與之邀樂於天，吾與之邀食於地；吾不與之爲事，不與之爲謀，不與之爲怪；吾與之乘天地之誠而不以物與之相攖，吾與之一委蛇而不與之爲事所宜。今也然有世俗之償焉！凡有怪徵者，必有怪行，殆乎，非我與吾子之罪，幾天與之也，吾是以泣也。」无幾何而使梱之於燕，盜得之於道，全而鬻之則難，不若刖之則易，於是乎刖而鬻之於齊，適當渠公之街，然身食肉而終。 〔註33〕

在人爲觀念中，總以「福」爲吉、「禍」爲凶，此例再次說明禍福實乃相因。了解禍福相因，就能不偏執一端。如此一來，遇禍安之，逢吉亦安之，一切順其自然，心境便能平和。

## （三）無用之用

世俗之人用世俗眼光去觀察周遭的人、事、物，並在心中做出價值判斷，認爲有價值或可用，便心懷喜悅加以稱許；認爲沒價值或不可用，便鄙視不屑、甚至予以惡評，而無論是喜或惡，心境都會有所波動，故《莊子·德充符》提醒人們：「不以好惡內傷其身」。既然好惡的價值判斷會傷生損性，自然就成爲《莊子》作者所欲摒除的一部分。更何況所謂的「有用」或「無用」，原本就有被人們識見高下圍限的情形。此外，即使不見用，對於人、物的自身而言，也未必不是一椿好事，根據前述，《莊子》作者提出「無用之用」的觀點。

關於彰顯「無用之用」的寓言故事，例如：〈逍遙遊〉中，惠子與莊子兩人對大葫蘆的討論：

惠子謂莊子曰：「魏王貽我大瓠之種，我樹之成而實五石，以盛水漿，其堅不能自舉也。剖之以爲瓢，則瓠落無所容。非不呺然大也，吾爲其無用而掊之。」莊子曰：「夫子固拙於大用矣。宋人有善爲不龜手之藥者，世世以洴澼絖爲事。客聞之，請買其方百金。聚族而謀曰：『我世世爲洴澼絖，不過數金；今一朝而鬻技百金，請與之。』客得之，以說吳王。越有難，吳王使之將，冬與越人水戰，大敗越人，裂地而封之。能不龜手，一也；或以封，或不免於洴澼絖，則所用之異也。今子有五石之瓠，何不慮以爲大樽而浮乎江湖，而憂

---

〔註33〕 同註4，《莊子集釋》，下冊，頁856～860。

其瓠落無所容？則夫子猶有蓬之心也夫！」〔註34〕

惠子會將大葫蘆打碎，乃緣於惠子的偏執，因為惠子將大瓠限定在盛水漿與舀水兩種用途上，所以在兩者均不適用的情形下，惠子便否定了大瓠之用。而莊子卻認為大瓠尚有其他用途，所以先用「不龜手藥」的故事嘲笑惠子思想不靈活，而後提出大瓠可以用作腰舟。這便反應凡物皆有用處，端視使用者能不能變通罷了。

在〈逍遙遊〉中，同屬旨在說明「無用之用」的寓言故事，又有惠子與莊子兩人對大樹的商議：

> 惠子謂莊子曰：「吾有大樹，人謂之樗。其大本擁腫不中繩墨，其小枝卷曲而不中規矩，立之塗，匠者不顧。今子之言，大而無用，眾所同去也。」莊子曰：「子獨不見狸狌乎？卑身而伏，以候敖者；東西跳梁，不避高下；中於機辟，死於罔罟。今夫犛牛，其大若垂天之雲。此能為大矣，而不能執鼠。今子有大樹，患其无用，何不樹之於无何有之鄉，廣莫之野，彷徨乎无為其側，逍遙乎寢臥其下。不夭斤斧，物无害者，无所可用，安所困苦哉！」〔註35〕

根據成玄英疏：「擁腫不材，拳曲無取，匠人不顧，斤斧無加，夭折之災，何從而至，故得終其天年，盡其生理。無用之用，何所困苦哉！」〔註36〕此是就不材之木本身而言，就人的立場看，順應著物原有的不材本性不強用，自然也就不必為了物的無用而掛心。

〈人間世〉中的幾則關於不材之木得以長壽的寓言故事，其寓意都在打破世俗對事物的固定看法。平心而論，世俗之以「材」為可用，以「不材」為無用，是從該木能不能為人使用的觀點來考量，例如：能不能做成家具或其他工具；壓根沒從木的本身來思考，例如：木是早夭或是終其天年。筆者認為其中最精彩的一則是：匠石之齊，見櫟社樹大而無用，口出「散木」謗語。夜半時分，櫟社樹入匠石夢境，說出自身全賴無用方得享天年，並斥匠石為「幾死之散人」，使匠石領悟世俗眼界的淺薄。

如果人類能夠順任萬物的本性，就人而言，即能不以主觀識見囿限物品之用，在物即能盡其用，在人也不至於因為物的可用或不可用而牽動喜怒情

---

〔註34〕同註4，《莊子集釋》，上冊，頁36～37。
〔註35〕同註4，《莊子集釋》，上冊，頁39～40。
〔註36〕同註4，《莊子集釋》，上冊，頁42。

緒，擾亂本眞；就物而言，它的存在與否，也能維持客觀的認定。如此一來，人與物各自保有眞性，互不相擾，不亦善乎。

王邦雄認爲：「人與人之間的誤解偏見，背後都藏有某一學派或某一教派的價值觀，不同教派的信徒或不同學派的門徒，不會僅停留在你說你的、我信我的之各說各話、我行我素的層次，總忘不了懷疑對方的人格甚至心智是否正常，所以誤解偏見，會帶來抗爭傷害。」〔註37〕人與人之間是如此，人身自我情識的掙扎是如此，人與物之間也是如此。俗云：「退一步海闊天空」大概就是「去除我執」的最佳註腳。

## 二、勘破生死

雖然有生就有死，但是一般人在面臨死亡的時候，卻往往有太多的不捨，或不捨名利、或不捨權勢、或不捨富貴、或不捨愛情、或不捨親情、或不捨理想未竟等等。而在不捨之外，另又有人畏懼死亡，因爲不了解死後的世界是如何。所以，人生最放不下的就是死亡大限，君王是如此，凡人是如此，也許聖人臨死之前也不免要嘆口氣。陳德和說：

> 人生最大的執著就是對於形軀的計較與考慮，其最直接和最強烈的封閉性則是表現在生與死的念頭上，所以惟有能夠從死生的拘泥中超脫出來才是正本清源地爲人生找到最大的快樂。〔註38〕

《莊子》作者深刻體悟死亡對人生的重大，也明白人類對生的不捨與死的恐懼，因而主張人們超脫對生死的執著，但這並不表示他厭生。此觀點可證之於《莊子·大宗師》中的一則寓言故事，其云：「夫大塊載我以形，勞我以生，佚我以老，息我以死。故善吾生者，乃所以善吾死也。」〔註39〕《莊子》作者期許人類，能因任自然、平等看待生死，藉以擺脫死亡帶給生的陰影。

《莊子》寓言故事對於生死的看法，首先是出現在〈養生主〉：

> 老聃死，秦失弔之，三號而出。弟子曰：「非夫子之友邪？」曰：「然。」「然則弔焉若此，可乎？」曰：「然。始也吾以爲其人也，而今非也。向吾入而弔焉，有老者哭之，如哭其子；少者哭之，如哭其母。彼其所以會之，必有不蘄言而言，不蘄哭而哭者。是遁天倍情，忘其

---

〔註37〕同註1，頁5。
〔註38〕同註12，頁134～135。
〔註39〕同註4，《莊子集釋》，上冊，頁263。

　　所受，古者謂之遁天之刑。適來，夫子時也；適去，夫子順也。安

　　時而處順，哀樂不能入也，古者謂是帝之縣解。」〔註40〕

生與死既爲自然的變化，又何必執著而心傷，如果看不透這一點而使心靈困

苦，那就是作繭自縛。

　　在〈大宗師〉篇也有兩則寓言故事是針對生死而寫的，一是子祀、子輿、

子犁、子來四人結爲莫逆，子來有病，「喘喘然將死，其妻環而泣之。子犁往

問之，曰：『叱！避！无怛化！』」；〔註41〕二是子桑戶、孟子反、子琴張相與

爲友，子桑戶死，孟子反、子琴張兩人一編曲一鼓琴相和而歌：「嗟來桑戶乎！

嗟來桑戶呼！而已反其眞，而我猶爲人猗！」〔註42〕故事中不因友人將死或

死亡而傷心者，都是站在生死乃自然變化的立場，提醒人不必在意死亡。

　　爲了消解人類對於生死所抱持的執著，〈至樂〉篇中記載，莊子妻死，莊

子鼓盆而歌，惠子質疑他的行爲，莊子回答說：

　　是其始也，我獨何能无概然！察其始而本无生，非徒无生也而本无

　　形，非徒无形也而本无氣。雜乎芒芴之間，變而有氣，氣變而有形，

　　形變而有生，今又變而之死，是相與爲春秋冬夏四時行也。人且偃然

　　寢於巨室，而我噭噭然隨而哭之，自以爲不通乎命，故止也。〔註43〕

在同爲〈至樂〉篇中的另一個故事，則是藉著莊子與髑髏的對話，安掛髑髏

說出：「死，无君於上，无臣於下；亦无四時之事，從然以天地爲春秋，雖南

面王樂，不能過也」〔註44〕，此乃企圖透過反面認知來告訴世人不必戀生，

死後的日子更是快樂。

　　一個人如果能夠明白，「生也死之徒，死也生之徒」〔註45〕的生死相依之

理，看穿「人之生，氣之聚也；聚則爲生，散則爲死」〔註46〕的變化無定，

順著自然的安排度日，將死生視爲自然變化中的一輪，就不會有貪生厭死的

情緒。更何況「人生天地之間，若白駒之過郤，忽然而已」，〔註47〕活著的時

間是如此短暫，若不能客觀面對死亡，活著也憂心忡忡，何不拋開生死的執

〔註40〕同註4，《莊子集釋》，上冊，頁127～128。

〔註41〕同註4，《莊子集釋》，上冊，頁261。

〔註42〕同註4，《莊子集釋》，上冊，頁266。

〔註43〕同註4，《莊子集釋》，下冊，頁614～615。

〔註44〕同註4，《莊子集釋》，下冊，頁619。

〔註45〕同註4，《莊子集釋》，下冊，頁733。

〔註46〕同註4，《莊子集釋》，下冊，頁733。

〔註47〕同註4，《莊子集釋》，下冊，頁746。

著，無拘無束、無挂無礙地度日。

# 第三節　提昇修養的工夫

　　《莊子》作者主張人類必須回歸自然、體現真我，以達到心靈世界自得自在的領域。因此，所有不屬於生命本質的心知情識都要去除，例如：對於名利外物的追求，對人為觀念的執著，對生死的迷惑。但是要如何才能去除呢？茲引《莊子・大宗師》中的寓言故事，見其精義：

> 南伯子葵問乎女偊曰：「子之年長矣，而色若孺子，何也？」曰：「吾
> 聞道矣。」南伯子葵曰：「道可得學邪？」曰：「惡！惡可！子非其
> 人也。夫卜梁倚有聖人之才而无聖人之道，我有聖人之道而无聖人
> 之才，吾欲以教之，庶幾其果為聖人乎！不然，以聖人之道告聖人
> 之才，亦易矣。吾猶守而告之，參日而後外天下；已外天下矣，吾
> 又守之，七日而後能外物；已外物矣，吾又守之，九日而後能外生；
> 已外生矣，而後能朝徹；朝徹，而後能見獨；見獨，而後能无古今；
> 无古今，而後能入於不死不生。殺生者不死，生生者不生。其為物，
> 無不將也，無不迎也；無不毀也，無不成也。其名為攖寧。攖寧也
> 者，攖而後成者也。」南伯子葵曰：「子獨惡乎聞之？」曰：「聞諸
> 副墨之子，副墨之子聞諸洛誦之孫，洛誦之孫聞之瞻明，瞻明聞之
> 聶許，聶許聞之於需役，需役聞之於謳，於謳聞之玄冥，玄冥聞之
> 參寥，參寥聞之疑始。」〔註48〕

張默生認為：「由本節前後兩次問答，可見學道要有一定的次第，不可躐等。在學道的次第中，更要有『為道日損，損之又損，以至於無為』的切實工夫」。〔註49〕根據這個寓言故事，我們可以明瞭，如果人類想要保持自然的本真，最重要的修養工夫正在「外」，成玄英疏云：「外，遺忘也」，〔註50〕而「外」的先後次第是「外天下」、「外物」、「外生」，忘懷生死之後，就能達到猶如清晨那樣洞明的境界，繼而「見道」以忘記，時間上所謂的古今，空間上所謂的死生。能「忘」的工夫是來自專注勤勉，其漸序是由「閱讀書籍文字」進

---

〔註48〕　同註4，《莊子集釋》，上冊，頁251～252。
〔註49〕　張默生：《莊子集釋》，（臺北：天工書局，1993年6月），頁186。
〔註50〕　同註4，《莊子集釋》，上冊，頁253。

而「反覆誦讀」、「見解明徹」、「攝念自許」、「勤行勿怠」、「詠歎歌吟」、「寂默無爲」、「參悟空虛」，最後進入「似始而未曾有始」的境界。在〈大宗師〉的另一段文字中，對於「忘」的次第也有說明：

> 顏回曰：「回益矣。」仲尼曰：「何謂也？」曰：「回忘仁義矣。」曰：「可矣，猶未也。」他日，復見，曰：「回益矣。」曰：「何謂也？」曰：「回忘禮樂矣。」曰：「可矣，猶未也。」他日，復見，曰：「回益矣。」曰：「何謂也？」曰：「回坐忘矣。」仲尼蹴然曰：「何謂坐忘？」顏回曰：「墮肢體，黜聰明，離形去知，同於大通，此謂坐忘。」仲尼曰：「同則无好也，化則无常也。而果其賢乎！丘也請從而後也。」〔註51〕

在此，所要「忘」的是仁義禮樂、是形體智巧，「忘」的境界是「內不覺其一身，外不識有天地，然後曠然與變化爲體而無不通也」。〔註52〕

綜合前述，簡而言之，在「忘」的過程中，必須專注凝神，「忘」的進路即是「忘物」、「忘己」，待「物我兩忘」之後，便能達到「天人合一」的自得自在。茲按《莊子》寓言故事驗證前述修身的工夫，其如：〈在宥〉篇記載，黃帝至空同山問道於千二百歲的廣成子：

> 黃帝立爲天子十九年，令行天下，聞廣成子在於空同之山，故往見之，曰：「我聞吾子達於至道，敢問至道之精。吾欲取天地之精，以佐五穀，以養民人，吾又欲官陰陽，以遂群生，爲之奈何？」廣成子曰：「而所欲問者，物之質也；而所欲官者，物之殘也。自而治天下，雲氣不待族而雨，草木不待黃而落，日月之光益以荒矣。而佞人之心翦翦者，又奚足以語至道！」黃帝退，捐天下，築特室，席白茅，閒居三月，復往邀之。廣成子南首而臥，黃帝順下風膝行而進，再拜稽首而問曰：「聞吾子達於至道，敢問，治身奈何而可以長久？」廣成子蹴然而起，曰：「善哉問乎！來！吾語女至道。至道之精，窈窈冥冥；至道之極，昏昏默默。无視无聽，抱神以靜，形將自正。必靜必清，无勞女形，无搖女精，乃可以長生。目无所見，耳无所聞，心无所知，女神將守形，形乃長生。慎女內，閉女外，多知爲敗。我爲女遂於大明之上矣，至彼至陽之原也；爲女入於窈

〔註51〕同註4，《莊子集釋》，上冊，頁282～285。
〔註52〕同註4，《莊子集釋》，上冊，頁285，見郭象注。

冥之門矣，至彼至陰之原也。天地有官，陰陽有藏，慎守女身，物
將自壯。我守其一以處其和，故我修身千二百歲矣，吾形未常衰。」
黃帝再拜稽首曰：「廣成子之謂天矣！」廣成子曰：「來！余語女。
彼其物无窮，而人皆以爲有終；彼其物无測，而人皆以爲有極。得
吾道者，上爲皇而下爲王；失吾道者，上見光而下爲土。今夫百昌
皆生於土而反於土，故余將去女，入无窮之門，以遊无極之野。吾
與日月參光，吾與天地爲常。當我，緡乎！遠我，昏乎！人其盡死，
而我獨存乎！」〔註53〕

根據上引，我們可以從廣成子之語：「无視无聽，抱神以靜，形將自正。必靜
必清，无勞女形，无搖女精，乃可以長生。目无所見，耳无所聞，心无所知，
女神將守形，形乃長生。慎女內，閉女外，多知爲敗」，察覺在修身的過程中，
必須凝神專注，以棄絕外物的紛擾，進而捨卻智慮。在此，主人翁黃帝首先
必須遺忘的是牽絆他的國家大事，這可以由他最初向廣成子提出如何養民，
而遭廣成子拒絕得知；先要領悟的是如何保有自身原有之性，這可以由黃帝
第二次向廣成子提問「治身奈何而可以長久」，廣成子蹷然以答的態度得知。
在黃帝捐天下之後，進一步要做的是「去知」，最後要明瞭：死生變化，物理
無窮，本無終始，忘卻死生之別，以悠遊以自得。

　　修養漸進的工夫在《莊子》寓言故事中，也有落實在技藝方面的例證，這
就透露了《莊子》作者期望人們必須回歸的真性是可以憑著自我努力、超拔提
昇而實際達成，並非是遙不可及的理論或口號。在這些寓言故事中，同樣有「專
注」的工夫，有「外」的步驟，最終則有完美的表現，在內篇中是〈養生主〉
的「庖丁解牛」，庖丁初解牛「所見無非全牛」，經過三年後，「未嘗見全牛」，
至今解牛，則是「以神遇不以目視，官知止而神欲行」，此中正有凝神與「忘」
的工夫。至於解牛十九年之久，「刀刃若新發於硎」的原因，則是因爲庖丁乃是
按照牛體自然之構造紋理進行支解的工作，而不以刀刃橫割亂截支解牛身，倘
若人願意觀照真性，不與外物扞格，自然也可以保生全真。

　　〈達生〉篇「痀僂承蜩」的寓言故事，也寄寓了修身的道理：

仲尼適楚，出於林中，見痀僂者承蜩，猶掇之也。仲尼曰：「子巧乎！
有道邪？」曰：「我有道也。五六月累丸二而不墜，則失者錙銖；累
三而不墜，則失者十一；累五而不墜，猶掇之也。吾處身也，若厥

株拘；吾執臂也，若槁木之枝；雖天地之大，萬物之多，而唯蜩翼
之知。吾不反不側，不以萬物易蜩之翼，何爲而不得！」孔子顧謂
弟子曰：「用志不分，乃凝於神，其痀僂丈人之謂乎！」〔註54〕

承蜩老人凝神專注，無視萬物的紛擾，循序漸進地自我訓練，在黏蟬的時候，
他忘了自己的形骸，身體宛如木椿，手臂彷彿枯枝，所以捕蟬就像拾蟬一般
輕易。「紀渻子爲王養鬥雞」中的鬥雞，也是經過一段訓練之後，才能摒除其
他雞隻的挑釁，以「木雞」之勢成爲鬥雞王，使得其他雞隻望而卻步。至於
「梓慶爲據」的故事，更具體說明梓慶爲鐻何以臻至鬼斧神工：

梓慶削木爲鐻，鐻成，見者驚猶鬼神。魯侯見而問焉，曰：「子何術
以爲焉？」對曰：「臣工人，何術之有！雖然，有一焉。臣將爲鐻，
未嘗敢以耗氣也，必齊以靜心。齊三日，而不敢懷慶賞爵祿；齊五
日，不敢懷非譽巧拙；齊七日，輒然忘吾有四枝形體也。當是時也，
无公朝，其巧專而外骨消；然後入山林，觀天性；形軀至矣，然後
成見鐻，然後加手焉；不然則已。則以天合天，器之所以疑神者，
其是與！」〔註55〕

梓慶爲鐻的過程，先是「靜心」，然後忘「慶賞爵祿」、忘「非譽巧拙」、忘「四
枝形體」，此時外物盡除，內心虛靜，再依林木自然的枝幹予以撿擇，然後削
鐻，如果沒有適合的素材就放棄。技藝的完善，要仰賴心神的專注以忘懷外
物與自我。倘若不能「忘」又將如何呢？〈田子方〉記載列禦寇的射技，「引
之盈貫，措杯水其肘上，發之，適矢復沓，方矢復寓，當是時，猶象人也」，
技巧確實高超，但是當伯昏无人請他在「登高山，履危石，臨百仞之淵，背
逡巡，足二分垂在外」的處境中表演射技時，他卻伏趴在地，汗流至踵，因
爲他無法忘卻環境的險惡，所以不能臻於完善。

技藝的成就必須透過凝神專注以忘物、忘己，方能臻於完善，一己之修
養也是如此。「忘」之中必須要有切實的工夫等待努力，精神的全然貫注與自
我超拔的提昇都是方法之一，逍遙自得、無挂無礙的自然境界，絕不是隨意
可及的。這可以透過〈逍遙遊〉中的大鵬鳥是由鯤變化而成知悉，根據吳怡
的見解：

把鯤拿來象徵人世，鯤化爲鵬的歷程，說明了一個人在成爲至人、

---

〔註54〕同註4，《莊子集釋》，下冊，頁639～641。
〔註55〕同註4，《莊子集釋》，下冊，頁658～659。

神人、或聖人之前的一段修鍊工夫。這條鯤在北冥之中，由小變爲
大，正同我們在人間的求學與奮鬥，唯有一點一滴的努力，才有
一點一滴的成就。也唯有一點一滴的成就，才使我們慢慢的經驗豐
富了、知識淵博了、意志堅強了，而變成一位巨人。從世俗中脫穎
而出。〔註56〕

此中就說明了修養的重要性，但另外要注意的一點是，如果不能「從世俗中
超脫而出」，這「大」就將形成負擔，即如王邦雄所言：

鯤本來是魚子，代表生命的本始，然魚子雖小，卻可以由「小」而
「大」的成長，長成幾千里的大。然幾千里的大，是數量的大，是
形軀的大，這種大會成爲生命的負擔。〔註57〕

因此「鯤」之大，不僅是「形軀」的大，或者也有「心知我執」的妄自尊大
在其中，唯有將兩者都消解，才能提昇自我的境界化而爲鳥。鯤化爲鳥之後，
只是擁有足以超拔的體質，要想抵達「南冥」之境，還得訴諸於自己「怒而
飛」「擊水三千里」的努力，再跟隨自然的「海運」上達九萬里之高空，最後
抵達南冥。所以王邦雄又說：

大鵬怒飛的寓言，正隱寓生命是由小而大，由大而化之成長飛越的
歷程，主體的大化與自然的大化，同體流行，就開顯了天人合一的
終極理想境。〔註58〕

根據以上所述，可以知悉《莊子》的逍遙境界，絕不是空泛虛無的，是循序
漸進並且要努力實踐以同於自然，方能完成。


《莊子・應帝王》「渾沌鑿七竅」的寓言故事是敘述：南海之帝儵與北海
之帝忽時常在中央之帝渾沌的領土上見面，儵與忽爲了感謝渾沌對待他們的
盛情，便替渾沌鑿七竅，一日鑿一竅，七日之後，渾沌死。憨山大師對這個
故事的註解是從人的內在修養來立說：

此儵忽一章，不獨結應帝王一篇，其實總結內七篇之大意。前言逍
遙，則總歸大宗師，前頻言小知傷生，養形而忘生之生主，以物傷

---

〔註56〕同註22，頁54。
〔註57〕同註1，頁3。
〔註58〕同註1，頁4。

身，種種不得逍遙，皆知巧之過，蓋都爲鑿破渾沌，喪失天眞者，

即古今宇宙兩間之人，自堯舜以來，未有一人而不是鑿破渾沌之人

也，此特寓言，大地皆凡夫愚迷之人，概若此耳。〔註59〕

這就說明了人的本性原是自然無礙、一片純白，但由於人往往追求物欲並偏執妄爲，因而破壞了這份本眞。當人迷惑在此一橫流之中，喜怒哀樂困擾苦痛積聚於心，便不得自在。《莊子》作者洞悉人類困苦的根源，便提出「忘物」、「忘己」的主張，並期許透過超拔提昇的努力實踐，使人恢復自然的本眞，進入逍遙的境地。在《莊子》作者所存的個時代，即已提出了這樣的呼聲，而用之今日竟更恰當，倘若《莊子》作者重生，當爲世道人心的沈淪發出千古長歎。

---

〔註59〕同註20，卷四〈應帝王〉，頁21～22。

# 第六章 結 論

　　本論文第二章為《莊子》寓言故事釋義。筆者首先觀察歷代研究《莊子》者對「寓言」的理解，然後透過細讀全書，為《莊子》「寓言」擬定較全面之定義——《莊子》「寓言」是借著他人、他事、他物做具體的描寫，有時也運用譬喻的修辭方式，寄託莊子的思想，它的數量約佔《莊子》全書的十分之九，藉寓言來傳達思想給他人，其成效可達九成。其次引述學者對寓言文體的定義，進而分析出寓言的本質是必須具備「故事性」與「寓意」；而在慮及學者對「故事性」一詞，因有忽略或定義不清的情形，致使寓言產生難以具體化判定的困擾，故筆者提出依金榮華師對於故事的定義——必須具有情節單元做為判斷標準，以解決難題。最後根據情節單元的存有以及含有思想的寄寓來觀察《莊子》，發現《莊子》一書的寓言故事數量頗多，而這些寓言故事正是文采思想兼具之作。

　　第三章討論的是《莊子》寓言故事的題材。筆者發現部分寓言故事的人物與事件，確實是前有所承，有些是來自古代神話，有些是源出歷史傳說，也有擷拾民間故事者，當然更有出於作者自創者。而原先打算以情節單元之分析，以具體點明寓言故事引人處的計畫，由分析結果來看，確有成效。

　　第四章《莊子》寓言故事的文學性。經過修辭學辭格的檢視，筆者發現《莊子》作者雖未受過修辭學訓練，但字裡行間卻時有暗合修辭格的表現，因而其文句展現出優美的姿態。而寓言故事所運用之寫作技巧，在人物與物類的描摹方面，有直接針對角色自身加以描摹，也有透過對比以突顯者，以及利用人物對事件的反應來描寫者。至於事件的安排處理，則採用了特殊事件的設計與周邊氣氛的烘托使故事更為鮮活，此外還包括以因果關係層層緊

扣的章法，深深攫住讀者的目光。由於《莊子》寓言故事是如此動人心弦，因此後人多有將之引入文中以豐富自身文筆的情形，這就使人更感受到它的文學性與影響力。

　　第五章討論的是《莊子》寓言故事的思想。有人以為《莊子》學說有頹廢、虛無的色彩，但是我們卻在《莊子》書中的大宗——寓言故事的寓意上，看見了它對生命的高度關懷與苦心呵護，它企圖為人類尋求自得自在的心境，首先從反省人生困苦的根源著手，傳達了外物對本性的斲傷，說明了心執之苦，並且提出一套具體的修養工夫。

　　根據不同面向的分析與探討，筆者發覺《莊子》寓言故事，不但擁有豐贍的文采，更有絕佳的哲思，它跨越千古時空的橫流，為人們提供了心靈的最佳憩處。

# 主要參考書目

一、專　著

## （一）莊子類

1. 王夫之，《莊子解》，香港，中華書局，1989 年 7 月重印。

2. 王先謙，劉武，《莊子集解・莊子集解內篇補正》，臺北，木鐸出版社，1988 年出版。

3. 王叔岷，《莊學管窺》，臺北，藝文印書館，1978 年 3 月出版。

4. 江有誥，《莊子韻讀》，臺北，藝文印書館，無求備齋莊子集成續編，第三十六冊，1974 年 12 月初版。

5. 艾畦，《莊子中的修道學說》，天津，天津古籍出版社，1993 年 10 月第一版。

6. 朱得之，《莊子通義》，臺北，藝文印書館，無求備齋莊子集成續編，第四冊，1974 年 12 月初版。

7. 朱榮智，《莊子的美學與文學》，臺北，明文書局股份有限公司，1992 年 3 月初版。

8. 杜而未，《莊子宗教與神話》，臺北，臺灣學生局書，1985 年 10 月初版。

9. 呂惠卿，《莊子義》，臺北，藝文印書館，無求備齋莊子集成初編，第五冊，1971 年 5 月初版。

10. 吳怡，《逍遙的莊子》，臺北，東大圖書股份有限公司，1991 年 4 月三版。

11. 林希逸，《莊子鬳齋口義》，臺北，藝文印書館，無求備齋莊子集成初編，第十冊，1972 年 5 月初版。

12. 宣穎，《南華經解》，臺北，藝文印書館，無求備齋莊子集成續編，第三十二冊，1974 年 12 月初版。

13. 高亨，《莊子今箋》，臺北，臺灣中華書局股份有限公司，1973 年 4 月臺二版。

14. 高柏園，《莊子內七篇思想研究》，臺北，文津出版社，1992 年 4 月初版。

15. 浦起龍，《莊子鈔》，臺北，藝文印書館，無求備齋莊子集成初編，第二十冊，1972 年 5 月初版。

16. 郭慶藩編，王孝魚整理，《莊子集釋》，臺北，群玉堂出版事業股份有限公司，1991 年 10 月初版。

17. 許清吉，《莊子寓言研究》，臺中，東海大學中文系研究所論文，1982 年。

18. 曹受坤等著，《莊子研究新編》，臺北，木鐸出版社，1988 年 9 月初版。

19. 陳深，《莊子品節》，臺北，藝文印書館，無求備齋莊子集成初編，第十一冊，1972 年 5 月初版。

20. 陳治安，《南華經本義》，臺北，藝文印書館，無求備齋莊子集成續編，第二十六冊，1974 年 12 月初版。

21. 陳品卿，《莊學新探》，臺北，文史哲出版社，1983 年 3 月初版。

22. 陳鼓應，《莊子哲學》，臺北，臺灣商務印書館股份有限公司，1993 年 11 月二次修訂。

23. 張默生，《莊子新釋》，臺北，天工書局，1993 年 6 月 10 日出版。

24. 崔大華，《莊學研究》，北京，人民出版社，1992 年 11 月第一版。

25. 陸長庚，《南華真經副墨》，臺北，藝文印書館，無求備齋莊子集成續編，第八冊，1974 年 12 月初版。

26. 郭良翰，《南華經薈解》，臺北，藝文印書館，無求備齋莊子集成初編，第十四冊，1972 年 5 月初版。

27. 黃山文化書院編，《莊子與中國文化》，安徽，安徽人民出版社，1991 年 9 月第一次印刷。

28. 黃錦鋐，《莊子及其文學》，臺北，東大圖書有限公司，1977 年 7 月初版。

29. 葉玉麟，《莊子廣解》，臺北，大行出版社，1991 年 7 月二版。

30. 程以寧，《南華真經注疏》，臺北，藝文印書館，無求備齋莊子集成續編，第二十八冊，1974 年 12 月初版。

31. 楊儒賓，《莊周風貌》，臺北，黎明文化事業股份有限公司，1991 年初版。

32. 蔡宗陽，《莊子之文學》，臺北，文史哲出版社，1983 年 9 月出版。

33. 劉笑敢，《莊子哲學及其演變》，北京，中國社會科學出版社，1988 年 2 月第一版。

34. 劉光義，《莊學蠡測》，臺北，臺灣學生書局，1986 年 5 月初版。

35. 憨山大師，《莊子內篇註》，臺北，琉璃經房，1972 年 1 月出版。

36. 鍾泰，《莊子發微》，上海，上海古籍出版社，1988 年 9 月第一版。
年 6 月初版。

37. 顏崑陽，《莊子藝術精神析論》，臺北，華正書局股份有限公司，1985 年
7 月初版。

38. 藏雲山房主人，《南華大義解懸參註》，臺北，藝文印書館，無求備齋莊
子集成初編，十五冊，1972 年 5 月初版。

## （二）其他專著

1. 方孝孺，《遜志齋集》，臺北，臺灣商務印書館股份有限公司，景印文淵
閣四庫全書集部一七四別集類，1986 年 3 月初版。

2. 文傑，羅琳主編，《寓言新賞》，臺北，地球出版社，1992 年 8 月第一版。

3. 王安石著，李壁箋註，劉辰翁評點，《箋註王荊文公詩》，臺北，廣文書
局有限公司，1971 年 3 月再版。

4. 王邦雄，《中國哲學論集》，臺北，臺灣學生書局，1983 年 8 月初版。

5. 王國良，《神異經研究》，臺北，文史哲出版社，1985 年 3 月初版。

6. 元好問，《元遺山詩集箋注》，臺北，清流出版社，1976 年 10 月出版。

7. 尹仲容，《呂氏春秋校釋》，臺北，立青文教基金會，1987 年 7 月出版。

8. 尹雪曼，《中國文學概論》，臺北，三民書局股份有限公司，1988 年 8 月
三版。

9. 公木，《先秦寓言概論》，山東，齊魯書社，1984 年 12 月第一次印刷。

10. 司馬遷撰，瀧川龜太郎會注考證，《史記會注考證》，臺北，洪氏出版社，
1986 年 9 月出版。

11. 北京大學古文獻研究所編，《全宋詩》，中國，北京大學出版社，1991 年
7 月第一版。

12. 白居易，《白居易集》，臺北，里仁書局，1980 年 10 月出版。

13. 左丘明撰，孔穎達正義，《春秋左傳正義》，臺北，藝文印書館，未標出
版年月。

14. 辛棄疾著，徐漢明編，《稼軒集》，臺北，文津出版社，1991 年 6 月初版。

15. 朱松，《韋齋集》，臺北，臺灣商務印書館股份有限公司，四部叢刊廣編
第三十七冊，1981 年 2 月初版。

16. 朱光潛，《談文學》，臺北，康橋出版事業公司，1986 年 1 月初版。

17. 朱光潛，《談美》，臺北，康橋出版事業公司，1986 年 1 月初版。

18. 任洪杰等編著，《遠古之神》，山西，北岳文藝出版發行，1994 年第一次
印刷。

19. 李白著，王琦輯注，《李太白全集》，臺北，長歌出版社，1975 年 10 月

初版。

20. 李漁,《閒情偶記》,臺北,廣文書局有限公司,1977 年 1 月初版。

21. 李治中,《中國寓言文學史》,雲南,雲南人民出版社,1992 年 1 月第一版。

22. 李奕定選輯,《中國歷代寓言選集》,臺北,臺灣商務印書館,1994 年 4 月再版。

23. 李商隱著,劉學鍇,余恕誠集解,《李商隱詩歌集解》,臺北,洪葉文化事業公司,1992 年 10 月初版二刷。

24. 杜甫著,楊倫箋,《杜詩鏡銓》,臺北,天工書局,1988 年 9 月出版。

25. 吳筠,《宗玄集》,臺北,臺灣商務印書館股份有限公司,景印文淵閣四庫全書集部一○別集類,1986 年 3 月初版。

26. 吳敬梓,《儒林外史》,臺北,臺灣商務印書館股份有限公司,1973 年 4 月臺二版。

27. 吳怡,《中國哲學發展史》,臺北,三民書局股份有限公司,1989 年 12 月三版。

28. 吳秋林,《世界寓言史》,遼寧,遼寧少年兒童出版社,1994 年 3 月第一版。

29. 余培林,《新譯老子讀本》,臺北,三民書局股份有限公司,1990 年 11 月九版。

30. 何新,《諸神的起源——中國遠古神話與歷史》,臺北,木鐸出版社,1987 年 6 月初版。

31. 林惠祥,《神話論》,臺北,臺灣商務印書館股份有限公司,1968 年 3 月初版。

32. 林婉君譯註,《伊索寓言》,臺北,大夏出版社,1989 年 3 月初版。

33. 屈萬里,《詩經詮釋》,臺北,聯經出版事業公司,1989 年 10 月第五次印行。

34. 周樹人,《中國小說史略》,臺北,風雲時代出版有限公司,1992 年 10 月五版。

35. 金榮華師,《台東卑南族口傳文學選》,臺北,中國文化大學中國文學研究所,1989 年 8 月初版。

36. 金榮華師,《六朝志怪小說情節單元索引》甲編,臺北,中國文化大學中國文學研究所,1984 年 3 月初版。

37. 金榮華師,《比較文學》,臺北,福記文化圖書有限公司,1982 年 8 月初版。

38. 洪淑苓,《牛郎織女研究》,臺北,臺灣學生書局,1988 年 10 月初版。

39. 洪興祖補注，蔣驥註，《楚辭補注‧山帶閣註楚辭》，臺北，長安出版社，1987 年 9 月初版。

40. 胡楚生，《老莊研究》，臺北，臺灣學生書局，1992 年 10 月初版。

41. 柯慶明、林明德主編，《中國古典文學研究叢刊——小說之部（二）》，臺北，巨流圖書公司，1985 年 5 月一版。

42. 高適著，阮廷瑜校注，《高常侍集》，臺北，中華叢書編審委員會，1965 年 6 月印行。

43. 袁珂，《山海經校注》，臺北，里仁書局，1981 年 7 月出版。

44. 袁珂，《山海經校譯》，臺北，明文書局，1986 年 9 月初版。

45. 袁珂，《中國神話傳說》，板橋，駱駝出版社，1987 年 8 月。

46. 袁珂，《古神話選釋》，臺北，長安出版社，1986 年 6 月三版。

47. 袁珂，《神話論文集》，臺北，漢京文化事業有限公司，1987 年 1 月一刷。

48. 馬景賢，《農夫和兔子》，臺北，理科出版社有限公司，創作兒童圖書第二輯，1989 年 1 月初版。

49. 徐進夫譯，《文學欣賞與批評》，臺北，幼獅文化事業公司，1991 年 4 月十三印。

50. 徐震堮校箋，《世說新語校箋》，臺北，文史哲出版社，1985 年 7 月初版。

51. 許慎撰，段玉裁注，《說文解字注》，臺北，黎明文化事業股份有限公司，1989 年 9 月增訂四版。

52. 曹雪芹原著，馮其庸等校注，《紅樓夢校注》，臺北，里仁書局，1984 年 4 月出版。

53. 陶君起，《平劇劇目初探》，臺北，明文書局，1982 年 7 月出版。

54. 陸游，《陸放翁全集》，臺北，世界書局，1961 年 1 月初版。

55. 陳天水，《中國古代神話》，上海，上海古籍出版社出版，1989 年 2 月第二次印刷。

56. 陳榮富，《宗教禮儀與古代藝術》，中國江西南昌，江西高校出版社，1994 年 6 月出版。

57. 陳蒲清，《中國古代寓言史》，板橋，駱駝出版社，1987 年 8 月出版。

58. 陳蒲清，《寓言文學理論‧歷史與應用》，板橋，駱駝出版社，1992 年 10 月出版。

59. 陳鵬翔主編，《主題學研究論文集》，東大圖書股份有限公司，1983 年 11 月初版。

60. 陶淵明著，楊勇校箋，《陶淵明集校箋》，臺北，正文書局有限公司，1987 年 1 月出版。

61. 張九齡，《曲江集》，臺北，臺灣商務印書館股份有限公司，景印文淵閣

四庫全書集部五別集類，1986 年 3 月初版。

62. 張春榮，《修辭散步》，臺北，東大圖書股份有限公司，1991 年 9 月初版。

63. 馮夢龍編，許政揚校注，《古今小說》，臺北，里仁書局，1991 年 5 月出版。

64. 馮夢龍編，許政揚校注，《警世通言》，臺北，里仁書局，1991 年 5 月出版。

65. 馮夢龍編，許政揚校注，《醒世恆言》，臺北，里仁書局，1991 年 5 月出版。

66. 勞思光，《新編中國哲學史》，臺北，三民書局股份有限公司，1991 年 1 月增訂六版。

67. 黃永武，《字句鍛鍊法》，臺北，洪範書店有限公司，1986 年 11 月五版。

68. 黃庭堅著，任淵等注，《山谷詩內外集注・山谷詩外集注》，臺灣，學海出版社，1979 年 10 月初版。

69. 黃慶萱，《修辭學》，臺北，三民書局股份有限公司，1988 年 3 月增訂再版。

70. 黃遵憲，《人境廬詩草》，臺北，鼎文書局，1978 年 8 月初版。

71. 葉適，《葉適集》，臺灣，河洛圖書出版社，1974 年 5 月，臺影印初版。

72. 葉慶炳，《古典小說論評》，臺北，幼獅文化事業公司，1985 年 5 月初版。

73. 森安太郎著，王孝廉譯，《黃帝的傳說——中國古代神話研究》，臺北，時報文化出版企業有限公司，1988 年 2 月初版。

74. 逯欽立編校，《先秦漢魏晉南北朝詩》，臺北，木鐸出版社，1983 年 9 月初版。

75. 無名氏撰，陳妙如師整理，《啖蔗》，臺北，中國文化大學中國文學研究所，1994 年 7 月初版。

76. 傅武光，《孔孟老莊精神思想的平等精神》，臺北，文津出版社，1990 年 3 月。

77. 御手洗勝等著，王孝廉、吳繼文編，《神與神話》，臺北，聯經出版社，1988 年 3 月初版。

78. 溫庭筠著，曾益謙原註，顧予咸補注，《溫飛卿詩集》，臺北，臺灣學生書局，1967 年 5 月初版。

79. 董季棠，《修辭析論》，臺北，文史哲出版社，1992 年 6 月增訂初版。

80. 賈文昭、徐召勛，《中國古典小說藝術欣賞》，臺北，里仁書局，1984 年 8 月版。

81. 楊安崙，《中國古代精神現象學——莊子思想與中國藝術》，吉林，東北師範大學出版社，1993 年 3 月第一版。

82. 路燈照、成九田,《古詩文修辭例話》,臺北,臺灣商務印書館股份有限公司,1987 年 10 月初版。

83. 蒲松齡,《聊齋志異》,臺北,文化圖書公司,1991 年 6 月出版。

84. 鄭明娳,《古典小說藝術新探》,臺北,時報文化出版企業有限公司,1987 年 12 月 1 日初版。

85. 蔡仁厚,《孔門弟子志行考述》,臺灣,臺灣商務印書館股份有限公司,1992 年 9 月二版。

86. 蔡謀芳師,《表達的藝術──修辭二十五講》,臺北,三民書局,1990 年 12 月初版。

87. 魯迅,《故事新編》,臺北,風雲時代出版社,1990 年 10 月初版。

88. 劉向著,盧元駿註譯,《說苑今註今譯》,臺北,臺灣商務印書館股份有限公司,1977 年 1 月初版。

89. 劉燦,《先秦寓言》,臺北,群玉堂出版事業股份有限公司,1991 年 11 月初版。

90. 劉城淮主編,《先秦寓言大全》,湖南,岳麓書社,1993 年 9 月第一版。

91. 劉禹錫,《劉賓客集》,臺北,臺灣商務印書館股份有限公司,景印文淵閣四庫全書集部一六別集類,1986 年 3 月初版。

92. 盧照鄰,《盧昇之集》,臺北,臺灣商務印書館股份有限公司,景印文淵閣四庫全書集部四別集類,1986 年 3 月初版。

93. 駱賓王著,陳熙晉箋注,《駱臨海集箋注》,臺北,華正書局,1974 年 10 月臺一版。

94. 獨孤及,《毘陵集》,臺北,臺灣商務印書館股份有限公司,景印文淵閣四庫全書集部一一別集類,1986 年 3 月初版。

95. 謝冰瑩等,《新譯四書讀本》,臺北,三民書局股份有限公司,1990 年 3 月修訂三版。

96. 蕭統編,李善注,《文選》,臺北,華正書局有限公司,1987 年 9 月出版。

97. 蕭登福注譯,《列子古注今譯》,臺北,文津出版社,1990 年 3 月出版。

98. 薛季宣,《浪語集》,臺北,臺灣商務印書館股份有限公司,景印文淵閣四庫全書集部九八別集類,1986 年 3 月初版。

99. 顏元叔主編,《西洋文學術語叢刊》,臺北,黎明文化事業公司,1978 年 2 月再版。

100. 譚達先,《中國民間文學概論》,臺北,貫雅文化事業有限公司,1992 年 8 月初版。

101. 譚達先,《中國民間寓言研究》,香港,商務印書館香港分館,1985 年 2 月出版。

102. 譚達先,《中國神話研究》,臺北,臺灣商務印書館股份有限公司,1988年8月出版。

103. 譚達先,《中國神話研究》,臺北,臺灣商務印書館股份有限公司,1988年8月出版。

104. 羅敬之師,《蒲松齡及其聊齋志異》,臺北,國立編譯館,1986年2月印行。

105. 簡宗梧,周鳳五,《現代文學欣賞與創作》,臺北,國立空中大學,1987年8月初版。

106. 蘇軾著,王文誥輯註,孔凡禮點校,《蘇軾詩集》,臺北,莊嚴出版社,1990年10月初版。

107. 嚴北溟,嚴捷編著,《中國哲學寓言故事》,臺北,桂冠圖書股份有限公司,1990年9月初版。

108. 嚴靈峰,《列子辯誣及其中心思想》,臺北,時報文化出版企業有限公司,1983年10月初版。

109. 嚴靈峰,《老子‧莊子》,臺北,正中書局,1991年5月第二次印行。

110. 顧實,《中國文學史大綱》,臺北,臺灣商務印書館股份有限公司,1976年初版。

111. Maria Leach DICTONARY OF FOLKLORE MYTHOLOGGY AND LEGEND New York : Funk & Wagnalls Company, 1950。

## 二、期刊論文

1. 王邦雄,〈莊子思想及其修養工夫〉,《鵝湖第》一九三期,1991年7月。

2. 王邦雄,〈莊子系列(一)逍遙遊〉,《鵝湖》第二一○期,1992年12月。

3. 王邦雄,〈莊子系列(二)齊物論〉,《鵝湖》第二一一期,1993年1月。

4. 王邦雄,〈莊子系列(三)養生主〉,《鵝湖》第二一二期,1993年2月。

5. 王邦雄,〈莊子系列(四)人間世〉,《鵝湖》第二一三期,1993年3月。

6. 王邦雄,〈莊子系列(五)德充符〉,《鵝湖》第二一四期,1993年4月。

7. 王邦雄,〈莊子系列(六)大宗師〉,《鵝湖》第二一五期,1993年5月。

8. 王邦雄,〈莊子系列(七)應帝王〉,《鵝湖》第二一六期,1993年6月。

9. 王景琳,〈《莊子》寓言人物形象描寫芻議〉,《蘇州大學學報》第二期,1984年。

10. 朱思信,〈談《莊子》寓言〉,《新疆大學學報》第一期,1980年。

11. 朱義祿,〈從人的價值觀看莊子的學說〉,《中國文化月刊》第一六八期,1993年10月。

12. 汪惠敏，〈先秦寓言的考察——兼評李奕定著「中國歷代寓言選集」〉，《文學評論》第五集，1978 年 6 月。

13. 東生，〈《莊子》寓言與古代小說辨析〉，《湖南師範大學社會科學學報》，1986 年 5 月。

14. 周策縱，〈《莊子‧養生主》篇本義復原〉，《中國文哲研究集刊》第二期，1992 年 3 月。

15. 姜書利，〈試論《莊子》寓言的對比藝術〉，《呼蘭師專學報》，1984 年 3 月。

16. 高海安，〈淺談《莊子》寓言的藝術特色〉，《電大文科園地》，1984 年 5 月。

17. 曾昭旭，〈論莊子的整體存在感與人我相通〉，《鵝湖》第一九三期，1991 年 7 月。

18. 葉海煙，〈莊子的人的哲學〉，《哲學與文化月刊》第十九卷第一期，1992 年 1 月。

19. 鄔昆如，〈莊子的生死觀〉，《哲學與文化》第二四二期，1994 年 7 月。

20. 趙克，〈《莊子》寓言文學探索〉，《黑龍江大學學報》第三期，1979 年。

21. 鄭志明，〈莊子的鬼神觀〉，《鵝湖》第二三三期，1994 年 11 月。

22. 劉光義，〈莊子文章喻譬鮮扁舉尤〉，《東方雜誌》復刊第二十三期，1990 年 1 月 1 日。

23. 鮑鵬山，〈永恆的迴思：莊子其人其書〉，《中國文化月刊》第一七二期，1994 年 2 月。

24. 魏元珪，〈莊子道論〉，《中國文化月刊》第一五八期，1992 年 12 月。

25. 羅錦堂，〈莊子與禪〉，《中國文哲研究集刊》第三期，1993 年 3 月。

26. 龔維英，〈莊子「屠龍」寓言發微〉，《蘇州大學學報》第一期，1983 年。

# 中國古代童話研究

朱莉美　著

## 作者簡介

朱莉美，一九六六年生，一九九三年起任教於德霖技術學院迄今。碩士論文《中國古代童話研究》，博士論文《錢謙益詩歌研究》，對於民間文學及古典詩歌，具有濃厚之興趣。

## 提　　要

　　畢業至今，已逾十載，幾經沉澱，再度檢視本論文，將論文之架構及內容做了大幅度之調整，期能使本論文有更完整之呈現。

　　「童話」在民國初年逐漸受到重視以後，至今已經過七十多年的演化，但對於中國古代童話的概念，仍無較完整而具說服力之著作，因此本論文將藉由現代童話的概念來討論中國古代童話的意義及特徵，且由檢索出之古代童話觀察其所展現之特質，並與其它相關文獻作進一步之比較。

　　論文凡分六章：

　　第一章緒論　研究動機、目的、方法、範圍和材料。

　　第二章童話的概念　藉由童話的定義、名稱、特徵和分類等議題，將童話的概念加以釐清，有了基本童話概念之後，再以中國古代童話的基本特徵來檢索已選定之書籍中的「古籍存在童話」及「民間口傳童話」。

　　第三章中國童話之流變　由童話的起源和發展，了解西洋和中國童話的關係及童話的發展現狀。

　　第四、五章中國古代童話和神話、傳說、寓言、民間故事、動物故事、筆記小說的關係由於以上各文類之關係密切，因此我們應著重於故事本身所呈現的性質傾向，廣泛閱讀各類型的故事之後，再將故事加以分析、判斷其應有之屬性，有些性質是單一的，有些則可能同時兼具數種文類的性質，而這些童話有著密切關係的文類，就必須了解它們的意義和特色、它們與童話表現手法的異同，以及相互轉化和兼容的關係。

　　第六章結論是「結果與建議」，在這裡將本論文之研究成果，作一重點式之回顧，並提出筆者對於未來童話研究之展望與建議。

　　附錄：四至十二歲兒童閱讀中西童話之研究，將以田野調查的方式，彌補由學術資料單一研究方向的不足，藉以印證──「四至十二歲兒童」對於中國童話的閱讀率低於西洋童話的原始想法，並由「年齡、性別、故事類別」三方面來討論調查研究的結果。

# 目

# 次

# 第一章 緒 論

## 第一節 研究動機與目的

　　早在西元一九一○年，也就是民國前一年，美國作家皮特曼（Norman H. Pitman）出版了一本《中國童話集》（Chinese Fairy Stories），內含十一篇故事，彩色插圖八幅。〔註1〕全書文字簡潔，且有很好的結構，因為對象是兒童，所以所選的故事，道德教育的氣息極為濃厚。然而在這本僅收錄十一篇故事的童話集裡，卻有從古典小說中選出的童話、筆記類的童話、傳說類的童話、笑話、民間故事……等，不一而足。大體上來說，除〈種梨〉之外，幾乎都是歷史傳說，其所選錄並未能真正看出中國古代優良童話。

　　民國建立以後，適逢兒童文學在國際間逐步受到重視，加上五四運動以後，各型文類皆有長足的發展，童話也逐漸地得到部分作家的青睞，而開始了中國現代童話譯寫、改編、創作之路；從民國初年到對日抗戰勝利這段期間，中國童話的發展是一體的，但民國三十八年政府播遷來臺以後，兩岸因政治體系的不同，「童話」的發展也呈現兩種截然不同的風貌。

　　在日本學者松枝茂夫的〈周作人與兒童文學〉一文中曾說：

> 他以自己的家鄉——紹興的童話〈蛇郎〉和〈老虎外婆〉為例，和

---

〔註1〕《中國童話集》共收錄〈樂陶的第一課〉、〈睡覺的小孩〉、〈小孩與羹湯〉、〈上帝知道〉、〈盲孩魯深〉、〈沈聲的命運〉、〈老仙孩與虎〉、〈岳剛與鬼〉、〈小孩後來成了皇帝〉、〈欺騙之灰〉、〈龍王之妻〉等十一篇童話，多取材於中國古籍。參見《近代文學叢談》，趙景琛，中華藝林文物出版有限公司，1976 年 11 月出版，頁 21 至 26。

歐洲、日本、印度的童話比較後加以闡述，然後再往上追溯，從唐
代段成式的《酉陽雜俎》，及其它從多方面搜集來的中國古代童話和
童謠中，加以研究，作出了學術解釋。〔註2〕

這裡簡述了周作人研究童話的方法，但卻說明了「童話故事類型研究」和「中
國古代童話」的重要性。

童話優美的故事類型，是令許多人愛不釋手的，而它的閱讀對象也可分
為廣義和狹義兩種不同的範圍：

### 1、狹義的童話對象

在兒童文學界，有許多關於「兒童文學」的年齡範圍的說法，肇因於各
家認定的標準和考慮的因素皆有所差異，以下試舉其要者加以析論，以作為
「童話對象的年齡性」的參考。

葉師詠琍在《兒童文學》一書中說：

兒童文學是為新生嬰兒至十二歲的兒童創作的文學作品。〔註3〕

周作人在《童話略論》一文中說：

凡童話適用，以幼兒期為最，計自三歲至十歲止，其時小兒最富空
想，童話正與相合，用以長養其想像……。〔註4〕

葉師認為兒童文學的對象，當為新生嬰兒至十二歲的兒童。十二歲的上限就
兒童的學習和成長，都是一個很明顯的轉變階段，因而以此為限是相當恰當
的。但是「新生嬰兒」無論在思考上或是語言上，都只是在一個起步的階段，
若單純針對兒童歌謠之類，不需要組織理解的口頭唱頌的兒童文學，是可被
接受的；但若就童話而言，就似乎無法全面地肯定一般初生幼兒的接受能力，
是否能達到此程度，除非幼兒的智力發展超過正常的情況。然而周作人所說
的「三歲」，是較能被接受的，因此時幼兒的語言能力大多已有長足的進步，
但對有完整組織性的童話而言，可能還不是最恰當的年齡。

吳鼎在《兒童文學研究》一書中說：

兒童文學上所指的兒童，就是泛指幼稚園和小學兒童而言。換言之，

---

〔註2〕 見《日本學者中國文學研究譯叢·第四輯——現代文學專輯》，劉柏青、張連
第、王鴻珠主編，武鷹、宋紹香編譯，吉林教育出版社，1990 年 3 月第一版，
頁 238。

〔註3〕 詳見《近代文學叢談》，趙景琛，中華藝林文物出版有限公司，1976 年 11 月
出版，頁 7 至 10。

〔註4〕 同註3，頁 10。

就是四歲至十二歲的兒童。〔註5〕

李慕如在《兒童文學綜論》一書中說：

> 今「兒童文學」所指的「兒童」乃是泛指：四至十二歲之兒童，以
> 能欣賞語文爲傳達工具的文學作品爲度。亦可上伸到十四、五歲，
> 亦可以下延至二、三歲，因爲在生命的過程中，各人身心發育遲早
> 不同，很難依年齡截然劃分。〔註6〕

在這裡，李慕如和吳鼎都認爲：兒童文學最恰當的年齡範圍是四至十二歲之間。雖然四歲的兒童未必能「欣賞語文爲傳達工具的文學作品」，但已具有較強的語言理解能力，能接受完整故事，因此對童話的年齡，也應以四歲爲起點較爲適合；而學童在十二歲以後，因學制及環境的改變，年齡愈長，閱讀的文類就愈趨向多樣化，人物性格單純、善惡分明的童話，可能已逐漸不能滿足他們日益增加的求知慾，尤其現代書籍的普及，更提供兒童多樣性的選擇，因此應以十二歲爲界，當是較合乎現實的看法。所以狹義的童話對象年齡在四至十二歲之間。但也往往因「各人身心發育遲早不同」，故仍可視兒童的思考能力、家庭的背景或兒童特殊情況等各種變數而定。

**2、廣義來說，童話的對象並沒有年齡的限制。**

當幼兒在牙牙學語之際，思考力和想像力都逐漸地增加，而每一個人在同一時期，智力的發展和語彙的接受能力也會有程度上的差異。因此，只要聽者能理解童話的語言，或是講述者認爲聽者能接受童話的內容，童話的對象在廣義上來說，並沒有年齡的下限。

同樣地，童話對象的年齡也沒有上限。有許多人在青少年、青年，甚至中老年時，仍極愛閱讀童話故事，因童話故事中，魔幻的情境、唯美的幻想空間，不但吸引兒童，同時也能深深吸引成年的讀者。在現代童話的創作文類裡，也有特別爲成人創作的「成人童話」。所以，只要喜歡閱讀童話的讀者，皆可視之爲童話的對象。

在本論文中，「古代」的範圍是指民國以前的「古籍存在童話」作品，以及民國以前或至今仍流傳於民間的「民間口傳童話」作品。

---

〔註5〕詳見吳鼎〈童話與兒童文學〉一文，收入《兒童讀物研究》，小學生雜誌社，民國55年5月初版，頁1至2。

〔註6〕所謂的「存在型」童話，指中國尚未有童話名稱之前，即已存在的童話。在本論文中，一律稱之爲「古籍存在童話」和「民間口傳童話」，有關其意義與範圍，詳見第二章第一節「童話的名稱」。

　　中國的「童話」，在民國以後，深受西洋童話的影響，無論是創作方式或內涵本質，都有了重大的改變。例如：一九一八年，茅盾所寫的第一篇創作童話〈尋快樂〉中，將「勤儉、錢財、玩耍」這些抽象的概念，用擬人化的手法，賦予它們人的性格、語言和動作，以鋪敘〈尋快樂〉的主題要旨。這種將抽象概念擬人化的方式，與我國古籍存在童話的表現方式大相逕庭的，故以民國為斷，民國以後之創作童話即不在本論文討論之列。

　　至於「民間口傳童話」，或有整理成文字資料者，如朝鮮族的民間故事〈孔姬和葩姬〉，與我國唐代段成式《酉陽雜俎》中的〈葉限〉故事，以及《格林童話》中的〈灰姑娘〉，在內容和取材上，都極為相似；或為民眾所熟習者，如「虎姑婆」之故事，相信大多數人在童年時就已耳熟能詳，而此故事恰與貝洛爾之〈小紅帽〉有異曲同工之妙。然而此類童話，因口傳之故，經由大眾的傳播，可依地理、風俗、文物之不同，而加以修改或潤飾，具有極大之變異性，且至今仍在變異之中。其中有許多可能起源於民國之前，甚至更早以前即已存在，故應列入「古代童話」之範疇。

　　中國古籍浩如煙海，若要從每部籍冊中，鉅細靡遺地選錄出適當的童話作品，恐非易事，亦為能力所不及，故本論文僅以較具童話特質的幾類文學作品，如：先秦兩漢的神話、寓言，魏晉南北朝的志怪、志人小說，唐宋傳奇，元明清小說、笑話中，選出部分作品，作為篩選的依據。

　　而「民間口傳童話」則以已整理成文字之作品為大宗，其中包括台灣和中國大陸各省流傳較廣的作品，但因地域廣大，在選錄上恐多有疏漏。以下即羅列採用之主要參考書籍。

| 唐前志怪小說輯釋 | 李劍國輯釋 | 文史哲出版社印行 | 76 年 7 月再版 |
| 中國古代寓言選 | 陳蒲清等選編 | 湖南教育出版社 | 72 年 12 月再版 |
| 中國民間故事選粹 | 賀嘉、黃柏編 | 湖南文藝出版社 | 25 年 9 月初版 |
| 民間文學詞典 | 段寶林、祁連休主編 | 河北教育出版社 | 79 年 9 月初版 |
| 中國民間童話研究 | 譚達先著 | 木鐸出版社印行 | 73 年 9 月 |
| 中國民間寓言研究 | 譚達先著 | 木鐸出版社印行 | 73 年 9 月 |
| 中國仙話 | 鄭土有、陳曉勤編 | 上海文藝出版社 | 79 年 3 月初版 |
| 搜神記 | 〔晉〕干寶撰 | 汪紹楹整理 | 木鐸出版社 |
| 搜神後記 | 〔晉〕陶淵明撰 | 汪紹楹整理 | 木鐸出版社 |
| 聊齋誌異 | 蒲松齡著、呂湛思註 | 新文豐出版公司印行 | 68 年 10 月初版 |

　　由以上所列舉的書籍當中，我們可以清楚地分辨出《搜神記》和《聊齋誌異》的特異性，爲什麼要特別將這兩本古籍納入「中國古代童話」選取的範圍呢？我們先來了解它們的內容和著作之旨趣，就能了解箇中原因了。首先，我們來看看周樹人的《中國小說史》對《搜神記》之解說：

　　　　干寶著晉記二十卷，時稱良史，而性好陰陽術數，嘗感其父婢死而
　　　　再生，及其兄氣絕復蘇，自言見天神事，乃撰搜神記二十卷，以「發
　　　　明神道之不誣」（自序中語）。〔註7〕

《搜神記》中有關「神鬼妖精」的描寫，佔了全書內容的最大部分。除了卷一多修仙練術、卷三多記卜筮術數、卷六、卷七多記動物變化異形、卷九多記吉凶徵兆、卷十一多記孝行、卷二十多記報恩復仇事外，其餘各卷都搜集了大量關於神鬼妖精之故事，約二百條。其中包括關於神鬼顯靈之記載，也有妖精爲祟的故事，內容應有盡有，無所不包，正符合干寶「發明神道之不誣」、「欲撰記古今怪異非常之事」的目的。〔註8〕

　　綜觀《搜神記》的人物描寫並不深刻，或許作者並無刻意塑造人物形象或性格之意，只是將見聞記錄下來而已，此亦爲一般志怪小說之特點，偏重於故事的描述，而忽略人物的描寫；在情節方面，因不少故事都是殘叢小語，粗具梗概，作者未加鋪敘，故事情節較爲單純；在文字方面，表現簡樸、不事雕飾，雖然通俗易懂，但較缺乏文采。

　　雖然《搜神記》在人物、情節、語言各方面來說，大多較粗略，但有些作品仍是相當可觀的，也有些具有中國古代童話的特徵，例如〈胡母班〉和〈女化蠶〉。

　　胡母班乃泰山人，曾爲泰山府君所召，受託致書河伯，完成使命後本擬覆命，卻在泰山府第遇見亡父，因而代亡父乞求社公之職，府君雖勉強答應，卻言：「生死異路，不可相近，身無所惜。」果不出其然，班還家歲餘，兒子竟死亡殆盡，班只得求助於府君，原來其父因「酒食充足，實念諸孫，召之」，內容豐富而出人意表。

　　〈女化蠶〉中，女因思念遠征之父親，乃戲馬曰：「爾能爲我迎得父還，吾將嫁汝。」豈料馬竟通靈，果真迎父歸，父親爲化解女兒之擔憂，乃殺馬

---

〔註7〕見《兒童文學創作與欣賞》，葛琳，康橋出版公司，民國75年元月再版，頁138至142。

〔註8〕參見《童話學》，洪汛濤，富春文化事業公司，1989年9月臺北第一版，頁42。

曝皮於庭，後女於馬皮上嬉戲，馬皮竟然「蹙然而起，卷女以行」。最後「女及馬皮，盡化為蠶，而績於樹上。」故事曲折離奇，引人深思。

《搜神記》中神鬼妖精的故事類型，充滿了神奇、變化之奇，雖然大部分的內容都較缺乏故事性，也多不講究情節和布局，但這些故事中，卻不乏具有教育性和趣味性的故事，因此特將此書列入「古代童話」選取之範圍，當然，若能將這些經過篩選的故事再加以改寫，相信定能更適合兒童閱讀。

另一本蘊藏豐富童話故事的《聊齋誌異》，刊行至今，已流傳了兩百多年，是一本非常引人入勝的故事集，人們只要一想到「談狐說鬼」，便會聯想到《聊齋》，可見人們對《聊齋》的熟悉。《聊齋》也有俄文和英文的譯本，它和《天方夜譚》一樣，相當受外國人的歡迎。

關於《聊齋》的內容情節及特點，《中國小說史略》一書中，曾對它有允當的評價：

> 雖亦如當時同類之書，不外記神仙狐鬼精魅故事，然描寫委曲，敘次井然，用傳奇法，而以志怪，變幻之狀，如在目前，或又易調改絃，別敘畸人異行，出於幻域，頓入人間，偶述瑣聞，亦多簡潔，故讀者耳目，為之一新。〔註9〕

又言：

> 明末志怪群書，大抵簡潔，又多荒誕，誕而不情，聊齋誌異獨於詳盡之外，示以平常，使花妖狐魅，多具人情，和易可親，忘為物類，而又偶見突，知復非人。〔註10〕

此說明了《聊齋》中之「狐鬼精魅」所佔的地位，以及其表現手法的特殊之處。而此書多藉神鬼變化之奇，反映人世間的故事，也有許多藉具有「人情」之狐妖女子，描述男女真摯情愛的可貴，其浪漫的幻想力和生動的文字描述，應為引人入勝之重要因素。

由《聊齋》的故事來源而論，此書亦包括了一大部分的「民間故事」。王文琛在〈「聊齋誌異」及其作者蒲松齡〉一文中，將《聊齋》故事的來源分為四類：

1、蒲松齡自己搜集的民間故事，這要佔該書的絕大部分。

〔註9〕 參見《兒童文學》，葉詠琍，東大圖書公司，民國75年5月初版，頁19。
〔註10〕 見周作人〈童話略論〉收錄於《周作人全集》，該社編輯部編，藍燈文化事業公司，民國71年11月初版，頁233。

2、別人郵寄給蒲松齡的。

3、蒲松齡根據別人的材料，或從該材料受到啟發，加以潤飾、修改的。

4、蒲松齡自己編造的。〔註11〕

因此，也可以說這是一本創作性濃厚的「民間故事集」，裡面蘊藏了豐富的童話。在《聊齋》裡有很好的童話，有關植物的，如〈黃英〉寫菊花仙子黃英，嫁給一個愛菊的人；〈香玉〉寫一位姓黃的青年和牡丹、耐冬兩位仙子的愛情和友誼，很像歌德的一篇童話〈新的巴黎故事〉。但這篇〈香玉〉並不純然為童話，若能去除內文中親暱相狎的情節，就是一篇饒富美好幻想的童話故事了。

有關動物的：有描寫一隻老鼠和人結婚的〈阿纖〉；寫一個叫魚容的人變成烏鴉，和另一隻烏鴉結婚的〈竹青〉；寫姓薛的青年，娶了叫十娘的青蛙精的〈青蛙神〉。這些童話都有奇幻的情節和不同的主題，如〈青蛙神〉兩次離家出走，第一次離家是因丈夫崑生的無禮，結果丈夫和婆婆病倒，公公代崑生到蛙神廟謝罪，夫妻倆才和好如初，第二次則由於十娘的怠情，不孝順公婆，後來崑生怒責蛙神，導致崑生家失火，蛙神又托夢使鄉人助崑生重建家園，十娘自己也回婆家請罪。不但是非分明，且非常具有人性，是相當好的童話作品。

另有關於仙術魔法、趣味性濃厚的童話：如〈種梨〉寫一個會變梨子的道士；〈翩翩〉寫一個會用葉子剪出衣服、餅、雞、魚等實有之物的女子；〈丐仙〉寫一位火燒不傷的乞丐，都非常富有想像力和趣味性。

在這些童話裡，有美麗的想像，有生活的理想，有人物性格的描寫，同時又往往是符合某種動植物的形態和性情的。因此，我們在搜集古代童話時，千萬不能忽略《聊齋》裡寶貴的童話材料。

關於我國古代的「志怪」、「志人」、「筆記」等，一般人多以「小說」稱之，這類作品確實也具有小說的內容和形式；但也有部分作品具備童話的性質，可視為童話的雛形，甚至可稱為童話者。如唐傳奇中李復言〈定婚店〉，就前人之分類，應稱之為「傳奇」，但月下老人乃屬眾神之一，如同西洋之愛神邱比特，既以神性人物為鋪陳要件，應可稱之為神話，而以童話之觀點論之，〈定婚店〉具有神奇之情節、兒童之趣味，若能將文字稍加改變，定可成為兒童喜愛之童話。

〔註11〕詳見《兒童文學研究》，吳鼎，遠流出版公司，民國78年8月初版十刷，頁9。

又如我國民間常見的剪紙素材中，有一幅「老鼠嫁女」的生動畫面，在民間就有一個關於「老鼠嫁女」的傳說，這個傳說本身也就是一個溫馨有趣的童話故事。所以說，在我國的寓言、笑話、民間故事、神話、傳說……中，蘊藏著豐富的童話。

因此，本論文旨在中國古籍及民間口傳文學中，檢索出具備童話特質之作品，但不以此作品「僅」具童話之單一身份，或可兼具神話、傳說、民間故事……等雙重或多重身份。

神話、傳說、民間故事和童話間，有一特殊之現象，即透過民眾口頭的傳播，在故事的型態和內容上，會有「相互轉化」的現象。《民間文學概論》中曾提及有關「幻想故事和神話、傳說的轉化」問題，其中的幻想故事即指童話。李慕如謂：「幻想故事和神話、傳說的重要區別及其互相轉化的標誌就在於主人公的類型化和故事的時間、地點比較含糊。但是，主人公的類型化，並不等於人物性格的單調。」又言：「這類故事的結構比較完整。它敘述主人公的活動行為，都是有頭有尾的傳記性的或生活史式的，而不是片段的或插曲式的。」〔註12〕

傳說和民間故事通常會在故事之前，說明故事發生的時間或地點，甚至有一確定的歷史人物，而經過長時間的演化或大眾的傳播，故事主角逐漸類型化，如善良的樵夫、狠心的後母、巧媳婦……等，故事的時間、地點則逐漸被忽略，或因說故事者的改變而有訛誤和附會，產生各種不同的說法，但故事仍是完整的，甚至在傳播的過程中，經過修改和潤飾而更加精彩。

反之，故事也可能傳說化。在張志公《故事學大綱》中，就有一段詳細的解釋：

> 故事體裁本來是以通稱的人物、廣泛的背景來發展敘述的，有時人們讓它落腳到一個地方，同具體的人物、確定的地點、實際的風物聯繫起來，具備了傳說的特徵，於是故事傳說化了。例如〈田螺姑娘〉，敘述田螺化作美好女性，同農民結合，創造幸福生活的故事，本是一則典型的童話，可是晉人《搜神後記》中所載的〈白水素女〉，把故事發生的時間確定為「晉安帝時」，說男主人公叫「謝端」，還說螺女回歸天漢後，謝端建祠祭祀，因而至今留下「素女祠」，唐氏皇甫式《原化記》中所載的〈吳堪〉亦敘此事，地點變為「常州義

---

〔註12〕見《兒童文學綜論》，李慕如，復文圖書公司，民國78年3月再版，頁1。

興縣（今江蘇宜興縣）」，男主人公換作「縣吏吳堪」。這就是故事向
傳說轉化的一個典型例子。〔註13〕

除此之外，「牛郎織女」是我國四大傳說之一，但也有許多學者將它列爲「天
鵝處女型」的民間童話題型。所以無論是具有「相互轉化」性質的童話，抑
或是具有「兼容性質」的童話，皆應將之列入「兩棲」的類型來處理較爲適
當，也是「古代童話」值得研究的課題。

　　然而綜觀各類有關童話的研究，可謂著述多方、琳瑯滿目，只是始終未
見有針對「中國古代童話」作一完整有系統的整理與研究。有鑑於此，余不
揣淺陋，嘗試以「中國古代童話」爲題，希望能對中國古代童話之名稱、發
展、定義、特徵、所顯現之特質，以及與其它文類之間相互的關係，作一系
統性之整理及研究，並竭力劃分中國古代童話的故事類型，期能與其它國家
之童話類型加以連線比較，使我國的古代童話邁向國際化，並提供有心從事
童話教育及童話改寫創作者之參考。

# 第二節　研究方法與範圍

## 一、研究方法

　　「童話」在民國初年逐漸受到重視以後，至今已經過七十多年的發展，
但對於童話的概念，仍無較完整而具說服力之著作，因此在本論文的第二章，
首先將童話的概念加以釐清，希望建立基本的童話概念後，再以中國古代童
話的基本特徵來檢索已選定之書籍中的「古籍存在童話」及「民間口傳童話」。
然後將選出之童話加以分類，並藉此分析「中國古代童話的特質」。

　　由於故事類型的分析，是現今民間故事研究之趨勢，如中國民俗學會所
出版的「民間月刊」第二卷第二期「老虎外婆」專號，把同一型式而流傳在
不同地域的故事集合在一起，有河南的〈沃貓精〉、山西的〈狼與女孩子〉、
甘肅的〈吃人婆〉、安徽的〈狼外婆〉、江蘇的〈秋狐外婆〉……，共搜集國
內流傳的類型十九種，且附刊德國、英國、日本、韓國同型之故事。〔註14〕

---

〔註13〕詳見《傳統語文教育初探》，張志公，上海教育出版社，1962 年 10 月第一版，
　　　　頁 88 至 89。
〔註14〕見《中國民間文學概論》，譚達先，木鐸出版社，民國 72 年 9 月初版，頁
　　　　343。

這種將同一類型的故事整理之後綜合發表的形式，已使童話故事的研究較以往更為進步。因此在第三章中，將作較深入之分析。

第四、五章析論童話和神話、傳說、寓言、民間故事、動物故事、筆記小說各種文類之間的關係，譚達先《五十年來的中國俗文學》中曾謂：

> 目今國際學者，已把神話、傳說、故事、笑話、寓言等等如此分類的方式，認為不能把故事嚴格的歸納於一，有的是神話，但也可以說是傳說，或其它；或是故事比較冗長些，它所包含的門類全都有著呢，所以比較新的分類法，不從神話、傳說故事等等來分類，而是就內容所說的事物來分析……。〔註15〕

因此我們應著重於故事本身所呈現的性質傾向，筆者先蒐集各類型的故事，再將故事加以分析、比較、歸納出其應有之屬性，有些性質是單一的，有些則可能同時兼具數種文類的性質，而這些與童話有著密切關係的文類，就必須了解它們的意義和特色，它們與童話表現手法之異同，以及相互轉化或兼容的關係。

附錄中以田野調查的方式，彌補由學術資料單一研究方向的不足，藉以印證──我國現階段「四至十二歲兒童」對於中國童話的閱讀率低於西洋童話的原始想法，並由「年齡、性別、故事類別」三方面來討論調查研究的結果，以提供從事兒童教育、兒童讀物出版者之參考。

最後為本論文所作研究之結論，並提出筆者對於未來童話研究之展望與建議。

## 二、研究範圍

「兒童文學」包括的體裁甚多，童話是其中重要的一種。如果兒童文學撇開童話，便將失去它的光彩。換句話說，在兒童文學的瑰麗園地裡，童話是最鮮豔耀目、引人佇足的花朵，如果沒有了童話，這座五彩繽紛、充滿童趣的花園就會遜色許多。

許多人在童年時，皆曾對童話有過期待和夢想，其中可能包括各類型的童話。以下試列舉幾種較具代表性的分類方式，並加以檢討，藉以釐清本論文的研究範圍。

---

〔註15〕同前註，頁25。

一、趙景琛在〈研究童話的途徑〉一文中，將當代發表的童話，區分為三個研究方向，試簡述其意於後：

1、民間的童話：民間流傳的童話，範圍較為廣泛，在材料方面只求其真實，並不講究它對兒童或他人的影響如何。

2、教育的童話：在我國努力最大，成效也最為顯著。以兒童為對象，所以處處為兒童設想，期使兒童能適當的融化我們所給予的滋養料。

3、文學的童話：此類作品目的在社會，並非以兒童為對象，因而大多在表現作者自我的思想。〔註16〕

接著他又說：「其實說來，凡童話都是文學：民間的童話是原始的文學，文學的童話自然是文學的正宗，而教育的童話又是從二者中取出的，不過因途徑之不同，所以便各有特色」。〔註17〕

「民間的童話」是由民間搜集而來，但仍應考慮它是否適於兒童，若對於兒童有不良之影響者，亦應摒除於外。而「教育的童話」和「文學的童話」，前者是以童話的功能為標的；後者則為作者之創作動機與意識。綜論之，這三個類型的童話，可作為研究之途徑，但並不代表童話的所有類型，在童話的分類上，應該尋求更全面而整體之分類方式。

吳鼎在〈童話與兒童文學〉一文中，將童話分為「純正的童話」和「創作的童話」：

1、純正的童話：大半是自原始社會遺傳下來，或是後世傳說轉變而成的。其特質有二：一為代表原始思想，想像其種種神靈變化之奇，遇有難以解決之問題，輒以神仙為之解決；一為代表民間習俗，就是民間傳說，而確有原始社會禮俗為根據。

2、創作的童話：此類童話完全為教育性的，目的係供兒童閱讀，其價值在發展兒童思考，增進兒童想像，培養兒童道德意識，充實兒童生活能力。〔註18〕

這裡所謂的「純正的童話」，指的是遇到困難，往往藉神仙解決難題的故事和民間故事中，適於兒童的「存在型」童話。〔註19〕「創作的童話」則指

---

〔註16〕詳見《五十年來的中國俗文學》，婁子匡、朱介凡，正中書局，1987年10月，臺初版第五次印行，頁89。

〔註17〕同前註，頁59。

〔註18〕見《兒童文學研究》，吳鼎，遠流出版公司，民國78年8月初版十刷，頁9。

〔註19〕同前註。

人類有了「童話」創作意識之後，專爲兒童而創作的童話，範圍廣泛，包括
各種形式和內容的創作童話。此種分類方式，是以童話的來源和產生的時間
來劃分的，雖然辨認容易，但就童話學來說，似嫌過於簡略。接著，我們來
看看葛琳在《兒童文學——創作與欣賞》一書中之劃分：

1、古典童話：多自民間故事中取材，但根據兒童心理與觀點，重新加以
　　估量，加以構思的想像故事。如：貝洛爾的〈灰姑娘〉。

2、藝術童話（或文學童話）：此類童話大多憑作家的才華，把豐富的想
　　像，奔放的情感，優美的情操，灌注在童話裡。如：王爾德的〈快樂
　　王子〉。

3、現代童話：由於社會的變遷，科學的發展，及教育思想的改進，使童
　　話的內容及表現的方式，都有日漸豐富的趨勢，而此類童話的最大特
　　色是「故事的情節是想像的，而創作的手法是寫實的」。如：懷特的〈蜘
　　蛛與小豬〉。〔註20〕

　　這裡的古典童話指取材於民間的故事，在改編改寫之後，使之成爲充滿
想像力，適於兒童的故事；而藝術童話和現代童話則屬於創作，亦具有豐富
之想像力，但前者較沒有時代的限制，後者則以現代的寫實手法之創作爲主。
如：王子、公主之類的童話屬於「藝術童話」的部分；而懷特的〈蜘蛛與小
豬〉（或譯爲〈夏綠蒂的網〉），描寫一隻天眞的小豬，與一隻溫柔、通達事理
的蜘蛛間的感人友誼，具有寫實的意義，則屬於「現代童話」的範疇。

　　此種分類方式是以西洋童話爲主要對象，若拿來套用於中國童話，並不
完全適用。因中國完全以「兒童」爲對象而創作的童話，時間較西洋童話晚
了許多，幾乎與「現代童話」中的寫實特性難以區分，歷代文學中的「存在
型童話」又近似於「古典童話」的範疇，因此中國就無葛琳所說的「藝術童
話」了。

　　晚近大陸童話作家洪迅濤在《童話學》一書中，對童話範圍作如下的分
類：

1、古典童話：包括在我國歷史文學作品中，有童話特徵的，適合兒童閱
　　讀的作品。

2、民間童話：包括在我國各地廣泛流傳，有童話特徵的，適合兒童閱讀
　　的作品。其中，有一部分已經記錄整理成文字，有一部分還在民間口

〔註20〕見《兒童文學創作與欣賞》，葛琳，康橋出版公司，民國75年元月再版，頁7。

頭傳誦，尚未整理記錄成文字。

　　3、創作童話：包括現代作家為兒童創作的各種形式、風格的童話作品，
　　　其中也應該包括那些以神話、民間傳說作材料，發展創作而成的新童
　　　話，或者仿神話、仿民間傳說寫成的新作品。〔註21〕

　　此種分類方式，完全以中國童話為考慮對象，其中的「古典童話」指的
就是「存在型」的童話；「創作童話」則包括兩個主要部分：一為現代作家自
創的童話，一為改編或模仿古代神話、民間傳說的童話。

　　而「民間童話」的意義及範圍則較為含糊。因「民間童話」雖然流傳於
民間，較難確定其產生的年代，但大體上來說，民間童話的類型和故事來源，
和「古典童話」相當類似，而民間童話經過廣大群眾傳播所產生的變異性，
又近似於「創作童話」中，以神話、民間傳說作材料，改編改寫的新童話。
因此，筆者認為無論「古典童話」或「民間童話」，都應包含「民間口傳的童
話」。現代童話則有更繁複、更科學的分類方式，因非本論文之研究範圍，故
在此不作討論。

　　本論文主要討論「古典童話」和「民間童話」部分，但在分類上，為了
訂定更明確的範圍，將以清代為斷，清代以前即已存在之童話作品，稱之為
「古代童話」；而古代童話依故事的存在方式，又可分為「古籍存在童話」及
「民間口傳童話」。

　　「古籍存在童話」是指清代以前的童話作品中，適於兒童閱讀，具有童
話特徵的部分；「民間口頭童話」指流傳於民間的童話作品，因其具有廣泛之
變異性，難以斷定其形成年代，但也有許多與古籍存在童話相類似之故事母
型，並且在清代以前已具雛形之童話作品，筆者在搜集的過程中，儘可能辨
別產生於清代之前的作品，統稱為「民間口傳童話」。

# 第三節　研究材料

　　兒童故事和童話的對象都是兒童。在中國古籍中，早有專為兒童編寫的
故事書，最具有代表性的兩類分別是：

　　1、名物掌故：這是最早出現的一類，以介紹常用的典故、成語中所包含

---

〔註21〕見《童話學》，洪迅濤，富春文化事業公司，1989 年 9 月，臺北第一版，頁
　　　163。

的故事出處為主。

2、人物故事：以介紹歷史人物故事為主，大致起於元代。

這些故事包羅萬象，但在性質上，與童話有很大的差異。目前有很多從事兒童文學創作的作家或出版商，對於童話的性質並不能充分領略，為避免紛爭，便將適於兒童閱讀的故事，籠統地稱為「兒童故事」，事實上，童話和兒童故事，無論在範圍上，或是表現手法上，皆有很大的差別：

1、在範圍上

兒童故事的範圍較廣，它可以包括歷史、文學、風俗、異聞……等各類型故事中，適合兒童閱讀的部分。在我國古代童蒙書籍中，就有一種「掌故類」的兒童故事，使用對偶押韻的句子，使兒童便於誦讀，與現代的散文敘事故事稍有不同。此以掌故來編寫蒙書，每一句包含一個歷史人物或傳說人物的故事，而整體內容，當然由老師作口頭講述。如此一來，不但達到識字的目的，同時也增長了兒童的知識。此法濫觴於唐代的《兔園策府》，創始於李翰的《蒙求》，最後發展為明清以下廣泛流行的《龍文鞭影》、《幼學故事瓊林》。

對於童話則有較多的限制，必須符合幾項童話的基本特徵，最重要的是要具有幻想性，表現異於現實生活限制的情節，能吸引兒童閱讀的興趣，才能稱之為童話，如《二十四孝》中，所有的故事都可以稱之為「兒童故事」，皆具有教導兒童孝順的正面意義，但其中可稱為童話的，卻寥寥可數，如〈董永賣身葬父〉、〈郯子扮鹿取奶〉、〈孟宗哭筍〉、〈臥冰求鯉〉，在這些故事裡，蘊含了神奇的情節，所以具備了童話的特徵，方可稱之為童話。

2、在表現手法上

兒童故事大多以「教育」性質為主，以直接敘述的方式，描寫古今中外忠孝節義、刻苦勤學、兄友弟恭…等勸善性質的故事，大多不考慮故事本身的趣味性及表現手法，而且多為真實的事蹟，如歷代名人故事之類。

然而童話本身亦具有教育性，但仍要兼顧其它因素的配合，如幻想的情節、誇張的想像、擬人的表現手法……等，才能稱之為童話。如元代虞韶的《日記故事》中，有一則家喻戶曉的故事——〈鐵杵磨針〉，敘述李白讀書無所成即拋棄書本，到處遊蕩，後來由想要將鐵杵磨成繡花針的老婆婆身上，得到了啟示。這是一篇寓言，也是一篇很好的兒童故事，但是絕不是一篇童話。除非在李白遊蕩的過程中，加進一些神奇的遭遇，或將其心路歷程加以

誇張化、趣味化的鋪敘，方可成為一篇富有教育性及趣味性的童話。

　　筆記小說是古代短篇小說的一種。在歷代文學作品中，佔有相當的數量，其中記雜事、瑣聞的筆記，無論敘事、抒情、說理、寫景，皆可不受形式之限制，因此產生了許多風格獨特的優秀作品。而這些作品中，也有許多是適於兒童閱讀，足以引發兒童閱讀興趣，充滿奇異的幻想。若能慎加選擇，不但能增加兒童的想像力，增廣兒童見聞，也有助於兒童對現實社會的了解。

　　中國歷代筆記材料豐富，因此我們要由筆記小說中，選出適於兒童閱讀，且具有童話特徵的「筆記小說」，就必須了解「筆記」的分類。劉葉秋在《歷代筆記概述》中，將魏晉至明清的筆記，大致分為三大類：

　　　第一類，小說故事類的筆記：始於魏晉，迄於明清的志怪、軼事小說，
　　　　　從晉干寶的《搜神記》、南朝宋劉義慶的《世說新語》到清紀昀的
　　　　　《閱微草堂筆記》、王晫《今世說》等，皆屬於此類。

　　　第二類，歷史瑣聞類的筆記：始於魏晉，迄於明清的記野史、談掌故、
　　　　　輯文獻的雜錄、叢談，從晉人偽託漢代劉歆的《西京雜記》、唐代
　　　　　劉餗的《隋唐嘉話》、李綽的《尚書故實》到清代王士禎的《池北
　　　　　偶談》、褚人穫的《堅瓠集》等，皆屬於此類。

　　　第三類，考據、辨證類的筆記：始於魏晉，迄於明清的讀書隨筆、札記，
　　　　　從晉代崔豹的《古今注》、唐代封演的《封氏聞見記》、宋代沈括
　　　　　的《夢溪筆談》、戴埴的《鼠璞》等，到清代錢大昕的《十駕齋養
　　　　　新錄》、孫詒讓的《札迻》等，皆屬於此類。〔註22〕

　　這裡的第一類即所謂「筆記小說」，內容主要是情節簡單，篇幅短小的故事，其中有的故事略具短篇小說的規模。二、三兩類則包括天文、地理、文學、藝術、經史子集、典章制度、風俗民情、軼聞瑣事以及神鬼怪異、醫卜星相等等，幾乎無所不包，內容極為複雜，大多是隨手記錄的零星材料。這兩類只能稱作「筆記」，不宜稱為「筆記小說」。但如此分為三類，仍難周密，因為筆記一體，本以「雜」見稱，一書之中，往往兼有各類。

　　由以上之敘述，我們可以了解到所謂的「筆記小說」，大抵以「小說故事類的筆記」為主，因資料繁雜，故以朝代為序，逐一舉例，當可提供後續研究者之參考：

　　魏晉志怪筆記：《博物志》、《搜神記》及其它

────────────

〔註22〕見《正代筆記概述》，劉葉秋，木鐸出版社，民國 76 年 7 月初版，頁 66－67。

南北朝志怪筆記：《異苑》、《續齊諧記》、《拾遺記》及其它

唐代傳奇集與雜俎式筆記：《玄怪錄》、《甘澤謠》、《酉陽雜俎》及其它

宋代志怪傳奇與雜俎式筆記：《稽神錄》、《夷堅志》及其它

金元筆記：《續夷堅志》、《誠齋雜記》、《瑯嬛記》及其它

明代志怪傳奇與軼事式筆記：《涉異志》、《剪燈新話》、《何氏語林》及其它

清代筆記：《聊齋誌異》、《閱微草堂筆記》、《今世說》及其它

「筆記小說」之特點，由形式和內容來看，有以下兩個特點：

以內容論，主要在於「雜」：不拘類別，有聞即錄。

以形式論，主要在於「散」：長長短短，記敘隨宜。

因此，凡是較為專門的著作，一概不錄。在選擇「古代童話」時，亦應取其長而避其短，取其「雜」所呈現之多樣性，使童話之題材更加豐富，亦避「雜」可能產生之主題不章、結構紛亂，如此，定能選出極精采而可貴之童話。

歷代筆記小說中，蘊含非常豐富的童話，如干寶《搜神記》中的〈盤瓠〉故事，內容寫帝嚳時戎吳作亂，帝嚳下令懸賞能取戎吳將軍首級之人，即賜以少女，後名「盤瓠」之犬竟銜戎吳之頭歸，帝欲食言，少女則以為帝不宜負明約於天下，遂從盤瓠上南山。蓋經三年，產六男六女，自相配偶而為夫婦，後王賜以名山廣澤，號曰蠻夷。

又如《搜神後記》中之〈楊生狗〉，晉人楊生養一狗，甚愛憐之，行止與俱。有一次，楊生醉臥草叢，不意竟起火燃燒，風勢極強，狗喚不醒楊生，於是自入水中，再以溼身遍灑楊生周邊之草，草皆沾濕，楊生始逃過一劫；後楊生又因夜行，不慎墜入空井中，狗呻吟徹曉，行人警覺才將楊生救起，但要求以狗相贈，楊生初不肯，狗以目示意，方許之，後經五日，狗又自行走歸。

在中國古籍中，蘊含了豐富的兒童文學素材，有的屬於兒童故事，有的則屬於童話，其中有些已具備童話之特質，是很好的童話作品，有些則如璞玉般，只要稍加修飾或改寫，甚而踵事增華，即可成為造境奇幻、想像力豐富的優美童話。然因中國古代童話，尚無系統性之論述和整理，大多仍將古代的童話作品，依附於民間故事之中，因而忽略了這些可貴的童話資產，殊為可惜。如譚達先所言：

就較遙遠的古代來說，如《莊子》、《列子》、《韓非子・說林》、《山海經》、《書經》、《左傳》、《穆天子傳》、《淮南子》、《搜神記》、《述異記》、《笑林》等，都有神話、傳說、寓言、笑話的作品紀錄，有的是完整的，有的是片段的。就宋代以後來說，如宋代李昉等所撰的《太平御覽》和《太平廣記》，明代馮夢龍的《廣校府》、《三言》，凌蒙初的《二拍》，也搜集、記錄下一些可貴的民間故事。〔註23〕

這裡只說明古籍中有許多神話、傳說、民間故事、寓言、笑話等作品。事實上，在這些作品中，也有許多是具有童話特質之作，適於兒童閱讀。因此，筆者在搜集資料時，首先針對目前坊間可見之中國童話故事進行了解，大致掌握古代童話被發掘或改編的情況之後，繼而選定篩選之書籍，如：《唐前志怪小說輯釋》、《中國古代寓言選》、《中國民間故事選粹》、《民間文學詞典》、《中國民間童話研究》、《中國民間寓言研究》、《中國仙話》、《搜神記》、《搜神後記》、《聊齋誌異》……等等。因古籍浩繁，遍覽不易，謹以部分選定之作品，作為論證之實例與說明依據，掛一漏萬，必有不少，求全之作，則有待後續之努力。

另外，在佛經故事方面，大多為譯自印度的勸善童話，較不具本土性，然而經過譯者的改寫，或是經過長時期的演化，對於已中國化之童話故事，亦可納入中國古代童話之範圍。又如唐代孫頠《幻異志》中的〈板橋三娘子〉，以藝術風格而言，有人認為是從《天方夜譚》中，人變畜類的故事變化、發展而成的；而我們所熟悉的明代馬中錫《中山狼傳》中的〈東郭先生〉，也有人認為是淵源於蘇聯、西亞一帶流傳的《朋友是很容易忘記的嗎？》的故事。〔註24〕姑且不論這些故事之間相互影響的關連性，這些已被中國化的故事，如果具有中國古代童話的特質，則應可視為中國童話；而佛教故事或佛教童話則應另立一類，以突顯其特異性，實亦值得深入研究，惟以課題繁重，囿於時限與學養，暫不作討論，他日當戮力焉。

---

〔註23〕見《中國民間文學概論》，譚達先，木鐸出版社，民國 72 年 9 月初版，頁343。

〔註24〕同前註。

# 第二章　童話的概念

　　在過去物質生活貧乏的年代裡，人們大多爲求生存而奮鬥，忽略了兒童
的獨立性。而中國更因「以農立國」，需要眾多的勞動人口，許多兒童都是在
勞動中學習成長，就算有良好的經濟環境，亦多以「蒙以養正」的教育爲主，
童蒙教育則缺乏「兒童文學」的精神。

　　由周作人的《兒童文學小論》序文中，可知《童話略論》、《童話研究》是
民國二、三年間所寫，文中已出現「兒童文學」的用詞。當然，也有「童話」
一詞，將「兒童文學」和「童話」的使用，又提前了幾年。《童話略論》云：

　　　童話者，原人之文學，亦即兒童文學。〔註1〕

　　邱各容《兒童文學史料初稿》則認爲：「『兒童文學』一詞早在民國九年
就已經正式使用。」〔註2〕無論是民國九年或十二年，在此一階段，已有「兒
童文學」之名。從此，兒童可以享有更多的權益，兒童文學的種子，也得以
發芽茁壯。

　　民國十三年（1924 年），日內瓦發表了「兒童權利宣言」，說明兒童是需
要特別保障的。到了民國四十八年（1959 年），聯合國大會正式通過「兒童權
利宣言」，使兒童受到完全的尊重，脫離成人的從屬地位而獨立。由於兒童本
身受到重視，於是有關兒童知識灌輸與精神養護的讀物，也就應運而起，「兒
童文學」的專名，亦隨之而生。〔註3〕

---

〔註 1〕 參見《敦煌兒童文學》序文，雷僑雲，學生書局，民國 74 年 9 月初版。
〔註 2〕 參見《兒童文學史料初稿》，丘各容，富春文化事業公司，1980 年 8 月臺北第
　　　　 一版，頁 192。
〔註 3〕 見《周作人全集》，該社編輯部，藍燈文化事業公司，民國 71 年 11 月初版，

由以上之敘述可知，「兒童文學」名稱的確立已行之有年；但截至目前為止，對於兒童文學的重要門類——「童話」，還沒有一本兒童史或文學史寫過世界童話的發展。那是因為世界各國還沒有統一的童話概念，沒有童話概念就沒有童話這一門類，沒有童話門類，自然沒有童話史。〔註4〕甚至有許多國家連「童話」這個特定的詞也沒有，而以「民間故事」、「魔法故事」、「仙子故事」、「幻想故事」、「神仙故事」來概括總稱。日本雖有「童話」一詞，但概念與我們的「童話」亦不盡相同。

由於我國專為兒童創作的文學作品，是在民國建立以後的事，而有關「童話」的理論，更與童話發展的「西洋童話」息息相關。因此在談中國童話時，不能忽略西洋童話對中國的影響。以下，依中外學者對中西童話的名稱、起源、發展和定義等問題，分節討論於後。

# 第一節　童話的定義

「今天的童話，是在過去童話的基礎上，發展起來的。」〔註5〕不僅「童話」如此，中國的兒童文學作品亦非異軍突起，乃經過長期的累積和發展而成。因此，要創作童話，就要熟悉我國過去童話的精義，才能創作出富有民族精神的中國童話。但是我國古代並無「童話」的名稱，當然也沒有專為「童話」寫作所訂定的標準。所以，我們必須藉著「中國現代童話的定義」，逐步探討「中國古代童話的定義」。

## 一、西洋童話的定義

「中國現代童話」發展之初，多以翻譯外國童話作品為尚，故對童話的理解，亦多借鏡於西方的童話理論。因此，要談「中國古代童話的定義」必須先談「中國現代童話的定義」，要談「中國現代童話的定義」，又必須先了解「西洋童話的定義」，以下將逐一討論之。

張劍鳴在〈童話的涵義〉一文中，關於西方學者對童話的定義，有非常精闢的解說，首先，他引用美國兒童讀物研究專家狄奧雷（Ollie Depew）所著的

---

　　　頁 233。
〔註4〕詳見《童話學》，洪汛濤，富春文化事業公司，1989 年 9 月臺北第一版，頁
　　　244。
〔註5〕同註4，頁 224。

《兒童文學》（Children's Literature），爲「童話」（Fairy Tales）作以下的界說：

> 童話所呈現的是一個具有傳奇性（Romantic）和完整性（Idealized）
> 的幻想世界。在這個世界裡沒有明確的時限，故事的開端多半是「從
> 前的時候」；也沒有明確的地點，故事的開端可以是「從前有一個小
> 國」。它是一個不合邏輯（Illogical）的世界，例如仙子、法師、小
> 精靈，和可以把人變成野獸，使人長眠；或沒有生命的東西會有思
> 想，野獸會用人的語言說話等。它也是一個不眞實（Unreal）的世
> 界；因此任何困難的問題都可以用魔法解決，所以在這個世界裡沒
> 有眞正的問題存在，其結尾總是圓滿的。〔註6〕

在這段文字中，我們可以歸納出以下幾點：

1、童話是具有傳奇性和完整性的幻想世界，但故事沒有明確的時間或地
　　點。

2、童話可以是個具有魔法的世界。

3、在童話的世界裡，沒有眞正的困難，結局總是圓滿的。

然而對西洋兒童文學有相當研究的葉師詠琍在《兒童文學》一書中，也
對童話作了以下的詮釋：

> 童話是兒童文學中的一朵奇葩，它是小說的體裁，卻有詩的魅力。它
> 以現實生活爲基礎，用符合兒童想像力的奇特情節，編織成一極富幻
> 想色彩的故事，總是帶著強烈的誇張、神奇夢幻般的優美姿態，進入
> 孩子的心田，給他們天眞無邪的生活，抹上一筆異彩和奇趣。〔註7〕

另外，張劍鳴又根據美國兒童讀物專家狄奧雷（Ollie Depew）和美國兒童
文學家艾布絲諾特（May Hill Arbuthnot）兩人對童話的分析，歸納出以下的童
話意義：

> 童話就是具有傳奇性和完美性的幻想故事。它的特色是情節的安排
> 和人物的造型都非常奇特。雖然它是不合邏輯的，不眞實的；但是
> 詩意化的風格，和故事中所貫串的公正、仁愛，卻表現了童話的主
> 旨是在追求至善之美。〔註8〕

---

〔註6〕見張劍鳴〈童話的涵義〉，收入《兒童讀物研究》，小學生雜誌社，民國55年
　　　　5月初版，頁72。

〔註7〕同註4，頁113。

〔註8〕同註6，頁73。

這是非常獨到的見解，不僅說明了西洋童話的特色，也將西洋童話的精神——「詩意化的風格」和「故事中所貫串的公正、仁愛」，下了一個最鮮明的註腳，綜觀西洋童話的優秀作品，也大多能兼顧這兩項特色。因此張劍鳴的「童話的涵義」，應該是目前所見的西洋童話定義中，最恰當而完整的解釋。

## 二、中國現代童話的定義

中國的童話理論經過長時間的摸索，同時也藉由翻譯外國童話得來的經驗，逐漸有了屬於「中國童話」的界義。茲列舉幾種簡潔又具代表性的說法，以作參考。

首先，我們來看看辭書中的說法，中華書局所出版的《辭海》載：

> 特爲兒童編撰之故事。大抵憑空結構，所述多神奇之事，行文淺易，以興趣爲主。教育上用以啓發兒童的思想，而養成其閱讀之習慣。
> 〔註9〕

在海峽兩岸新進具代表性的辭書中，民國七十四年由台灣三民書局出版的《大辭典》，解釋「童話」一詞：

> 兒童文學的一種。專爲兒童編撰的故事。依兒童心理，敘述奇異之事，文字淺易，以興趣爲主，並具啓發性。〔註10〕

一九九一年十二月上海出版的《漢語大詞典》，對於「童話」一詞之解釋：

> 兒童文學的一種。淺顯生動，富於幻想和誇張，多作擬人化描寫，以適合兒童心理的方式反映自然和人生，達到教育的目的。〔註11〕

這裡強調「兒童」爲童話的主要對象，且內容多含「神奇」之情節，文字淺顯，具有趣味性及教育性。這是由閱讀對象來考慮的，若要兼顧偏重「口傳」的民間口傳童話，則可將「行文淺顯」，改爲「語言文字淺顯易懂」，更符合童話的實際情況。

接著，我們來看看被稱爲「兒童文學理論導師」的吳鼎，在《兒童文學研究》中之釋義：

> 童話是兒童文學的一種體裁，和小說、故事一樣的具有組織，含有

---

〔註9〕見《辭海》「童話」詞條，中華書局。
〔註10〕見《大辭典》「童話」詞條，三民書局，民國74年8月初版，頁3503。
〔註11〕見《漢語大詞典》「童話」詞條，漢語大詞典出版社，1991年12月第一版，頁392。

> 趣味的情節，雖然有些地方要借重於自然的力量，但也都是近於事
> 實，合於人情的。其內容則充滿興趣，能啓發兒童想像力，增進兒
> 童思考力；這裡面有眞有善有美，對於兒童的觀念、感情，具有一
> 種潛移默化的作用。〔註12〕

所謂「具有組織」就是具有故事性，而且具有趣味性，能啓發兒童的想像力，
且能給予兒童「眞、善、美」的人格薰陶。這裡所說的「有眞有善有美」，恰
與張劍鳴所說的：「童話的主旨是在追求至善之美」相符合。

　　最後是黑龍江少年兒童出版社的《童話辭典》中，對「童話」所作的解
釋：

> 童話：兒童文學特有的體裁。供少年兒童閱讀的幻想性敘事文學，
> 具備人物、事件、環境三要素，利用魔法和寶物，運用神化、擬人、
> 擬物、變形、怪誕、誇張、象徵等手法去塑造超自然的形象，具有
> 異常和神奇的審美特徵，故事性強，富於兒童情趣。……童話通過
> 幻想塑造形象，不是直接地而是曲折地表現生活，反映生活，創造
> 出虛構的幻想世界。童話具有幻想性、現實性、假定性、情感性、
> 正義性、民族性。〔註13〕

這裡不但說明了童話多樣化的表現手法，也說明了童話所具有的特徵，可說
是對「中國現代童話的定義」，作了相當完整而正確的敘述。綜合以上諸家之
說法，童話應該是充滿幻想性和趣味性的敘事文學，在人物和情節上，不一
定要複雜多變，但必須有嚴謹的布局，並有一定的主題意識，以達到完整的
故事性；可以通過幻想塑造人物形象和背景，但要合乎邏輯，不違背自然界
原有的物性。

## 三、中國古代童話的定義

　　古代童話可分爲：古籍存在童話和民間口傳童話。至於什麼是「古代童
話」？古籍存在童話和民間口傳童話的區別又如何呢？在《童話辭典》中，「古
代童話」解釋道：

---

〔註12〕見吳鼎的〈研究兒童文學與材料的搜集〉，收教《兒童文學研究》〈第一集〉，
　　　　謝冰瑩，中國語文月刊社，民國66年7月再版，頁241。
〔註13〕見《兒童辭典》，張美妮等編，黑龍江少年兒童出版社，1989年9月第一版，
　　　　頁1。

> 古代童話：在古代的神話、傳說、寓言，以及古代的文學古籍中，
> 有童話特徵的、適合少年兒童閱讀的作品，通稱為古代童話。……
> 古代童話有文字記載及整理，民間童話則流傳在口頭；由於古代童
> 話為文人所記所作，所以在不同程度上具有雅文化的特徵，不完全
> 等同於俗文化的民間童話。〔註14〕

在這裡不論是「古籍存在童話」或「民間口傳童話」，都具有一項非常重要的
特點：除了要具有童話特徵之外，還必須要適合兒童閱讀。亦即應以「兒童」
為主要閱讀對象，無論著重在教育性、幻想性或趣味性，都要以「兒童的教
育」、「兒童的幻想」、「兒童的趣味」……為主，非附屬於成人之作。

　　「中國古代童話」除了要適合兒童閱讀之外，還有一個極為顯著的特徵：
具有「幻想性」。在前面「童話的名稱」一節裡，我們曾經說過：「幻想故事」
和「魔法故事」都是「民間口傳童話」之異稱，只不過其中又混雜了「古籍
存在童話」。

　　以下，我們透過學者對「幻想故事」和「魔法故事」的解釋，說明「中
國古代童話」的「幻想性」：

　　陶立璠在《民族民間文學理論基礎》一書中言：「魔法故事，又稱為魔術
故事或民間童話。」又說：「魔法故事的內容大都是反映現實生活的，但它又
不是現實生活的摹寫，而是通過超現實的幻想，構成新奇的情節，通過幻想
來表達各民族人民在現實生活中，不可能獲得的理想。」〔註15〕接著又說：

> 魔法故事的鮮明特色，如對勤勞、善良、正直品質的讚美，對剝
> 削者、壓迫者、壞蛋的貪婪行為的揭露、鞭打，對幸福、美滿生
> 活的熱烈嚮往與追求等，所有這些思想不是通過一般的人物、事
> 件、情節來表達，而是借助於魔法，一種人為的幻想方式來表達。
>
> 〔註16〕

這裡說明了「幻想」在童話中的功用，人們將現實生活中的不滿或生活中的
願望，體現在童話的內容中，並借神仙或寶物的「魔法」，助其完成這些幻想，
因此可知「幻想」對童話的重要。

---

〔註14〕同註13，頁11。

〔註15〕見《民族民間文學理論基礎》，陶立璠，中央民族學院出版社，1990年12月
　　　　第一版，頁240。

〔註16〕同註15。

鍾敬文在《民間文學概論》中也說：「幻想故事（有人也叫『童話』）是幻想性較強的民間故事。」又言：「幻想故事是以具有豐富的想像成分為特色的，它往往充滿浪漫色彩。在這些故事裡，出現的人物、情節、事物等，大都帶有超自然的性質。」〔註17〕

綜合以上各家說法，中國古代童話是具有幻想性的兒童故事，因兒童正處於學習成長的階段，古代童話應具有正面的教育意義，但必須「寓教於樂」，兼重其趣味性，方可吸引兒童的佇足。然而在選擇中國古代童話時，若要做到以上各點的要求，恐怕是鳳毛麟角、吉光片羽了，只有少數幾個能達到這個標準，故應慎重地過濾和選擇。

# 第二節　童話的名稱

## 一、西洋的童話名稱

在西方國家裡，「童話」的發展很早，但對童話名稱的使用卻很不一致，有些稱為「仙子故事」、「神仙故事」，也有些稱為「魔法故事」、「幻想故事」，也有人概略地稱之為「民間故事」，原因何在呢？這要由早期的童話來源談起，早期的童話並沒有統一的名稱，此與文學上文體發展之現象相符，最初並未預立專名，只有籠統之範圍，待逐漸成形後，方以某文類相稱。

在西元一六五七年，意大利喬凡尼所編的民間故事集出版，收集了民間故事五十篇，其中已有「白雪公主」、「灰姑娘」和「小紅帽」等有名的故事，成為後人研究、改編改寫的基礎。從此以後，搜集這一類故事的人愈來愈多。不但大人喜歡看，孩子們也喜歡聽。不過，大人管這些故事叫「民間故事」，孩子們則叫 Fairy tales。〔註18〕

喬凡尼的故事集是由民間搜集來的，但在編輯之初，亦未以兒童為主要對象，因而在文字敘述上，可能並不完全適於兒童；但出版後，經由大人的轉述，受到孩子們的歡迎，因而在名稱上，有「民間故事」和「Fairy tales」的差異。而英文的 Fairy tales 又該如何解釋呢？朱傳譽謂：

〔註17〕詳見《民間文學概論》，鍾敬文，上海文藝出版社，1980 年 7 月第一版，頁205。

〔註18〕見朱傳譽〈童話的演進〉，收入《兒童讀物研究》，小學生雜誌社，民國 55 年 5 月初版，頁 40。

> 童話的英文名詞叫 Fairy tales。實際上 Fairy 一詞，是借用自法文的
> f'ee，專指法國超自然的生物。就字源來講，這個字又是借用自中古
> 的拉丁字 fatave，釋作「施魔法」（to enchant），古拉丁字為 fatum，
> 釋作「命運」（fate）。這些觀念和超自然的生物相合，就變成了童話
> 中各色各樣的主人公，有時候是小而可愛的仙子，有時候是老而醜
> 的女巫，有時候是會法力的聰明女人。〔註19〕

其中所謂的「超自然的生物」，依一般人的理解，大多會認為是神仙鬼妖之類，甚至現代人所謂之幽浮，此等皆超出科學可解釋之範圍。但我們可以分別由宣誠和許義宗的文字敘述裡，得到更進一步的了解：

> 「童話」一辭之德文為 Das Marchen，其解釋為：「童話係出自想像
> 力而成之故事，神奇而非真實之事件與人物——諸如妖魔、巨人、
> 會說話的動物等等——利用固定的主題與型式的轉變；其結局常是
> 滿足的，有善惡到頭終有報的因果之說，因而特別適宜於兒童的閱
> 讀。」〔註20〕

在這裡，童話的特有人物可分為兩種類型：一為想像中的生物，如妖魔、巨人等；另一為實有的生物，但具有超越自然本性之異能，如擬人化之動植物。透過這些特殊人物之塑造，發展故事之內容或增加情節之變化。

> 在北歐神話裡，以「神之王」之稱的歐丁（Odin）開始，還有很多
> 各式各樣的神，以及跟神為敵的巨人、矮人、妖精等等，他們時而
> 變成人類的朋友，時而又變成人類的敵人。以上這種神、巨人、矮
> 人、妖精等隨著時代的演進，流傳到各國的童話裡，而和基督教的
> 信仰，以及愛的故事等融合在一起了。〔註21〕

根據許義宗的解釋，同樣具有「想像」和「實有」兩種不同類型之人物，但他又加進了「神」，並與人有密切之關連。由此可知，童話中「超自然的生物」，可以包括神仙、妖精，想像的或富有異能之生物。因此，也有人將這類型的故事稱為「仙子故事」、「神仙故事」，這是由故事中的人物來命名的；也有人稱之為「魔法故事」、「幻想故事」，則是由故事的情節來命名的。

---

〔註19〕同註5，頁49。

〔註20〕見宣誠〈德國的童話和童話作家〉，收入《兒童讀物研究》，小學生雜誌社，民國55年5月初版，頁163。

〔註21〕見《各國兒童文學研究》，許義宗，三民書局，民國74年5月初版，頁109。

　　但在西洋童話發展的初期，大多數學者仍以「民間故事」統稱之，主要是因為早期的童話作家，如：法國的貝洛爾、德國的格林兄弟、丹麥的安徒生……等，這些對西洋童話發展極有貢獻且享有盛名的童話作家，他們的童話作品大多由民間故事中取材，再加以改編改寫，使之成為適合兒童閱讀的作品並傳誦千古。

## 二、中國童話的起源問題

　　我國古代沒有「童話」這個名稱，根據現有資料，宣統三年的二月，也就是西元一九〇九年，孫毓修創辦《童話》，這是中國第一次出現「童話」這個名詞，而孫毓修所寫的〈無貓國〉則開創了童話創作的先例，自此，中國便沿用了「童話」這個名稱。不過以現代的童話觀念來看，這篇〈無貓國〉是不是符合童話的特質和條件，仍是有待商榷的。

　　關於中國「童話」名稱的起源，也有主張由日文翻譯而來。周作人《童話評論》謂：

> 童話這個名稱，據我知道，是從日本來的。中國的《諾皋記》裡雖然記錄著很好的童話，卻沒有什麼特別的名稱。十八世紀中日本小說家山東京傳在《骨董集》裡才用童話這兩個字，曲亭馬琴在《燕石雜誌》及《玄同放言》中又發表了許多童話的考證，於是這名稱可說已完全確立了。〔註22〕

這裡說明了我國古代雖已有「童話」存在，但並無「童話」的專稱，「童話」一詞是由日本翻譯借用的。大陸學者劉守華在《故事學綱要》中亦言：

> 我國古代沒有「童話」這個名稱，它是本世紀初從日本直譯過來的。五四新文化運動中，文化界出於對兒童教育的關注，譯述外國「童話」蔚成風氣。後來一些學者發現這故事不但我國古代許多搜奇志怪的書上早有記載，而且在山野間農民的口頭上還廣為流傳著。〔註23〕

在這段敘述中，雖然肯定童話的名稱是由日本直譯而來，但並未說明日本「童話」的定義和範圍，與當時中國的童話界說是否相同。故僅可確定兩國在當時皆已使用「童話」的名稱，但不知被借用後的「童話」，意義是不是也跟著

---

〔註22〕同註4，頁25。
〔註23〕見《故事學綱要》，劉守華，華中師範大學出版社，1988年10月第一版，頁25。

有所差異了。對於名稱的借用問題，洪迅濤在《童話學》中則持相反意見，且對周作人的說法提出以下的反駁：

1、我們至今未能找到那本《骨董集》。但有的文字中說，《骨董集》問世於一八一四年，但其中並無「童話」此詞，而只是「昔話」（むかしばなし）。「昔話」是從前的故事，不能說是「童話」。

2、關於《燕石雜記》和《玄同放言》這兩本書，有的文字中說，《無石雜誌》問世於一八一○年，其中也沒有「童話」此詞，而只有「童物語」（わろべものがたり）。「童物語」也就是「兒童的故事」，並不是「童話」。

3、近出日本上笙一郎在《兒童文學引論》中提出，一八九一年岩谷小波所寫的〈黃金號〉，是日本最早出現的兒童文學作品。但此類幻想故事稱之為「御伽新」，到了大正年代（1912 年），《赤鳥》雜誌出現，才被認為是「使用治時代的『御伽新』演進為童話」，並把《赤鳥》稱為「童話雜誌」。〔註24〕

也就是說，日本在過去將此類幻想故事稱為「御伽新」，到了大正年代才開始命名為「童話」。而大正年代比周作人所說的年代要晚得多，因此，「童話」這個名稱，不可能是從日本轉借過來。尤其洪迅濤之駁斥言之鑿鑿，確實較有根據，但亦未提出「童話」一詞是日本由中國轉借之說法。

以上的說法雖各執一詞，但無論是中國的「童話」或日本語的「どうわ」，初期的「童話」和現在的童話概念皆有很大的差異，皆以「童話」來統括所有的兒童文學作品，不但包括小說、故事，還包括劇本、詩歌。但經過了多年的發展，日本的「どうわ」和中國童話的範圍已有顯著的不同，日本現在的「童話」，仍然包括一部分的小說、故事；而我國的童話已有了較進步而明確的定義和範圍了。

所以說，就「童話」的名稱而言，不管它是轉借於日本，或是由中國首創，現在都可說是中國式的名詞，有我們獨特的定義和範圍了。

## 三、古籍存在童話

「古籍存在童話」是「古代童話」中的一個類型。古代文學的存在方式，

---

〔註24〕同註 4，頁 27 至 28。

通常有兩個主要類型：一種是文人之創作或民眾集體創作之作品，藉文人的才思，將之記錄成文字，甚而彙整成書。如詩、詞、歌、賦等皆是；另一種則以民間口傳的方式保存，經由廣大民眾不自覺的共同選擇，逐漸繁衍或淘汰。

　　所以雖然中國古代無「童話」之名稱，卻不能因此斷定中國古代沒有「童話」，誠如蘇尚耀所言：

> 從世界童話發展的歷史去觀察，「童話」名詞出現得晚，卻並不表示我們前此就沒有童話，因為依據人類社會學家的說明，童話（Fairy Tales）也是民族文學的一部分，所以如果我們不把「童話」的解釋，侷限於「現代童話」部分的話，我們便可以發現，中國童話，實在又有其極悠久的史跡。〔註25〕

這裡提出：「童話也是民族文學的一部分」，因此可知「童話」和「民族」是並存的，在有「民族」的同時，就有了童話的產生。而中國古代文學作品中，又有許多適於兒童閱讀並具有童話特徵的作品，皆應可稱之為「童話」，也就是「古籍存在童話」。然而在童話發展的初期，並沒有「童話的定義」來規範作者或民眾，如蘇尚耀所言：

> 唯初民既無童話、神話、傳說等的分別，我們也無從嚴格區分究竟這些古老的故事，那是自然童話，那是神話；或那是英雄童話，那是傳說。直到後來，人們的生活逐漸進步，時間有了餘裕，便將神話與傳說的內容，依據孩子的年齡與生活經驗，選擇一些適合於孩子聽講和接受的故事，省略其中繁雜難記的材料，特殊的人名和地名，或者依照講者和聽者的環境，近取諸身的材料，用孩子容易領會的事物貫串著情節，並用平易的語言講述出來。所謂「童話」，我以為就是這樣的循序發展、逐漸形成的。〔註26〕

洪迅濤在《童話學》中亦言：「我國的古童話應該有兩種：一種是古代文集中有文字記載的古童話作品；另一種是古代一直傳誦於民間，世世代代，口述傳承下來的民間口頭童話。」〔註27〕由以上的分析可知，中國古代確實已有童話的存在，這個答案是無庸置疑的，申言之，中國古籍裡以及流傳在民間

---

〔註25〕見蘇尚耀的〈談童話的寫作〉，收入《兒童讀物研究》，小學生雜誌社，民國55年5月初版，頁121。

〔註26〕同註12，頁122。

〔註27〕同註4，頁241。

裡的童話素材是非常豐富的。陳正治在〈談童話的寫作〉裡曾說：

> 中國歷史悠久，散在古籍裡或流傳在民間裡的童話素材很多。以古
> 籍來說，太平廣記、閱微草堂筆記、古今圖書集成裡，就搜集了好
> 多有用的材料。假使我們運用現代的寫作技巧，現代的精神，選擇
> 有用的材料加以改寫，不但可以豐富了我們中國的童話，而且可以
> 把中國的文化發揚起來。〔註28〕

這裡除了肯定中國古代有許多童話的素材之外，也提出了幾本蘊含童話材料
的古代文集，除此之外，吳鼎在〈研究兒童文學與材料的搜集〉一文中，也
曾有類似的說明和舉例：

> 歷代文人筆記小說中，載有類似童話的「故事」、「傳說」、「神話」
> 等材料甚多，只要加以選擇改編，便成極美麗的童話。如「唐人說
> 薈」、「虞初新志」、「說異」、「夜雨秋燈錄」等，內中有許多材料是
> 可以改編成童話的。〔註29〕

前面兩段敘述都證明了古籍中，蘊藏了豐富的童話素材，但事實上，在這些
古代文集裡，除了僅具雛形的童話材料之外，已有充滿幻想力的童話存在，
在形式和內容上是可以稱之為童話的，如《酉陽雜俎》中的〈葉限〉；《搜神
記》中的〈盤瓠〉等皆是。

雖然我國古代蘊藏了豐富的童話材料，但因古代並無「童話」的專稱，
事實上，古人也未曾按神話、寓言、傳說……等特定之概念和範圍去創作，
所以要將這些類別完全釐清，畫出一條明顯的界限，並非易事。有些作品，
因判別角度的不同，要當是神話也可以，當它是寓言也可以，當它是傳說也
可以，也可以當它是童話。因而我們可以依現代童話的概念，將古籍中具有
童話特徵的作品檢索出來，作為搜集、整理古代童話的初步工作，並將這類
型童話定名為「古籍存在童話」。

## 四、民間口傳童話

「古代童話」除了「古籍存在童話」之外，還包括流傳於民間廣大群眾
口頭的「民間口頭童話」，而此類型的童話，至今仍有許多不同的名稱。

---

〔註28〕見陳正治〈談童話的寫作〉，收入《兒童文學論述選集》，林文寶主編，幼獅
文化事業公司，民國80年1月初版，頁175。

〔註29〕同註12，頁47。

　　西方國家對「童話」的名稱有各種不同的說法，大陸學者對民間口傳童話的名稱，也有許多不同的稱呼方式，主要有「幻想故事」、「魔法故事」、「傳奇故事」，依次敘述於後：

　　　　在鍾敬文《民間文學概論》中，稱「民間童話」爲「幻想童話」，且
　　　　爲民間故事中的一個類別。其言：「幻想故事（有人也叫『童話』）
　　　　是幻想性較強的民間故事。」又說：「幻想故事是以具有豐富的想像
　　　　成分爲特色的，它往往充滿浪漫色彩。在這些故事裡，出現的人物、
　　　　情節、事物等，大多帶有超自然的性質。〔註30〕

這裡的童話專指「民間童話」，而且是「民間故事」中的一個故事類型。後者的解說則說明「幻想」的情節和人物爲童話之特色，故稱之爲「幻想故事」。

　　另外，在陶立璠的《民族民間文學理論基礎》裡，將「民間童話」稱爲「魔法故事」。他說：「魔法故事，又稱爲魔術故事或民間童話。」又說：「魔法故事的內容大都是反映現實生活的，但它又不是現實生活的摹寫，而是通過超現實的幻想，構成新奇的情節，通過幻想來表達各民族人民在現實生活中，不可能獲得的理想。」〔註31〕

　　在陶立璠的解說裡，魔法故事是以「超現實的幻想」爲特色，而這個「超現實的幻想」又往往借魔法來解決問題，因此稱之爲「魔法故事」或「魔術故事」。然而「民間童話」，也就是本論文所說的「民間口傳童話」，與「幻想故事」、「魔法故事」，甚至「傳奇故事」有哪些關連，使它們的本質一致，名稱卻相異的結果呢？

　　首先，我們要瞭解何謂「民間童話」？劉守華說：「什麼叫民間童話？有人說它是幻想性較強的故事，有人說它是幻想性最濃的故事。也有人說它是特別富有兒童情趣的幻想故事。」又說：「民間童話的主體是所謂「魔法故事」或「奇蹟故事」，我們根據中國的文字傳統，把它稱爲神怪故事，以故事中出現仙人、精靈、寶物、法術等神奇幻想形象爲標志。」〔註32〕由此可知，「民間故事」和「幻想故事」、「魔法故事」間的關聯。

　　另外，爲什麼有人稱民間童話爲「傳奇故事」呢？這類民間童話是由民間傳說中，逐漸轉化而來的特殊類型，於是被視之爲民間童話的一部分，甚

---

〔註30〕同註17，頁204至205。
〔註31〕同註15，頁240。
〔註32〕同註10，頁26。

而以「傳奇故事」為民間故事的代稱。

> 由於民間傳說和童話在民眾口頭上存在互相交叉或轉化的情況，有
> 些幻想色彩和童話情趣很濃厚的故事，往往被人們加以附會，落腳
> 到具體的歷史人物或歷史背景上面，這類故事，我們認為也可以歸
> 入童話範圍，便借用「傳奇故事」的名稱來稱呼它們，作為民間童
> 話的一個特別類型看待。〔註33〕

這個名稱稍有不同，它是取民間傳說和童話間相互轉化的特性，而將「傳奇
故事」當作民間童話中的特別類型。至於其它學者對「民間童話」名稱的使
用，亦可由劉守華《故事學大綱》中的敘述，得到更具體的應證。

> 《民間文學概論》中將幻想性較強的故事定名為「幻想故事」，另註
> 明：有人也叫童話。中國《民間故事初探》把它叫做「傳奇故事」。
> 段寶林的《中國民間故事概要》和張紫晨的《民間文學基本知識》
> 仍沿用「民間童話」名稱，我多年研究這類故事，也把它叫做「民
> 間童話」。〔註34〕

總而言之，無論是「幻想故事」、「魔法故事」或「傳奇故事」，都不過是「民
間童話」的異名罷了，其中亦包括了「古籍存在童話」的成分，但仍可加以
釐清，為了加強它「口頭流傳」的屬性，本論文皆以「民間口傳童話」統稱
之。但其名稱又不足以涵蓋所有的「民間口頭童話」，只能視為其中的一個特
徵或類型罷了，而且不能當作唯一的類型，因而仍以「民間口頭童話」的名
稱最全面，也最具有代表性。

# 第三節　中國古代童話的基本特徵

## 一、童話的基本特質

　　既然要由古籍的諸多文類中，選取符合「童話」特徵的作品，我們就必
須預設一些選擇的標準，也就是要符合中國古代童話的基本特徵。首先，我
們先來看看童話的特徵。段寶林在《中國民間文學概要》裡，將民間童話和
其它故事體裁相比，歸納出童話的顯著特點有以下三點：

---

〔註33〕同註10。
〔註34〕同註10，頁22。

1、富於幻想。列寧說過，童話裡如果沒有神仙寶物，孩子們聽起來是不起勁的。兒童富於幻想和好奇心，但因生活體驗尚少，相信神仙魔法是真實的。

2、內容單純明白，人物善惡分明，情節曲折起伏，引人入勝。

3、富於教育意味，通過幻想形式表現了人民純樸的道德觀念、創造精神、傳統美德和人民的智慧，包容著生活經驗和鬥爭經驗。童話常常是祖母和母親說的，孩子們也互相說，在科學知識日益普及以後，大量幻想性較強的民間傳說、故事就轉化成了童話。〔註35〕

這裡所說的「富於幻想」也包含了趣味性，要充滿想像力，才能引起兒童的興趣。「內容單純明白，人物善惡分明」，就是為了要適於兒童，情節複雜或主題意識不清的故事，易造成混淆，反而降低了可看性，因此無論主角性格或情節變化，都要以「適於兒童」為主。至於「教育性」也是極重要的，一篇好的童話，應將「教育意味」深刻地融入故事中，使兒童在欣賞之餘，也使人格發展在潛移默化中，得到良好的薰陶。

劉守華《故事學大綱》也提出，民間童話的藝術特徵有：

1、幻想性和象徵性。

2、美感和詩意。〔註36〕

劉守華所說的「美感和詩境」，可以使兒童感受文學的藝術美，並藉由故事人物的性格美，培養兒童善良的性格。「象徵性」則是藉由「幻想」的手法，達到「教育」的效果。歸納前面所述，中國古代童話的基本特徵，以其重要程度而論，依序有：（一）兒童性。（二）幻想性。（三）趣味性。（四）教育性。（五）故事性。

## （一）兒童性

選擇「童話」材料的第一要件，當然是適於兒童的作品。無論是帶有神話性質的童話，或是傳說意味濃厚的童話，都必須要是適合兒童的。童話可以敘述神仙助人或有關魔法的內容，但若含有荒誕不經的宗教迷信傾向，就不適於兒童閱讀，當然也就不可視為童話。

童話也可以歌頌堅貞的愛情，誓死不渝的情感，如安徒生的〈人魚公主〉，

---

〔註35〕見段寶林《中國民間文學概要》，北京大學出版社，1985年10月第一版，頁93。

〔註36〕同註23，頁40至44。

在王子新婚之夜，人魚公主已深知自己悲慘的命運，但卻不肯以王子的死亡換取自己的生存。又如民間童話〈百鳥衣〉，美麗的女子被迫進宮後，終日愁眉不展，對於眼前的榮華富貴無動於衷，最後運用巧計，偕同丈夫逃出皇宮，奪人妻子的國王也受到了懲罰。這類童話給予兒童美好的幻想，並描寫高貴善良的情操，是可以被接受的。

童話可以描述愛情故事，但若輕薄爲文，多言男歡女愛情事，則不適於兒童閱讀，更不以童話言之。如：〈牛郎織女〉，向來被視爲我國四大傳說之一，其神奇的情節、豐富的想像，非常適於兒童，故亦可視之爲童話。然而在《太平廣記》卷六八引唐張薦《靈怪集》中，因唐代士子喜冶遊，擅加放浪形骸的情節，不僅讀來乏味，而且童趣全失，此類則不適於兒童閱讀。

另外，對於政事的影射亦不可太過濃厚。如先秦諸子寓言中，多爲勸諫當時帝王所擬之譬喻，因而在選擇時，應視其是否具有獨立之故事性、教育性或趣味性，方可選之。如：「守株待兔」，本是韓非要諷刺「今欲以先王之政，治當世之民」〔註37〕，我們現在則用來比喻不知變通的人，或妄想不勞而獲、想要坐享其成的人。這類寓言式的童話故事，沒有過深而難於理解的哲理，適於警惕兒童。若能將它的內容加以擴充，增加情節的變化，就可成爲具有趣味性及教育性、也適於兒童閱讀的童話了。

### （二）幻想性

「童話是通過生動的幻想來反映現實生活的一種特殊的文字形式。沒有幻想，就沒有童話。因此，幻想是童話的最基本特徵，也是童話用以反映生活的特殊藝術手段。」〔註38〕可見幻想對於童話的重要性。在童話的假想形象裡，可以超越空間的限制，使讀者或聽眾悠遊於虛擬的幻夢奇境裡，吸引讀者驚異的讚嘆。

如維吾爾族的民間口傳童話〈木馬〉，故事的開端和〈魯班造木鳶〉極相似，但在內容情節上一環三扣、層出不窮，小讀者們不僅會對小王子的奇遇瞠目結舌，更會對「木馬」所發揮的最大功用拍案叫絕。這匹木馬帶領讀者翻山越嶺，來到陌生的國度，展開一連串驚險的奇遇。如果沒有巧匠的競技，

---

〔註37〕 見陳蒲清等選編：《中國古代寓言選》，湖南教育出版社，1983 年 12 月再版，頁 185。

〔註38〕 見北師大教室祝士媛編：《兒童文學》，新文學出版中心，民國 78 年 10 月初版，頁 88。

沒有飛馬的助導，這個充滿童趣的故事就無法推展，因此可想見「幻想」對童話的重要性。

在童話的幻想裡，最常呈現的藝術手法有兩種：誇張和擬人。

1、誇張：「誇張」是小說對環境的描寫或人物的刻畫時，經常使用的方法，但在表現上，卻不似童話如此強烈，因童話需要藉誇張來塑造、強化它的幻想世界。

例如在〈桃花源〉裡，人民安居樂業、熱情好客、與世無爭，是儒家的大同世界，烏托邦式的理想國。在這裡，作者塑造了完全夢幻似的人間仙境，恰與魏晉時代的社會混亂，形成強烈的對比，這是一種幻想式的「誇張」。另外，在民間口傳童話〈聚寶盆〉裡，三個爭論不休的貪心兒子，竟把老父擠進了聚寶盆裡，幻化出許許多多的父親，這也是極度的誇張，否則小小的聚寶盆，何以容得下老父的身軀呢？

在人物的性格上，童話也採用極誇張的方式──善惡分明，塑造誇張的觀念人物。〔註39〕如：〈馬蘭花〉中，大蘭和小蘭行為上的對比，使人對她們的思想、性格有強烈深刻的感受。又如：〈孔姬和葩姬〉，「孔姬生來漂亮、勤勞又善良」；「葩姬生來醜陋，滿臉淺麻子，心地很壞」，這也是為了鋪敘主題所預設的「誇張」。

2、擬人：為什麼童話經常採用「擬人化」的手法呢？「有人說兒童的心理近似原始的人類，都是屬於『萬物精靈論』的型態，所以對擬人化故事很容易接受。」〔註40〕什麼又是「擬人」呢？「擬人是把非人類的東西加以人格化，賦予它們以人類的思想感情、行動和語言能力。童話中擬人的範圍是很廣的，包括對動物、植物及其它無生物的擬人化，對各種具體事物和抽象事物的擬人化，對某種概念、觀念、品質的擬人化。」〔註41〕

在中國古代童話裡，較常使用的是「動物、植物」等具體事物的擬人化。動物類，如：〈鷦子賦〉中的原告鷦子、被告黃雀、判官鳳凰、侍從、雀兒之昆季，儼然與人類社會組織相仿，此為動物擬人之童話。而〈馬蘭花〉中，象徵勤勞、善良的大蘭，則是植物擬人的童話。

---

〔註39〕見林良〈淺語的藝術〉，收於《兒童文學論述選集》，林文寶主編，幼獅文化事業公司，民國80年1月再版，頁130。有關「觀念人物」之解說，童話中之人物大多性格單純，以突顯主題意識。

〔註40〕見傅林統〈童話的趣味〉，研習資訊，第八卷第五期，頁4至851。

〔註41〕同註38，頁96。

但在運用擬人法時，仍要注意這些被賦予人性的角度，應該在動植物原有的特點上，賦予人類的思想感情。如祝士媛所言：

> 童話中各種人格化的角度，雖然具備了人的某些特點，但仍然要保留物的某些屬性，它們既是人又是物，不能違反所擬之物原來的特點，和彼此之間的關係以及自然規律。運用擬人法時，應在動植物原有點的基礎上賦予人的思想感情。角色的全部活動，仍然應該受到這一角色（動植物）的特點，以及它與其它動植物的自然關係的支配。如鳥類只能飛翔於天空，魚的活動只能在水裡，牛住在牛棚，老虎、獅子出沒於山林，童話不能無緣無故地叫不會游泳的小鳥去訪問魚，也不能叫在陸地上無法生存的魚蝦配合老牛和獅子鬥。〔註42〕

### （三）趣味性

童話的內容必須活潑生動，才能激發兒童的興趣，使兒童讀來興致勃勃、津津有味。徐正平說：「兒童好奇心很大，一篇童話如能處處注意到風趣奇特，不呆板平淡，兒童的閱讀興趣，就可以油然而生。這樣，以興趣為中心，日復一日地培養他們的閱讀習慣，時間一久，便可以由閱讀得到好處。」〔註43〕

如果一篇童話富有良好的教育意味，也有崇高的主旨，但是卻引不起兒童閱讀的興趣，相信小讀者們很難全篇讀完，更遑及融會貫通、吸收其間的涵義了。所以在選擇材料時，要注意到故事的內容主線、人物角色、情節變化等，是否具有趣味性，足以引發兒童閱讀的興趣。

### （四）教育性

「教育性」並非判定是否為「童話」的唯一特徵，但卻是經常具備的特徵。因為兒童在閱讀時，一方面也在吸收人生經驗及培養是非判斷的能力，所以在童話裡，可以蘊含實踐合作、互助、勤儉、孝順、謙讓、愛國……等美德，使兒童即知即行，受到良好的薰陶。如徐正平所言：「兒童天生有一顆純潔的心，後來之所以會從善或作惡，完全是環境影響了他們的身心發展。一篇好的童話，往往在無形中給兒童灌注了善的因素，造就兒童的品格。」〔註44〕

姑且不論「人性本善說」或是「人性本惡說」，我們都難以抹煞後天環

---

〔註42〕同註38，頁97。

〔註43〕見徐正平〈童話怎樣寫〉，收於《兒童讀物研究》，小學生雜誌社，民國55年5月初版，頁364。

〔註44〕同註43，頁365。

境對人的重大影響，《荀子・勸學篇》中謂：「蓬生麻中，不扶而直；白沙在涅，與之俱黑。」〔註45〕所以選擇童話時，應該同時考慮主題意識中教育的功能。

吳鼎在《兒童文學研究》一書中，分析童話的教育價值，其中有四項非常適於中國古代童話的特徵：

1、造境引人入勝，增加兒童想像力。——童話意境，多半神奇曲折，引人入勝。兒童閱讀，往往為其意境所攝，彷彿身在其中，故能增加兒童想像力。

2、情感豐富，充滿人情味，啓發兒童同情心。——童話中描述人物、神仙、花木、鳥獸等等，皆使之充滿人情味、情感豐富，兒童閱讀之後，足以啓發其同情心。

3、故設困難，予以解決，暗示兒童適應環境能力。——童話中往往故意假設許多困難，使童話中人物遭遇種種困難，再予以解決，使於山窮水盡之際，又復柳暗花明。暗示人生遭遇，如旅客在途，有時康莊大道，有時羊腸小徑，荊棘滿途，要有毅力、有勇氣，藉以增強兒童了解人生與適應環境的能力。

4、結束圓滿，善惡分明，促進兒童心理上的滿足。——童話中敘述的人物，有善有惡，到後來果報分明，使兒童知所警惕。在結束時，必使其圓滿結束，示人以愛，使兒童在讀完一篇童話之後，心靈上得到無比的滿足和快慰。〔註46〕

如：《宣驗記》中的〈吳唐〉，敘述吳唐好射，中幼鹿，置幼鹿於淨地，引來鹿母，又射之。後遇一鹿，又射之，竟反彈射中吳唐子。忽聞空中呼曰：「吳唐，鹿之愛子，與汝何異？」這則故事闡明仁愛之精神，也將父母的愛子之情表露無遺。

## （五）故事性

童話的特徵除了「適於兒童、幻想性、趣味性、教育性」之外，在選擇時還要兼顧到作品本身的故事性，中國古代童話不一定要有極豐富的內容或多變化的情節，但本身一定要有故事性。然而「故事性」的形成，不一定要是原創的，可以經由後世的改寫，或是經由廣大群眾的口頭潤飾，逐漸衍化、

〔註45〕見王先謙注《荀子集解》卷一，藝文印書館，民國62年9月三版，頁110。
〔註46〕見吳鼎《兒童文學研究》，遠流出版公司，民國78年8月初版十刷，頁4。

累積而成。如「牛郎織女」傳說及七夕節日之風俗，由來甚古，在最早的《詩經‧小雅‧大東》：

> 維天有漢，監亦有光。跂彼織女，終日七襄。雖則七襄，不成報章。
>
> 睆比牽牛，不以服箱。〔註47〕

這段文字紀錄並無故事性，經過了時代的逐漸推演，故事性加強，情節亦更加豐富，現在民間盛傳的〈牛郎織女〉，思致深刻、情韻優美，遠勝於往昔載籍所具。

然而若古籍中之紀錄缺乏故事性，又無後續之發展，則不宜列入古代童話的範圍。如任昉《述異記》的〈黃鶴樓〉，記載「駕鶴之仙者，羽衣紅裳，賓主歡對。」〔註48〕這則紀錄雖有神奇的情節，但缺乏故事性，故仍無法以童話稱之。

## 二、童話的內涵特質

除了前述的基本特質之外，依「古代童話」的表現方式及特殊現象，又具備了以下的內涵特質，試分述於後：

### （一）集體性

「集體性」是民間文學作品的共同特質，古代童話中「民間口傳童話」應屬民間文學的一部分，當然也具有此項特質。而對「古代童話」整體而言，因許多「古籍存在童話」和「民間口傳童話」有互相轉化和相互影響的關係，因此同樣具有這項特質，例如：家喻戶曉的〈牛郎織女〉，在周代《詩經‧小雅‧大東》的牽牛與織女，只是兩個星座的名稱，但漢代的古詩「迢迢牽牛星」中就有所不同了：

> 迢迢牽牛星，皎皎河漢女。纖纖濯素手，札札弄機杼。終日不成章，
>
> 泣涕零如雨。河漢清且淺，相去復幾許。盈盈一水間，默默不得語。
>
> 〔註49〕

此詩已略具故事梗概，比先前增加了許多內容，倆人傾心相愛，但隔著一條天河，不能相會，只能痛苦地兩地相思。到了漢末邵應的《風俗通》，補充了

---

〔註47〕見《詩經‧小雅‧大東》。

〔註48〕見李劍國輯釋《唐前志怪小說輯釋》，文史哲出版社印行，民國76年7月再版，頁614。

〔註49〕同註47。

織女七夕渡河，烏鵲搭橋的情節。後來梁・任昉的《述異記》裡，又加進了「天帝將織女嫁予河西牽牛，織女廢織，天帝遂責織女歸河東」的情節，使得故事更加完整。此後，此故事又與仙道、民間七月七日乞巧的民俗相結合，內容更加豐富。在唐代以後，又逐漸與〈毛衣女〉和「兩兄弟」型的故事發生連繫，複合成爲現代黃梅戲中的故事情節。〔註50〕

民間口傳童話經由廣大群眾的傳播，並隨著講述者和聽者的不同，逐漸地衍化，因此現存的民間口傳童話作品，大多並非原貌，而是經過許多人的增添和修改，最後才以一種最被當時、當地的民眾所接受的方式存在。因此，民間口傳童話並非一時、一地、一人之作，而是隨著時間的向前推進，隨著地點的不同，由廣大群眾共同創造的。

### （二）變異性

「變異性」也是民間文學作品的共同特質，而「古代童話」也具有此項特質。吳蓉章在《民間文學理論基礎》中，對於民間文學的變異性作了這樣的解說：

> 在流傳過程中，有時爲了使作品更完善、更優美，以適合不同聽眾的審美需要，傳播者、講述者便不斷地進行加工。特別是一些有文藝才能的人或業餘者加工更大，所以帶來了不同程度的變異；又由於民間文學主要是口頭創作的，未用書本的形式固定下來，靠記憶保存，口頭相傳，就難免帶有講述人的主觀色彩或造成記憶的誤差，因而形成不自覺的變異。另一種情況是隨著歷史的演進，歷史條件的改變地域或民族的不同而有所變異，故造成往往同一故事異文極多。〔註51〕

同樣的，民間口傳童話也具有民間文學的「變異性」，而古籍存在童話也具有相當程度的變異性。因而依照「古代童話」變異的方式和因素，又可分爲兩種不同的類型：

### 1、古籍存在童話

古籍存在童話是由古代的書籍中選出，照理說，若知悉原書之作者，就應該能確定該文之撰者，但此類童話並非如此，因作品本身的傳奇性或趣味

---

〔註50〕見吳蓉章《民間文學理論基礎》，四川大學出版社，1987 年 9 月第一版，頁24。

〔註51〕同註50，頁30。

性，常為大眾所傳頌，造成此類童話和「民間口傳童話」交融，甚至轉化的情況。如與兼具神話性質的古籍存在童話〈黃帝蚩尤之戰〉，在許多古籍中皆有此類的紀錄，但有許多都是轉錄的，或依作者之想像增飾修改，或由傳聞的不同而情節有異，又如筆記類的童話，因其大多源於民間異聞，故亦具有變異性，有些內容只是簡單的敘述，有些卻情節豐富，非常具有幻想性、趣味性和故事性。

因此可知，古籍存在童話的變異性主要在於作者的意向，而作者的時代背景及當地的地理和人文環境，也是左右作者意向不可抹滅的重要因素。在上一節的選錄中，即收錄同一故事類型中，較具童話特徵的作品。

### 2、民間口傳童話

民間口傳童話是流傳於民間的口頭文學作品，因此它的變異性較古籍存在童話的變因更多，作品常因時代的不同、地方風俗民情的不同、人民的願望有異或講述者之個人因素，使作品本身產生極大的差異。例如：〈虎姑婆〉的故事類型中，我國的江西省是由老虎偽裝成外婆，四川省則為熊家婆，也有些地方是狼外婆。內容情節相似，偽裝的動物則有異，大抵以當地較常見的野獸替換之。

因而在傳播的過程中，無論是內容情節或外在形式，都可能產生極大的變異，有時民間口傳童話作品，也可能為小說或戲劇借用，而產生另一種存在的方式。如〈牛郎織女〉、〈白蛇傳〉都兼具童話、小說、戲劇……等多項角色。

有時古籍存在童話和民間口傳童話之間，也會有互相轉化的情形。如《搜神記》、《聊齋誌異》因搜集民間的異聞，使民間口傳童話有了正式的記載，轉變成「古籍存在童話」；而古籍存在童話因故事的普遍性，經由大眾的口耳相傳，也可能轉變為情節更多樣的「民間口頭童話」，如〈牛郎織女〉童話，原本只是類似天文紀錄的傳說，像〈八月槎〉之類，後經大眾的想像渲染，而有了現在的「天鵝處女型」的童話研究類型。但這樣的變異，並不一定只有正向或反向的變異結果，有時也可能是並存的，使同一故事同時是「古籍存在童話」，也是「民間口傳童話」。

### （三）傳奇性

童話大都含有幻想的成分，包含了許多誇張的想像，有些還加入了民眾

個人的見聞，因此相當具有傳奇性。特別是有關人物、風俗、歷史事件的童話，爲了渲染童話故事的主題，引起兒童的興趣，大多會加強故事的傳奇性、特異性，以提高戲劇化的效果。

譬如魔法故事中，異能類的〈種梨〉，衣衫襤褸的道士，苦苦哀求賣梨的小販布施一個梨，小販不但不給，反而厲聲辱罵。後來道士藉由路人湊錢買給他的梨，瞬間種出滿樹的梨，分送給路人，待群眾散去，小販才發現樹枝是他的車把變的，樹上的梨也是他車上的梨變來的，此時道士早已走得無影無蹤了。像這類富傳奇性的童話，在古代童話裡不勝枚舉，因此「傳奇性」也可視爲中國古代童話的特質。

中國童話中，「神、仙、鬼、妖」所佔的分量極重，而按筆者的問卷調查結果顯示，七至十二歲受試兒童中，百分之八十以上偏愛「鬼故事」。事實上，中國的神、仙、鬼、妖兼具善惡兩種性格，鬼有善鬼，也有惡鬼；妖有善妖，也有邪妖，與西洋童話中的「天使」、「魔鬼」有異曲同工之妙。只是中國的神、仙、鬼、妖由名稱上來看，並不能確定它在各類故事中所扮演的正反角色。而神有神界、仙有仙班、鬼有鬼界，以下逐一探究神、仙、鬼、妖的涵義，以及它們在古代童話中所扮演的角色。

在古人的觀念中，神、仙、鬼、妖四類既有連繫又有區別：〔註52〕

1、神：神是宗教及神話中所幻想的，主宰物質世界和精神世界的超自然的存在。據說正直的人死後可成爲神，動物植物也能成爲神。

2、仙：仙是古代道家和方士所幻想的一種超出人世、長生不老的人。他們是由凡人修煉而成，雖然具有超人的能力，但本質是人。仙話是一種以記敘仙人活動爲主要內容，以追求長生不老爲中心主題的文學作品，它最早產生於春秋戰國時期，由現存資料顯示，最早的仙人是《山海經》中的不死民，不死民的長生是靠吃甘木（不死藥）做到的，和神話中的神截然不同。

3、鬼：鬼是人死後不滅的精靈。鬼是人類幻想出來的一種與人相對的陰府中的形象，其生活樣貌大多是人類生活的折射和想像，在具有原始

〔註52〕 此段敘述主要參考《中國鬼話》，文彥生選編，上海文藝出版社，1991 年 3 月第一版；《中國古代五大奇觀──鬼神奇境》，龔斌，遼寧教育出版社，1990 年 7 月第一版；《談狐說鬼錄》，盧潤祥，遠流出版公司，民國 80 年 4 月，臺初版；《中國仙話》，鄭土有，陳曉勤編，上海文藝出版社，1990 年 3 月第一版。

宗教觀念的人看來，人死後的第一表現形態就是鬼。由於鬼與人緊密相關，反映了人和現實生活的種種特徵，並逐漸完善、變化，成爲一龐大的鬼的種類及其群體。

4、妖：妖或以「妖怪」、「妖魔」稱之，大體上來說，它可以包括一部分的惡神、人修煉後走入邪道的妖魔、以及動物、植物也能成妖，而且有許多動植物妖都能幻化成人。如妖中最常見於志怪小說中的「狐妖」或幻化爲美女、或幻化爲少年、或幻化爲白髮老翁，混跡人間；甚至到了唐宋時期，狐已升格爲神，民間已有「狐王廟」；到了明清時期，小說中的狐開始成爲人的朋友，強調互相尊重、信任。

儘管它們的起源有所不同，但此三者皆是靈魂不死觀念之產物，「神」的概念較「仙」早，上古神話和先秦典籍中寫到的多爲「神人」，如《莊子·逍遙遊》中，首姑射之山的神人。從兩漢開始，神和仙實際已無明顯之區別，如《山海經》中的凶神西王母，逐漸被仙化，後來在道教諸神體系中，被尊奉爲女仙之領袖。神是高級的鬼，鬼是低級的神，逍遙自在、不入鬼錄的特殊之鬼，人們將它們稱作「鬼仙」。

在佛、道兩教方面，道教諸神是中國本土的神，佛教諸神是外來的神，但據佛教教義，佛是人而不是神，當祂傳入中國以後，才逐步中國化，被視爲神。明清以降，佛、道兩教逐漸打通，道教中的神仙進入佛國，所以現在在中國，神、仙、佛三者已無明顯之區別。

中國許多志怪小說和筆記小記中，記載了大量的無名厲鬼和深山老魅，其中也許有我們至今仍無法理解的客觀存在，但這些神鬼世界也有可能是現實世界的折射。人們藉由豐富之想像力，描繪神鬼奇譎之行爲，以反映人類社會生活的某些部分，如《聊齋誌異》借助於神鬼形象，揭露時弊，寄託美好的願望和理想。

中國小說中，主要受佛、道兩教影響和制約的志怪小說，成爲小說創作的一大流派，從漢至清歷久不衰，許多有關神鬼的材料，便由志怪小說保留下來。如《山海經》、《列仙傳》、《列異傳》、《搜神記》、《神仙傳》、《搜神後記》、《拾遺記》、《幽冥錄》、《續齊諧記》、《酉陽雜俎》、《宣室志》、《夷堅記》、《聊齋誌異》、《閱微草堂筆記》等影響較大的作品，多記神仙鬼怪之事。而在這些琳瑯滿目的神、仙、鬼、怪故事中，也有許多好的童話作品，非常值得重視。

## （四）教育性

中國受儒家思想影響，大部分的文學作品都富有教育意味，就連對兒童的識字訓練，也不忘加進忠孝節義的思想觀念。童話的主要對象是兒童，兒童就像一張白紙，因此藉由童話，給予兒童是非、善惡、合作、互助、勤儉……的觀念，正是教導兒童適應群居生活的大好良機。中國古代童話中，「教育」的意味處處可見，尤以孝悌觀念最爲突顯，古人常言：「百善孝爲先」、「孝感動天」，連最早期的兒童故事書也包含了「二十四孝」，可見「孝順」主題受到的重視，如：「田螺姑娘型」就是主角孝感動天，才能得到田螺仙女的幫助。

　　「悌」之觀念一向爲國人所重視，如「家和萬事興」、「人和爲貴」、「手足情深」等，皆可見兄弟友愛的重要。在古代童話的類型中，就有「兄弟分家型」的警惕故事，如〈紫荊樹〉中的紫荊樹，因兄弟要分家，不等兄弟兩人來劈分它，即自行枯萎，等到兄弟兩人警悟之後，紫荊樹又再度復甦。其它還有「善有善報」、「惡有惡報」、「知恩圖報」……等各種類型，都是古代童話中訴求的教育意識。

# 第四節　童話的分類

　　廣義的中國古代童話，不一定要具有幻想性和教育性，但一定要適於兒童，並且要有故事性。在此標準下篩選出之古代童話，有些可能亦具有其它文類之性質，如神話、傳說、寓言……等；也有些是僅具有童話特徵的小故事，但若能加以改寫潤飾，則可成爲膾炙人口的童話故事，在此一併列出。至於在歷代諸多古籍中皆有記載者，則以較具故事性及趣味性者爲優先，分述於後：

## 一、中國古籍存在童話

### 1、先秦兩漢

　　　山海經：君子國　卷九　海外東經

　　　　　　　黃帝蚩尤之戰　大荒北經（及志林　廣成子傳）

　　　括地圖：羿　據御覽卷三五〇引括地圖

　　　神異經：尺郭　東南荒經

　　　　　　　山臊　西荒經

　　　　　　　河伯使者　西荒經

　　　　　河伯使者　　西荒經

　　揚雄　蜀王本紀：望帝　　（及廣記卷三七四引蜀記　說郭卷六十）

　　郭憲　洞冥記：東方朔　　卷一

　　　　　　　　　　吠勒國　　卷二

　　　　　　　　　　勒畢國　　卷二

　　十洲記：炎洲　　（及括地志卷四）

　　陳寔　異聞記：張廣定女　　據清孫星衍校正本抱朴子內篇對俗引陳仲

　　弓異聞記

## 2、魏晉南北朝

　　曹丕　列異傳：談生　　據中華書局校談本太平廣記卷三一六引列異記

　　　　　　　　　　張奮宅　　據廣記卷四○○引列異記

　　　　　　　　　　宋定伯　　據廣記卷三二一引列異記

　　　　　　　　　　鮑宣　　據御覽二五○引列異記

　　神異傳：由卷縣　　據四部叢刊初編本水經注卷二九沔水引神異經

　　張華　博物志：八月槎　　卷十雜說下　士禮居本卷三

　　郭憲　玄中記：姑獲鳥　　據御覽九二七引玄中記

　　干寶　搜神記：葛玄　　卷一

　　　　　　　　　　董永　　卷一

　　　　　　　　　　胡母班　　卷四

　　　　　　　　　　韓憑妻　　卷十一

　　　　　　　　　　盤瓠　　卷十四

　　　　　　　　　　毛衣女　　卷十四

　　　　　　　　　　女化蠶　　卷十四

　　　　　　　　　　宋定伯　　卷十六

　　　　　　　　　　細腰　　卷十八

　　　　　　　　　　張茂先　　卷十八

　　　　　　　　　　李寄　　卷十九

　　　　　　　　　　蘇易　　卷二十

　　　　　　　　　　邛都老姥　　卷二十

　　　　　　　　　　董昭之　　卷二十

　　　　　　　　　　隋侯珠　　卷二十

　　　　　　　　古巢老姥　卷二十

　　　　　　　　義犬塚　卷二十

　　葛宏　神仙傳：壺公　卷五

　　王嘉　拾遺記：騫宵國畫工　卷四秦始皇

　　　　　　　　鯀禹　卷二

　　荀氏　靈鬼志：稽康　廣記三一七引靈鬼志

　　　　　　　　外國道人　據四部叢刊本法苑珠林七六引靈鬼志

　　陶潛　搜神後記：桃花源　卷一

　　　　　　　　　袁相根碩　據學津討原本卷一

　　　　　　　　　白水素女　卷五

　　　　　　　　　楊生狗　卷九

　　劉義慶　幽明錄：藻居　廣記一一八引幽明錄

　　　　　　　　　劉晨阮肇　珠林卷四一引幽明錄

　　　　　　　　　士人甲　廣記三六七引幽明錄

　　　　　　　　　賈弼　御覽三六四引幽明錄

　　　　　　　　　新死鬼　廣記三二一引幽明錄

　　劉義慶　宣驗記：鸚鵡　類聚九一引宣驗記

　　劉敬叔　異苑：大客　卷三

　　　　　　　　紫姑神　卷五

　　郭季產　集異記：劉玄　廣記三六八引集異記

　　祖沖之　述異記：王瑤家鬼　廣記三二五引述異記

　　　　　　　　黃苗　廣記二九六引述異記

　　任昉　述異記：王質　卷上

　　吳均　續齊諧記：紫荊樹　本事出珮玉集卷十二感應篇引前漢書

　　　　　　　　楊寶　本事出搜神記卷二十

　　　　　　　　重九登高

　　　　　　　　牛郎織女

3、唐宋

　　李昉　太平廣記：板橋三娘子

　　　　　　　　柳毅

　　李復言　續玄怪錄：定婚店

李靖降雨

牛嶠：藏經的老柳樹

敦煌變文集：鸚子賦　卷七

田章　卷八

目連救母　卷四

茶酒論　卷七

虞初新志：義牛

皇甫氏　原化記：吳堪

玄奘　大唐西域記：龍女招親

于逖　聞奇錄：畫中人

杜光庭　鏞城集仙錄：瑤姬助禹治水

張鷟　朝野僉載：魯班造木鳶

酉陽雜俎：旁也

葉限

歐陽修　歸田錄：賣油翁

## 4、元明清

馬中錫　東田文集：中山狼

聊齋誌異：王成　卷一

種梨　卷一

阿寶　卷一　源於搜神記的徐光種瓜

酒友　卷二

竹青　卷二

織成　卷三

黃英　卷三

阿纖　卷四

青蛙神　卷四

夜叉國　卷五

小二　卷六

宮夢弼　卷六

促織　卷六

翩翩　卷七

　　　　　二商　卷八

　　　　　鳥語　卷十

　　　　　王六郎　卷十三

　　　　　丐仙　卷十五

　　馮夢龍　情史：牛郎織女　卷十九

　　今古奇觀：愛花老叟遇仙記

　　西遊記：孫悟空大鬧天宮

　　許仲琳：封神演義

　　東遊記：八仙過海

　　南遊記：華光鬧三界

　　警世通言：白蛇傳

## 二、民間口傳童話

### 1、中國民間童話研究

　　三兄弟　四川

　　狗耕田　浙江武義

　　石榴　李松福記錄　賈芝　孫劍冰編　作家出版社出版《中國民間故
　　　　事選》

　　百鳥床　湖南新化　鄔朝祝記錄　見前《中國民間故事選》

　　找相好　山東昌邑縣

　　三根金頭髮　《中國民間故事選》

　　春旺和九仙姑　山東沂水

　　老虎外婆　江西

　　熊家婆　四川

　　熬海錢　江西寧波

　　畫上的媳婦　山東昌邑縣

　　棗核　山東昌邑縣

　　羽毛衣　漢族　江西北部：壯族　廣西寧明縣

　　蛇郎　漢族

### 2、中國民間寓言研究

　　獨角獸　廣西壯族

大雁　河北

寒號鳥　山西　通俗出版社編輯出版《群鳥學藝》

3、中國民間故事選粹

女媧補天　整理：王先明　記錄：王懷聚

洪水的傳說　撒尼人

二郎捉太陽的故事　原記：金烽　重寫：震理

杏花村古井的傳說　搜集整理：鄭小楓

趙州橋　搜集：平水、徐德表、蒲洪杰、陳增康　整理：曾茂

木馬　維吾爾族　講述：達吾提・歐絡格來依　整理：劉肖無

牛郎織女

祝英台與梁山伯

白蛇傳說

巧媳婦　記錄：周健明

孔姬和葩姬　朝鮮族　流傳地區：東北三省朝鮮族集居區　搜集整
　　理：裴永鎭

三根金頭髮　搜集：王立中

孤兒和龍女　苗族　流傳地區：黔東南　搜集整理：謝馨藻

螺螄變人　高山族　口述：阿眉、林登仙　記錄：何陳

鯉魚姑娘　整理：英洪、沈少雄

水推長城　搜集：束爲

寶馬鬥魔鬼　鄂溫克族　搜集：隋書金

澤瑪姬　藏族　整理：陳石峻

狼外婆　流傳地區　河南中部　搜集：張振犁、王金鐘、胡漢卿

望娘灘的故事　整理：李華飛

聚寶盆　搜集整理：鄧敦維

潑水節　傣族　搜集：林木

兔子判官　藏族　記錄：希卓瑪　益希朋措

老鼠嫁女　搜集整理：王樹林

灶王爺　河北　講述：張廣信　搜集：張士杰

4、中國仙話

三仙女　講述：李馬氏　搜集整理：張其卓、董明　流傳地區：遼寧

軸岫岩縣

四姐種牡丹　搜集整理：劉陽河　流傳地區：陝西延安地區

六仙女思凡尋夫　講述：王素貞　搜集整理：常志年　流傳地區：晉
　　南一帶

七仙女與阿古　講述：書少岩、蒙也仁　搜集整理：吳立德、黃書光、
　　黎耘　流傳地區：廣西凌雲縣　巴馬　金秀瑤族自治縣

十仙女遊峨嵋　搜集整理：張承業　流傳地區：峨眉山一帶

玉貞仙女鬥孽龍　搜集整理：葛雲高　流傳地區：浙江寧海一帶

瑤姬仙子除害　流傳地區：湖北一帶

月亮仙子戀凡人　講述：甘銀根　搜集整理：杜濟華　流傳地區：豐
　　城縣

雲仙　搜集整理：李翰林　流傳地區：紹興一帶

白雲仙子鬥神沙大仙　講述：楊大爺　搜集整理：陳鈺　流傳地區：
　　甘肅敦煌一帶

劉晨阮肇遇仙記　搜集整理：曹志天、周榮初　流傳地區：天台山一
　　帶

袁相根碩天台山奇遇　搜集整理：朱封鰲　流傳地區：天台山一帶

八仙過海各顯神通　講述：施愚如　搜集整理：麗金鳳　流傳地區：
　　全國各地

蓮花姑娘　搜集整理：秦煥藝　流傳地區：桂林一帶

水仙姑娘　講述：徐大娘　搜集整理：巴彥　流傳地區：東北一帶

水仙和龍哥　流傳地區：福建

珍珠仙子　搜集整理：胡偕華、李奎元　流傳地區：濟南一帶

白鶴仙姑　搜集整理：葉兆雄　流傳地區：浙江麗水一帶

山米岩　搜集整理：郭金良　流傳地區：桂林一帶

善釀酒與鐵拐李　講述：董文武　搜集整理：張繼舜　流傳地區：浙
　　江紹興一帶

五月初五插艾子　講述：王存　搜集整理：白泉　流傳地區：河北

中秋節與嫦娥奔月　搜集整理：章林

重九登高與費長房大仙　搜集整理：栗長松　流傳地區：汝南縣

桃花女成親避妖邪　搜集整理：宜哲　流傳地區：洛陽一帶

虎頭鞋　朱建宏　搜集整理：沈廷棟　流傳地區：楚州一帶

5、其它

漁夫和水鬼　《中國鬼話》

孟宗哭筍　《二十四孝》

臥冰求鯉　《二十四孝》

郯子扮鹿取奶　《二十四孝》

董永賣身葬父　《二十四孝》

九色鹿　《童話辭典》

神磨　《童話辭典》

## 三、中國古代童話故事分類

以往關於童話故事的分類，有許多不同的方式。張劍鳴以童話的基本結構來分類，將童話分成以下四大類：

（一）仙子故事：如睡美人、灰姑娘、木偶奇遇記。此類故事又包括：

　　1、動物故事：如醜小鴨、三隻小豬。

　　2、無生命而有思想的故事：如安徒生的紅舞鞋、小錫兵。

（二）幽默的故事：如格林童話的傻漢斯。

（三）重疊的故事：如英國童話裡的老婆婆趕野豬。

（四）傳奇和冒險故事：如天方夜譚裡的神燈記和水手辛巴達。〔註53〕

另外，朱傳譽在〈童話的演進〉一文中，認為古典童話的型式有以下五種：

（一）累積性故事或重覆性故事：這裡的重覆，指情節的重覆。

（二）說話的鳥獸。

（三）幽默故事：這些故事沒有內容，但是很受兒童的歡迎。

（四）愛情故事：指經過處理的愛情故事。

（五）魔術故事。〔註54〕

其它還有許多不同的分類方式，有的按童話中的人物來分類，如神仙類、惡鬼類、巨人類、國王類、盜賊類等。有的按童話的內容來分類，如動物故

〔註53〕同註43，頁74。

〔註54〕見張劍鳴〈童話的涵義〉，收於《兒童讀物研究》，小學生雜誌社，民國55年5月初版，頁48至49。

事、精靈故事、魔法故事、人物故事等。有的按童話的題材、結構來分類，
如灰姑娘型、兩兄弟型、季子型、物婚型、呆女婿型等。〔註55〕

　　以上之分類方式，有的以西洋童話爲依歸，有的缺乏全面的敘述，有的
則僅以「民間童話」爲範圍，按民俗學的分類法來分類。參考各家的說法後，
筆者由童話故事的內容和結構，作出了以下的分類，希望爲中國古代童話的
類型，擬出一較完整的分類表。

## （一）魔法故事

### 〈寶物類〉

　　1、意外得寶型：聚寶盆、宮夢弼、出米岩。

　　2、搶寶遭懲型：神磨、熬海錢。

　　3、尋找幸福型：三根金頭髮。

　　4、鬥法型：黃帝蚩尤之戰、孫悟空大鬧天宮、八仙過海、華光鬧三界、
　　　　洪水的傳說、八仙過海各顯神通。

### 〈異能類〉

　　1、能工巧匠型：驀宵國畫工、魯班造木鳶、賣油翁、百鳥床、趙州橋、
　　　　木馬。

　　2、怪孩子型：水推長城、棗核。

　　3、神技異能型：東方朔、張廣定女、葛玄、壺公、外國道人、板橋三
　　　　娘子、種梨、小二、丐仙、鳥語、羿。

　　「魔法故事」可分爲兩大類型：一爲「寶物類」，另一爲「異能類」。寶
物類的故事，在內容情節上所具有的特點，在於寶物的出現，對劇情的發展
有很大的影響。「意外得寶型」、「搶寶遭懲型」、「尋找幸福型」皆因寶物的出
現，使平凡生活產生極大的改變，而衍生一連串高潮起伏的情節；寶物類的
「鬥法型」故事有神話，也有仙話，但這些經過選擇後的故事，非常適於兒
童，且鬥法中之「寶物」爲情節發展時的重要憑借，因此歸爲寶物類的「鬥
法型」童話一類。

　　在「異能類」中，故事主角爲具有異能之人，有些具備巧奪天工的技藝，
有些具有神奇的法術，也有些是天賦異能，如千里眼、順風耳、鋼腦袋、長

─────────────

〔註55〕見洪汛濤《童話學》，富春文化事業公司，1989 年 9 月，臺北第一版，頁 44
　　　　至 45。

腳竿……等。由主角之特性，細分爲「能工巧匠型」、「怪孩子型」、「神技異能型」三類。

### （二）動物故事

1、動物助人型：義犬塚、楊生狗、義牛、九色鹿、寶馬鬥魔馬。
2、動物報恩型：隋侯珠、鸚鵡、蘇易、董昭之、大客、鯉魚姑娘、邛都老姥。
3、負心獸型：中山狼、獨角獸、兔子判官。
4、狼外婆型：老虎外婆、熊家婆、狼外婆。

在「動物故事」中，大多數的劇情仍與人有密切的關係，描述動物與人之間的互動，有些是動物仗義助人，也有的是動物知恩圖報或是動物恩將仇報，皆以動物爲劇情發展上的要件，因此歸爲「動物故事」童話一類，並細分爲「動物助人型」、「動物報恩型」、「負心獸型」；而「狼外婆型」已被定爲童話研究上的特定故事類型，故在此也獨立成一類，以求全備。

### （三）變形故事

1、異類變形婚配型；蛇郎、青蛙神、阿纖、黃英、白蛇傳說。
2、人變動物型：望帝、鯀禹、促織、女化蠶、黃苗。
3、動物變形助人型：王成、酒友。
4、牛郎織女型：毛衣女、牛郎織女、田章、羽毛衣、三仙女、七仙女與阿古、十仙女遊峨嵋、白鶴仙姑、董永賣身葬父。
5、田螺姑娘型：董永、白水素女、吳堪、螺螄變人、珍珠仙子。
6、灰姑娘型：葉限、孔姬和葙姬、馬蘭花、澤瑪姬。

變形故事本身也可說是「魔鬼故事」的一種，但因故事形象鮮明，且有其特殊之組成條件，故獨立成一個類型。「異類變形婚配型」是主角由動物或植物幻化爲人形，與人婚配；「人變動物型」是主角在故事的結尾，變化爲動物而繼續存在，如望帝化爲杜鵑鳥，鯀禹化爲黑熊，促織中的小兒化爲勇猛的蟋蟀。

「動物變形助人型」和動物故事中的「動物助人型」，最大的相異點在於前者變幻成人，如〈王成〉中的狐仙祖母、〈酒友〉中的狐友、〈竹青〉中的烏鴉，都幻化爲人形助人。另外，「牛郎織女型」、「田螺姑娘型」、「灰姑娘型」都是童話研究中特定的類型，皆獨立之。尤以「灰姑娘型」採用外國童話爲

類型代表名稱，也是基於目前童話研究慣有類型之考量。

### （四）生活故事

1、孝順故事型：孟宗哭筍、臥冰求鯉、郯子扮鹿取奶。

2、愛情故事型：韓憑妻、阿寶、梁山伯與祝英台。

3、兄弟分家型：紫荊樹、旁也、二商、三兄弟、狗耕田、石榴。

4、巧女故事型：巧媳婦。

5、奇遇型：談生、張奮宅、宋定伯、細腰、桃花源、袁相根碩、劉晨阮肇、王六郎、翩翩、竹青、賈弼、王質、劉晨阮肇遇仙記、袁相根碩天台山奇遇。

6、寓言故事型：鷰子賦、茶酒論、大雁、寒號鳥、老鼠嫁女。

　　古代童話中的生活故事，是將生活化的民間故事中，富有幻想成分且適於兒童的部分篩選過濾後，取其娛樂或教育的含意。如《二十四孝》皆屬於孝順故事，但其中真正適合兒童，並且富有幻想力及時代性的，卻只有〈孟宗哭筍〉和〈臥冰求鯉〉；「愛情故事型」的童話，亦選擇適於兒童的故事類型。

　　「兄弟分家型」和「巧女故事型」是中國童話中較特殊的類型，前者的表現尤為多樣化，以各種型態來表達兄友弟恭、相互扶持的重要性；後者則以聰慧的女子為主題，表現女子同樣可具有高度之智慧。「奇遇型」童話中，有些是成人對現實社會失望之餘，轉為對理想世界的描摩，展現美好的幻想，有些則以戲謔的方式，表現鬼界人性的一面，最後一項「寓言故事型」是具有寓言性的童話故事，具有完整的故事結構。

### （五）風俗故事

　　君子國、吠勒國、勒畢國、炎洲、姑獲鳥、重九登高、望娘灘、潑水節、灶王爺、月亮仙子戀凡人、雲仙、白雲仙子鬥神沙大王、五月初五插艾子、中秋節與嫦娥奔月、重九登高與費長房大仙、桃花女成親避妖邪、虎頭鞋、由卷縣、胡母班等皆屬之。

　　此類型童話故事中，有些是描寫遠方異國的奇聞異事，如產「火浣布」的〈炎洲〉；有些是地方的節日風俗故事或特殊風物故事，如〈重九登高〉和〈望娘灘〉；也有些是地方的傳說，如〈由卷縣〉中，傳說「城門當有血，城陷沒為湖。」後雖因門侍惡作劇，以血塗門，城乃淪陷為谷。此類地方傳說可視之為風俗類的童話故事。

## （六）神仙鬼妖的故事

1、神類故事：河伯使者、八月槎、定婚店、李靖降雨、士人甲、柳毅、目連救母、龍女招親、織成、女媧補天、孤兒和龍女、二郎捉太陽。

2、仙類故事：愛花老叟遇仙記、楊寶、瑤姬助禹治水、杏花村古井、四姐種牡丹、六仙女思凡尋夫、善釀酒和鐵枴李、玉貞仙女鬥孽龍、瑤姬仙女除害。

3、鬼類故事：尺郭、山臊、新死鬼、稽康、王瑤家鬼、畫中人、畫上的媳婦、漁夫和水鬼。

4、妖類故事：藏經的老柳樹、張茂先、李寄、劉玄、蓮花姑娘、水仙姑娘、水仙和龍哥。

在此類故事中，依故事主角的特殊身份，將之略分為「神、仙、鬼、妖」四類，其中也有因認知不同，可能產生屬性之爭議，如「瑤姬」是神還是仙，抑或神仙皆可稱之。此類童話仍以適於兒童為最重要之選擇標準，有些則兼具教育性或娛樂性。

# 第三章　中國童話之流變

## 第一節　童話的起源

### 一、神話渣滓說

　　在「童話」名稱成立以前，中國古代童話散佈於神話、傳說、民間故事……之中，因此人們對於古代神話、傳說和童話的關係極為混淆。所以在討論「童話的起源」之前，我們先約略地說明「神話、傳說、童話」之特徵，以示區別。據周作人在文藝創作講座中之解釋：

> 神話是創世以及神的故事，可以說是宗教的，傳說是英雄的戰爭與
> 冒險的故事，可以說是歷史的。這兩類在實質上沒有什麼差異，只
> 是依所記的人物為區分。童話的實質也有許多與神話傳說共通。但
> 是有一不同點：便是童話沒有時與地的明確指示，又其重心不在人
> 物而在事件，因此可以說是文學的。〔註1〕

此段說明言簡意賅，已明確地劃分出神話、傳說和童話的人物差異及其屬性。在童話的起源上，仍然與神話、傳說有著密不可分的關係，而對於童話的起源問題，有許多不同的說法，大致上來說，可區分為四類：一、神話渣滓說。二、分支說。三、包容說。四、相並存在說。以下逐一分述於後：

　　一、神話渣滓說：此說法認為童話是由神話、傳說退化而來，或以神話、傳說、民間故事等民間文學為母體。簡言之，即由神話、傳說、民間故事中

---

〔註 1〕參見《兒童文學創作與欣賞》，葛琳，康僑出版公司，民國 75 年元月再版，頁 137。

產生。

洪迅濤謂：

> 迄今為止，在一些文學研究文字中，提到童話的起源，總是說童話
> 是由神話、傳說演變來的，先有神話，再演變成傳說，然後演變為
> 童話。神話──傳說──童話

這種童話的演變說，是從外國搬來的。外國就有人認為童話是從神話退化來
的，所以童話也被稱為「神話的渣滓」。﹝註2﹞

Max muller 也認為：

> 古典神話中的眾神，在變成古典的半神和英雄的時候，神話就變成
> 傳說，傳說中的半神和英雄，到了更後代，變成了平凡的一般人或
> 者無名的勇者的時候，傳說就變成了童話。﹝註3﹞

神話是人類童年的文學作品，但卻不是人類童年唯一的文學作品。持「神話渣
滓說」者，認為童話是神話、傳說退化而來；或由神話退化成傳說，再由傳說
退化成童話。看似有理，但實際上，在世界上有了「兒童」之時，可能就已有
了「童話」的存在。從另一角度來說，在人類將神話、傳說講述給兒童聽時，
可能已改變其中的部分情節以適合兒童，故此故事可視之為神話，亦可視之為
「童話」，兩者是並存的。反之，若本是為兒童講述造設的故事，逐漸流傳後，
增加了神話的屬性，也可能轉化為神話，故「神話渣滓說」並不十分恰當。

## 二、分支說

此說認為童話是神話、傳說的一個分支。

這個說法仍以神話、傳說為本位，而「童話」只是一個分支罷了，並沒
有它獨立的地位。換句話說，在神話、傳說發源的起點上，沒有童話這一項，
童話是後起的一個支流，不具有獨立的生命。

祝士媛在《兒童文學》一書中曾言：

> 神話、傳說是童話的淵源。很多民間童話是由神話傳說演變來的。
> 有的神話、傳說就成了現代童話的原始資料，有些表現手法也為童

---

﹝註2﹞ 詳見《童話學》，洪汛濤，富春文化事業公司，1989 年 9 月臺北第一版，頁
225。

﹝註3﹞ 參見《兒童文學創作論》，張清榮，富春文化事業公司，1991 年 9 月臺北初版，
頁 236。

話所借鑒。〔註4〕

對「分支說」來說，這是比較含蓄而周延的講法。不過，縱使有許多被認定是神話或傳說的作品，可說是童話的母體，但是不能因此就斷定「神話、傳說是童話的淵源」。尤其漠視了「兒童」是童話形成的基本因素，有了兒童，就可能會產生童話，童話也可以包含神話、傳說中適於兒童的部分，反觀之，童話中富神話、傳說色彩者，亦可轉化為該文類中之一員。

　　日本蘆谷重常在《世界文化史》中，對「神話渣滓說」及「分支說」，提出了以下的反駁意見，並認為「童話」之產生先於神話：

　　　童話究竟發生於何時的問題，那只能說是不可想像的太古而已。一
　　　般的想法以為童話是神話的兒童化，不過慎重地推想，童話卻比神
　　　話發生得更早。在神話發生時必有與其相呼應的宗教的信仰和相當
　　　的文學的技巧為其背景，但在文化程度還沒達到一相當階段，尚在
　　　未開化的草莽時代，語言就已存在。在神話裡含有無數的童話，但
　　　這些童話實存於神話之前。〔註5〕

因此，「分支說」和「神話渣滓說」之主觀意識太強，缺乏雙向之考慮，雖然神話、傳說提供童話發展時，多方吸收之事實，卻不能斷定神話、傳說為童話之唯一來源。

## 三、包容說

　　此說認為童話包容在神話、傳說、民間故事之中。

　　「包容說」和「分支說」相同的是——認為童話附屬於神話、傳說，立場並不客觀。然而不可否認的，在童話範圍尚未確定之前，多數人以為中國沒有童話，因具有童話特徵之作品，早已被分散於神話、傳說、民間故事之中，因而在這些文類裡，的確包含了一部分的童話作品，但也不完全，有些古代童話在此範圍之外；而現代童話的創作空間更廣，也許神話、傳說、民間故事還要回過頭來，尋找適合其特徵的作品。

　　洪迅濤曾謂：

　　　如果包容說改成：神話其中有一部分作品是童話。傳說其中有一部

---

〔註4〕見《兒童文學》，北師大研教室，祝士媛編，新文學出版中心，民國78年10月初版，頁85。
〔註5〕同註3，頁207。

　　　分作品是童話。同時，童話中有一部分作品是神話，童話中有一部

　　　分作品是傳說，如果說包容，是相互包容的話，這樣的包容說，是

　　　可以同意的。〔註6〕

洪汛濤所說的「相互包容」是較爲合理的說法，與「相並存在說」之說法相
近似，有異曲同工之妙；但在本質上，與原本之「包容說」相去甚遠，也使
得童話之附屬地位於無形中消失了。

## 四、相並存在說

　　此說認爲童話和神話、傳說是相並存在的，各類作品之產生，自有其形
成之背景及需要，有時內容相似，卻因敘述或表現手法不同，而有了多重之
外貌。持此說法者，主要有以下兩位：

　　日本松村武雄在《童話教育新論》中說：

　　　在文化較低的階段中，童話已在各民族間產生，而不是在神話、神

　　　說之後的產物。童話和神話、傳說是在不同動機下產生，而相並存

　　　的。〔註7〕

葛琳亦言：

　　　往往有同是一件事，在甲地是神話或傳說，在乙地卻成了童話，所

　　　以很難畫出一個界限或範圍。不過最明確的解釋童話是「原始社會

　　　的文學」是不會錯的。〔註8〕

如前所述，古代記錄或創作文學作品時，不可能刻意規畫出「我現在記錄的
是神話、傳說或童話」，而是後人加以區分的。再加上記錄方式的不同，或口
頭傳播上的差異，自然會造成屬性的不同。因此「相並存在說」是較合乎邏
輯的，也是最能被接受的方法。

　　綜論之，「童話」起源於人類對原始生活之反映，它也代表著「原始思想」
和「民間習俗」，因此，它不屬於神話、傳說或任何其它的文類。在神話、傳
說或民間故事中，可能有許多適合兒童閱讀的故事，只要符合童話之特性，
亦可稱之爲「童話」，卻不必因此就認定童話起源於此類文學作品，童話具有
獨立的起源和發展的因素。

---

〔註6〕同註2，頁228。

〔註7〕同註3。

〔註8〕同註1，頁137。

# 第二節 童話的發展

## 一、童話發展的方式

世界各國的歷史文化、地理條件各有不同，再加上從事童話整理、創作等人為因素的差異，使得各國童話的發展有不同的成果。但在討論童話的發展之前，我們必須先探討童話發展的方式。

在童話的發展上，「時間的累積」和「空間的傳播」是兩大主要因素。前者是以本國的歷史、文化為發展演化之主線；後者則因通商、移民……等各種不同的因素，使不同民族、國家間的童話產生交流。

我國兒童文學作家張清榮在《兒童文學創作論》中，提出童話的演化可分兩種類型：「一是時間長久所積累成的演化；二是空間廣袤所散播成的演化，前者隸屬於歷史、文化的縱線的傳承，後者則是地理、結構橫線的移動。」〔註9〕

> 所謂歷史、文化、縱線的傳承，指的是同一民族、部落、社會間所
> 流傳的童話，在主題意識、文物的演化上，有前後的關連痕跡可尋，
> 唯一差異的是情節（內容）上的簡繁。〔註10〕

例如在杜鵑鳥傳說中，有關〈望帝〉的民間童話故事，綜觀歷史上的記載，真可說是不勝枚舉，如《說文解字》、《禽經》、《華陽國志‧蜀志》、《太平御覽》、《說郛》……等，各書在文字和風物上的記載皆有所差異，這就是歷史、文化上的改變，導致童話內容的變異。

> 所謂地理、結構、橫線的移動，指的是不同民族、部落、社會間所
> 流傳的童話，由於交通往來、貿易留學、戰爭佔領……等方式，藉
> 著語言溝通，產生在主題意識及結構上相同，而文物、內容相異的
> 童話。〔註11〕

如〈虎姑婆〉故事，在法國貝洛爾的〈小紅帽〉裡，是由狼喬扮成外婆的形貌，在我國的江西省是〈老虎外婆〉，四川省則為〈熊外婆〉，其它地方也有〈狼外婆〉的流傳。中國流傳的「狼外婆」型故事，至少有一百多種異文。〔註12〕這

---

〔註 9〕同註2，頁209。
〔註 10〕同註2。
〔註 11〕同註2。
〔註 12〕見段寶林〈『狼外婆』故事的比較研究初探〉，收入《民間文字論壇》，1982年總第一期，頁38。

些故事間是否存有相互傳播的關係，仍有待研究探討，若答案是肯定的，即可
知經過傳播後，又因風俗文物的關係，對於故事的主角和內容造成了差異。朱
傳譽對於「故事的傳播」，亦曾提出以下之見解：

> 先是經移民的口頭傳播。後來，水手、兵士，因戰爭被俘虜的奴隸、
> 商人、和尚、學者和喜歡旅行的青年，也都成了故事的傳播者。經
> 過多數人的講述，免不了有所修飾和改進。如果民間故事是經由陸
> 地傳播，傳播的人必多，改變也一定大。如果是經由海上傳播，就
> 一定較接近原來的敘述。有時候，一個故事和另一個故事相結合，
> 而產生一個新的故事。〔註13〕

這裡不但說明了故事傳播的方式，也比較了故事經由「陸地」和「海上」傳
播的結果。因此同一個故事類型，可能同時存在於不同的民族或國家。當然，
有些故事母型極相似的童話，也有可能是因社會型態、風俗或習慣的類似，
因而產生主題或情節相仿的童話，但我們仍不可排除「相互傳播」的可能性。

蘇樺在〈由葉限故事想起〉一文中，即以「灰姑娘型」的故事，作了以
下的推測：

> 我們想，各型文化及民間傳承的各型故事，其發生源流，或一元、或
> 多元，雖不容易作出定論，這個葉限故事，卻很可能出自古埃及，於
> 中古期，始由阿拉伯商人傳來中國，而在九世紀由唐人段成式筆錄，
> 收入於他雜碎式的小說《酉陽雜俎》裡，成了世界著名童話中最早見
> 於記載的一則童話。也因此曾被若干國人誤認爲中國古童話。〔註14〕

蘇樺在這段敘述裡，作出如此的推測，但並未舉出可信的證據，故亦不足以
採信，只能將它的「可能性」供作參考。因不同地區，若在歷史、社會或經
濟條件相似的情況之下，也有產生同類型童話的可能，如《聖經》中的人類
起源故事之一，〈諾亞方舟〉的型態，與我國的民間童話〈洪水的故事〉極爲
相似，不能因年代的遠近，即斷定由西方國家傳入中國或由國傳入西方國家。
除非因通商、移民、交通往來的關係，造成了故事的傳播。

綜論之，童話的發展不但受到歷史文化、地理環境的影響，同樣地，社

---

〔註13〕見朱傳譽的〈童話的演進〉，收入《兒童讀物研究》，小學生雜誌社，民國55
年5月初版，頁40。

〔註14〕見《兒童文學論述選集》總序，林文寶主編，幼獅文化事業公司，民國80年
1月再版，頁10。

會經濟條件的改變，也會成為童話發展的變因，可加速或減緩童話的發展，或對故事產生具時代性的特徵或反映。

## 二、西洋童話發展上幾位重要的作家

西洋童話在發展的初期，並沒有「童話」的專稱，而是隸屬於「民間故事」之範圍。據朱傳譽的說法，西方搜集民間故事的國家主要有四個，包括法國、德國、挪威、英國。〔註15〕而這些主要國家在童話的發展上，可分為幾個轉變的階段，可以藉由葉師詠琍在《西洋兒童文學史》一書中，對西洋兒童文學的歷史分期，以了解西洋童話的發展。

1、黑暗時代（十七世紀）：十七世紀以前，西方國家尚無「童年」的觀念。對待孩子，有如具體而微的成人，兒童的讀物極少。縱然有，也是教訓意味濃厚的宗教書籍。

2、萌芽時期（十八世紀）：法國的貝洛爾首先發難，接著，紐伯瑞、盧騷等人再接再勵，終於改變了歐洲兒童文學的風貌，一改過去板著面孔說教的形式，代之以了解與愛。

3、茁壯時期（十九世紀）：在德國有格林兄弟，在丹麥有安徒生……等等，兒童文學在風調雨順中，不斷地成長、茁壯。

4、全盛時期（二十世紀）：受兒童心理學家及教育家們的影響，兒童文學逐漸邁向更廣闊、深遠的人生境界，尋求繼續壯大、成長的園地，並經過多方努力，成就卓越。〔註16〕

這裡提出的，雖然只是對「西洋兒童文學」的歷史分期，但「童話」在西洋文學中，佔有極重要的地位，甚至主導了西洋兒童文學的發展，因而由此可了解西洋童話發展的時代背景和歷史因素。

對西方兒童文學有了基礎的認識之後，再討論西方童話的發展，較能具備整體的概念。但是，「西方童話的發展」是極大的課題，且非在本論文的討論之列，因而只選取幾位在西方童話發展上，有舉足輕重地位且作品為國人所熟悉的童話作家，作為「西方童話發展」的代表。首先介紹十七世紀法國的貝洛爾：

法國的貝洛爾（Charles Perrault, 1628～1703），不但是最早搜集民間

---

〔註15〕同註13，頁41。
〔註16〕參見《兒童文學》內容簡介，葉詠琍，東大圖書公司，民國75年5月初版。

故事者之一，並且是第一個加以改編改寫，專供兒童閱讀的童話作家。他的童話故事，也可以說是童話集。他的《鵝媽媽的故事》，於一六九七年出版，其中收了〈灰姑娘〉、〈小姆指〉、〈小紅帽〉、〈睡美人〉、〈貓公主〉等八篇童話。〔註17〕

貝洛爾是第一位將「民間故事」改編改寫成「童話」的作家。在此之前，「民間故事」屬於廣大的群眾，而貝洛爾用簡單優美的文字，將之改編改寫成適於兒童的「童話」作品，這在童話的發展上，無疑是往前邁進了一大步。不過，因為當時兒童讀物還在以「教誨」為目的的階段，所以貝洛爾每一則童話後面，都不忘對孩子說教一番。

德國的格林兄弟，享譽全世界，對西方童話發展貢獻極大：

對民間故事作科學研究的，是格林兄弟（Jacob Ludwig Cagl Grimm, 1785～1863 and Wilhelm Carl Grimm, 1786～1859）。他們都是專門研究語言的大學教授。他們搜集民間資料，本來是想研究德國語言的起源和發展，後來對民間故事特別感到興趣，就專致力於這一方面的研究。他們的第一冊民間故事集，於一八一二年出版，第二冊出版於一八一五年。初出版的時候，反應不算好，但是後來，逐漸受到歡迎，一版再版，經譯成丹麥、瑞士、法國、荷蘭、英國、意大利、西班牙、波蘭等十七國文字。這些故事的讀者對象，包括成人和兒童。〔註18〕

德國的格林兄弟是西方童話十九世紀的代表。他們所著的《民間故事集》（Kinder Und Hausmarchen），也有人稱之為《格林童話集》，在此書中，最為人所熟知的故事，包括：〈白雪公主〉、〈森林中的兄弟〉、〈老鞋匠〉、〈鵝公主〉、〈灰姑娘〉等，不但有最完美的故事結構，而且在立意上、辭藻的運用上，皆經過嚴密的布局和謹慎的選擇，因此至今仍為世人傳頌不已。

最後是號稱「童話大王」的安徒生：

對發展兒童文學，尤其對童話創造有最大貢獻的，不是貝洛爾，而是丹麥的安徒生（Hans Christian Andersen, 1805～1875）。如果我們說貝洛爾是童話之祖，那麼安徒生就可以說是童話之王。安徒生的童話，大多是取材自他童年時代所聽到的民間故事，不過經過他改編改寫，

---

〔註17〕同註13，頁41。
〔註18〕同註13，頁41。

完全變成了他自己的風格，其中最有名的，如〈醜小鴨〉、〈小錫兵〉、

〈賣火柴的女孩〉，可以說是兒童文學中的不朽作品。〔註19〕

安徒生的童話，處處顯露出至眞、至善的情操，以及至美的情境，如〈拇指姑娘〉、〈人魚公主〉；亦有藉由童話來鼓勵兒童要在逆境中學習成長，如〈醜小鴨〉，幼時受到眾人的取笑，但熬過了冬季，蛻變爲最美麗的天鵝，卻不染驕傲之氣。此類童話將「教訓」深刻地融入故事情節中，而且造境優美，很能被兒童接受，也值得現代童話創作者學習。

## 三、中國童話的發展

　　我國的現代童話，繼承了古代童話和民間童話的傳統，逐步發展而來。然而童話的發展，有其必然的歷史基礎和演化過程。所以我們要了解中國童話的發展，就必須了解童話發展的歷史背景及童話本身演化的過程。《童話辭典》的「童話的發展」詞條下，由童話發展的「外部規律」和「內部規律」，分別探討中國童話的發展：

1、從童話發展的外部規律看，童話隨著社會的發展而發展，隨著生產力的發展和文明程度的提高而發展：

　　第一階段：在原始社會，由於生產力極端低下，爲了生存，兒童不得不及早加入成人的行列，從事繁重的體力勞動，孩提時代非常短促，談不上重視兒童的地位、教育和文學的享受。

　　第二階段：在封建社會，兒童被看作父母的私有物和附屬品，沒有形成尊重兒童獨立的人格、意志和自由，保障他們做爲一個人所應有的各種權利的兒童觀。從原始社會到封建社會，不能自覺地爲兒童創作童話，童話只能借神話、傳說、寓言、民間故事、筆記小說、志怪小說、傳奇小說、幻想小說的母體而自發地出現。

　　第三階段：近代社會之後，承認兒童與成人具有同等的人格，保障兒童做爲人的同等的權利，具有將兒童培育成健康的人的教育意識開始形成，作家自覺地爲兒童創作童話，使兒童得到文學的享受。〔註20〕

〔註19〕同註13，頁52。

〔註20〕見《兒童辭典》，張美妮等編，黑龍江少年兒童出版社，1989年9月第一版，

　　「外部規律」指影響童話發展的外在因素，與歷史環境、經濟、人文條件皆有密切的關係。在第一階段的原始社會，雖然兒童無法全面地得到「教育和文學的享受」，但只要有一部分的父母，能有意識地爲兒童講述一些具有幻想力的故事，童話就已經存在了。

　　在第二階段裡，童話雖然「只能借神話、傳說……的母體而自發地出現」，然而此即中國古代童話的具體呈現。到了第三階段，「作家自覺地爲兒童創作童話」，也就是目前童話的發展階段，「現代童話」大量出現。

　　2、從童話發展的內部規律來看，童話的發展大約經過三個階段：

　　　　第一階段：口頭流傳階段，即童話的萌芽階段。將適合少年兒童口味
　　　　　　　　　的神話、傳說、民間故事等借用過來，用口頭加工的形式，
　　　　　　　　　講述給孩子們聽，這就是最初的口頭童話故事。

　　　　第二階段：記載、收集、整理的階段，即童話的形成階段，將口頭流
　　　　　　　　　傳於民間的童話，用文字形式記載下來，有的分散在歷史
　　　　　　　　　的文學作品中，有的經過收集整理，成爲可供少年兒童閱
　　　　　　　　　讀的童話故事。

　　　　第三階段：改編創作階段，是童話的成熟階段。作家自覺地改編民間
　　　　　　　　　童話進而發揮個人的自由幻想，創作出嶄新的童話，使童
　　　　　　　　　話成爲獨立的兒童文學體裁。〔註21〕

　　內部規律乃著眼於童話故事本身的發展，分析其演化的情形。在第一階段裡，由大人「講述給孩子聽」，也就是在原始社會和封建社會時，可能採取的方式，這是屬於「口頭童話」的部分。第二階段是「收集整理」的工作，也就是整理「古代童話」的部分。第三階段是作家自覺地「改編創作」的階段，此爲童話發展的成熟階段。

　　以上是針對中國童話的漫長歷史而言，至於中國童話發展最迅速的階段，也就是具有獨立而有意識地創造童話的能力，時間在民國以後，以下分析民國以後「兒童文學」發展的情況。呂伯攸在《兒童讀物研究》一書中，論述從民國初年到對日抗戰爲止，中國的兒童文學大致可分爲四個階段：

　　第一階段：萌芽期（民國初年到民國十年）

　　此時期的兒童文學創作品，以採自外國材料和我國固有的材料改寫的童

────────────────

　　　　頁5。
〔註21〕同註20。

話故事及小說為主，大批的兒童讀物以叢刊或叢書的形式出版，如：孤毓修的《童話》叢刊。

第二階段：成長期（民國十一年到民國二十年）

此時期歷經五四新文化運動、新學制的頒布、小學語文教育的革新之後，兒童文學作品泰半用流利的國語文，或譯或寫。趙景琛著有一系列的童話論著，像《童話評論》、《童話論集》、《童話學 ABC》。

第三階段：蛻變期（從民國二十一年到民國二十六年）

中國兒童文學經過一段時日的摸索，兒童文學作品已經從想像進入現實，科學常識受到應有的重視，如：呂伯攸所著《中國童話》。

第四階段：成熟期（民國二十七年到抗戰勝利以後）

抗戰軍興，為激發少年兒童愛國的情操，各種不同刊期的兒童報紙相繼創刊，有日刊、三日刊、周報、十日刊等。就內容和形式而言，皆有長足的進步。〔註22〕

呂伯攸提出的四個發展階段，亦以「兒童文學」整體發展的角度來分期。以上乃民國以後，「兒童文學」在中國發展的大致情形。依此分期，有關童話理論較深入的專題論述，約產生於民國十一年至十三年之間，表示「童話」在此一階段，已有了較進步的觀念及獨立的地位。對中國現代兒童文學的發展，有了初步的認識之後，再進一步地探討「中國現代童話的發展」。

西元一九〇九年，孫毓修創辦《童話》刊物，中國正式有了「童話」名稱，但此時的童話概念和範圍，皆與「兒童文學」相等，包括了寓言、童詩、童謠、兒童劇本……等，所以雖然名之為「童話」，但非皆屬童話作品。關於民國初年童話之發展，藉由幾位重要的童話作家，如孫毓修、茅盾、鄭振鐸、葉聖陶等，以了解四十年代以前，中國現代童話的發展情形。

〈無貓國〉是第一篇以「童話」概念進行創作的作品，此為孫毓修在一九〇九年三月發表，但若以現代的童話定義來檢視，則缺少童話的「幻想」特徵，較近似於「民間故事」或「兒童故事」。孫毓修的童話題材，乃取自舊事或歐美所流行之故事，但在撰寫的時候，即使原本是外國故事，亦將它寫成適合中國人閱讀的中國式作品，而且以淺白之文字，敘述奇詭之情節，語言滑稽，富含寓意。所以雖然他的作品幾乎都是改編或譯述，不能稱之為「童話創作家」，但

---

〔註22〕參見《兒童文學史料初稿》，邱各容，富春文化事業公司，1980 年 8 月臺北第一版，頁 18 至 20。

他仍是一位童話的關徑者，對中國現代童話的發展有極大的貢獻。〔註23〕

茅盾原名沈德鴻，他共寫了二十八篇童話作品，〈尋快樂〉創作於一九一八年，是茅盾的第一篇創作童話，也是我國現代的第一篇創作童話。洪迅濤說：

> 如果說孫毓修的那些童話都是編寫、改寫、譯寫的作品，那麼我國
> 現代第一篇創作的童話，就是茅盾的〈尋快樂〉了。〔註24〕

這篇作品，將經驗、勤儉、錢財、玩耍這些抽象的概念，用幻想、擬人、誇張的手法加以描述，賦予牠們人的個性、語言、感情和動作，比那些按歷史故事改編的童話，往前邁進了一大步。

一九一九年，中國發生了「五四運動」，從此中國的新文化運動開始蓬勃發展，童話也得以迅速地發展。此時，鄭振鐸投入了童話寫作的行列，雖然他的作品中有一些是根據民間故事、外國童話改寫，但已有較大的創作成分，不只是原作品內容的複述和改寫了。洪迅濤謂：

> 鄭振鐸（西元 1898 年～1958 年）當時不但自己創作童話，翻譯童
> 話，編輯童話，還不遺餘力介紹外國童話作家，研究中國民間童話，
> 對現代童話的開拓作出了卓著的貢獻。〔註25〕

一九二一年，葉聖陶（原名葉紹鈞）寫出了第一篇童話〈小白船〉，這篇童話描寫了人與人的友好關係，歌頌了愛，歌頌了善，歌頌了純潔，有豐富的幻想，創造了一個詩意化的童話世界。而其童話作品中影響最大的，是在一九二二年所寫的〈稻草人〉，這篇童話奠定了中國現代藝術童話的基礎，影響甚鉅。對於葉聖陶在童話上的貢獻，洪迅濤說：

> 葉聖陶的童話有了深刻的內容，形式上也比較完整，他已完全擺脫
> 了過去童話的那種改寫味、翻譯味，使童話成為中國獨創的一種藝
> 術樣式。過去的童話幾乎都著重在敘說一個故事，而葉聖陶的童話
> 開始著重寫人物，寫感情，寫背景，寫意境，使童話成為一種賞心
> 悅目的藝術品。〔註26〕

〔註23〕 以下有關中國現代童話之發展，以洪汎濤之《童話學》為主要依據，再補以他家之說。

〔註24〕 同註4，頁 267。孫毓修（西元 1862 年～？），主編《童話》叢書，是我國第一部現代兒童文學刊物。

〔註25〕 同註4，頁 275。鄭振鐸。（西元 1898 年～西元 1958 年）。

〔註26〕 同註4，頁 276。葉聖陶（西元 1894 年～西元 1988 年），是中國現代童話的

在三十年代之前，對於童話有過重大貢獻的作家及作品，洪迅濤曾簡要地敘述，此段文字，可謂總結了中國現代童話初期之發展：

> 童話，從孫毓修創辦《童話》，開始有了名稱，茅盾開始寫出了第一篇創作童話〈尋快樂〉，鄭振鐸做了很有效的童話推廣工作，葉聖陶開始創作了〈小白船〉藝術童話，到了〈稻草人〉的問世，中國現代童話，可以說進入了當時的一個高峰，加上魯迅對童話的支持，一條中國的現代的童話道路便開發完成了。〔註27〕

進入三十年代，童話創作已比較活躍。許多成人文學刊物、報紙文藝副刊、書局出版社，也發表和出版了一些童話作品。其中較值得注意的是張天翼的〈大林和小林〉，洪迅濤說：

> 如果說葉聖陶的〈稻草人〉是我國現代第一篇成功的短篇藝術童話，那麼張天翼的〈大林和小林〉便是我國現代第一篇成功的長篇藝術童話。〔註28〕

葉聖陶以童話的形式，對人生和社會進行了深刻的觀察和諷刺，具有巨大的教育意義；而謝冰心則是首先開始創作現實主義的童話，爲中國童話奠定了基礎，經過了謝冰心、魯迅、葉聖陶在中國現代童話的開創工作，張天翼更上一層樓，創作了一系列現實主義童話作品，以兒童的感覺爲媒介來觀察社會，非常精彩。〔註29〕

在中國首先主張需要童話的是周作人。他認爲童話的概念是——以現實事物爲素材，但必須把整個氣氛搞成非現實的，舉例來說，猶如霧中看花，形色全變了。他曾以自己的家鄉——紹興的童話〈蛇郎〉和〈老虎外婆〉爲例，與歐洲、日本、印度的童話比較後加以闡述，然後再往上追溯，從唐代段成式的《酉陽雜俎》，及其它從多方面搜集來的中國古代童話和童謠中，加以比較研究，作出了學術解釋。〔註30〕

一九四七年，賀宜爲華華書店主編《童話連叢》。這是我國第二次用童話

---

　　首創者，童話創作集有〈稻草人〉和〈古代英雄的石像〉。

〔註27〕同註4，頁279。

〔註28〕同註4，頁284。

〔註29〕見《日本學者中國文學研究譯叢、第四輯；現代文學專輯》，劉柏青、張連第、王鴻珠主編，武鷹、宋紹香編譯，吉林教育出版社，1990年3月第一版，頁75，88，170，175。

〔註30〕同註29，頁238。

命名的刊物，此次發表的作品主要都是童話了。到了四十年代後期至五十年代前期，「童話」已經有了一支創作隊伍，許多作家寫出了優秀的作品，可謂進入了成年階段。

# 第四章　中國童話和神話、傳說之關係

## 第一節　神話和童話之關係

### 一、神話的範圍和分類

「神話」（MYTHS）是外來詞，它源自希臘文 mythos，在希臘語言中是指：說明原始社會關於神或受神支配的自然事物的故事。在中國古代，亦即經由廣大群眾的集體口頭創作，產生許多富於想像力的神話。但由於各種原因，流失甚多，在現存的古籍中，以《山海經》、《穆天子傳》、《楚辭》保存了較多的神話，可由此得知中國古代神話的原始面貌，或由地下出土的古器物，得到更多研究古代神話的材料。

例如：一九七二年到一九七四年初，在湖南長沙馬王堆出土的西漢帛畫中，畫中的天國繪著九重天門，人首蛇身的女媧，為女媧覓食的三青鳥，馬身人面的句芒，日神、月神等神祇，真是琦瑋譎詭，場面盛大。〔註1〕因此，馬王堆文化之發現，更豐富了我們研究古代神話的材料。

關於神話之界說，目前民間文藝學界有「廣義神話說」和「狹義神話說」的爭論。何謂「廣義神話說」？何謂「狹義神話說」？

袁珂在一九五〇年出版的簡本《中國古代神話》中，狹義地將中國古代神話斷限至鯀、禹治水，認為鯀、禹以前算是神話，鯀、禹以後就只能算是傳說，不能再視為神話。〔註2〕但是只機械性地以時代來截然劃分，似乎並不合

---

〔註1〕見陳天水〈中國古代神話〉，國文天地雜誌社，民國79年3月初版，頁1。
〔註2〕見袁珂〈從狹義的神話到廣義的神話〉，社會科學戰線，1982年第四期，頁256。

理，如發生在鯀、禹之前的黃帝、蚩尤的戰爭神話中，有許多應該屬於傳說的範圍；而在鯀、禹之後的杜宇化鳥、李冰鬥蛟等，神話的因素卻很濃厚，因此以時代斷限，並不十分恰當。

後來，袁珂將神話的範圍擴大，採取廣義的神話，包含神話、傳說、歷史、仙話、怪異、有童話意義的民間傳說、佛經中的民間故事、地方風物、法術、節日、寶物……等，皆屬於廣義的神話。

此類廣義的神話說，範圍過於廣泛，內容包括了神話、傳說、童話和寓言，若依此說法，則勢必將神話學的領域無限地擴大，也取代了故事學、傳說學等，不符合現代民間文藝學的發展趨向，較不為一般學者所接受。

周明在《再論神話範疇的狹義性和廣義性》中亦言：

> 狹義的神話特指原始神話，廣義的神話則指包括原始神話和後世新神話在內的全部神話，尤指那些原始社會解體以後產生的新神話。
>
> 〔註3〕

新神話是指與原始神話的基本特徵，有近似的特性之神話，如幻想性、人物形象和故事情節的超自然性等。

對於原始神話的產生，一般人的理解大多為：「原始人類，由於生產力的低下，知識的不足，他們還不能正確地理解自然界的一切現象，只能根據他們簡單的生活和生產經驗，通過主觀幼稚的想像，認為自然界的萬物與人一樣是有意志和生命的，把變化莫測的自然現象加以人格化和神化。於是，神話這種文學樣式，就成了人類童年時代最初的精神產物。」〔註4〕

此類「狹義神話說」的內容，主要反映天地、人類起源和文明創造，反映人和自然的矛盾及征服自然的奮鬥……等等，對「神話」的範圍，有明顯而確定的界說，也是較為一般學者所接受的說法。

神話分類的標準是多種多樣的，以文野狀態，可分為文明神話和野蠻神話，以民族劃分、可分為漢族神話、壯族神話、滿族神話……等，按表現形式不同，可分為韻文體神話、散文體神話或韻散兼行體神話。若以內容來分類，亦有多種不同之分類方式，但若大範圍地加以劃分，則有自然神話和人文神話兩種：

---

〔註3〕 見周明〈再論神話範疇的狹義性和廣義性〉，民間文學論壇，1985 年第一期，頁 47。

〔註4〕 同註1，頁 3。

　　自然神話，是假定了在自然現象和自然物的背後，有著某種超自然的靈格，把自然界的種種現象，解釋作是那靈格的意志活動所顯現，或是想記述那靈格本身的行動的神話。

　　人文神話，是假定了一切有價值的人類的生活和文化的背後，有著超自然的靈格，以爲這種生活和文化，係藉了那靈格的直接行動或保護，掌管而產生、發展的神話。〔註5〕

在此對於自然神話和人文神話的解釋中，有極顯見的「萬物有靈論」思想。將自然和人文的種種現象，都當作有生命和自由意志，而此「自然」和「非自然」兩類，也就囊括了所有神話的範圍，並由其生命所展現的方式加以分類。

　　另外，關於『萬物有靈論』可解釋爲：「認爲原始人，他們迫切地希望認識自然，於是便以自身爲依據，想像天地萬物都和人一樣，是有生命、有意志的，對於自然現象的過程和因果關係，也加以人間形式的假設和幻想，並以爲自然界的一切都受有靈感的神的主宰。在這種『萬物有靈論』思想的支配下，所有的自然物和自然力都被人格化、神化了。」〔註6〕這裡的「有靈感的神」，也就是前段引文中的「超自然的靈格」。而在童話中，也常有「萬物有靈論」的思想存在。

　　陶立璠在《民族民間文學理論基礎》一書中，亦由各民族神話的內容出發，綜合各種神話的特色，作了以下的分類：

1、開闢神話。

2、人類起源神話。

3、洪水神話。

4、自然神話。

5、物種起源神話。

6、民族起源神話。

7、英雄神話。

　　陶立璠接著又說：「就少數民族神話而言，如上的分類是很粗略的。其它如動植物神話、風俗神話、生活技術神話等等，也都可以歸類加以敘述的。」〔註7〕

---

〔註5〕　見松村武雄〈童話與兒童研究〉，新文豐出版公司，民國67年9月初版，頁85。

〔註6〕　見鍾敬文〈民間文學概論〉，上海文藝出版社，1980年7月第一版，頁166。

〔註7〕　見陶立璠〈民族民間文學理論基礎〉，中央民族學院出版社，1990年12月第一版，頁177。

這是中國神話較常見的分類法，由神話的內容來分析，將相關之童話歸為同類。在這些類別之中，又以「洪水神話」和「英雄神話」和童話的關係最密切，有部分具有童話特徵的神話，亦可歸入童話的範圍。如：〈鯀禹治水〉傳說就屬於英雄神話，而禹化為熊，具有不畏艱難、犧牲奮鬥的教育意義，並富有豐富之想像力，很適於兒童，亦可列入童話之範圍。

## 二、神話和童話表現手法的異同

神話是人類童年時期的產物，也是一種相當特殊的意識型態，因而在性質、思想和藝術各方面，皆呈現鮮明之特色。鍾敬文在《民間文學概論》中說：

第一、神話是原始人對自然和社會的認識。

第二、神話是民間文學中最富於幻想的形式，是人類童年時期的產物。

第三、神話中的人物形象都是神或半人半神。神話以這些形象為焦點，反映了原始人類的生活情景和思想感情。〔註8〕

神話中的人物大多是神或半人半神，這是神話人物的特點，但非其專有，在傳說、民間故事、童話中，同樣也有神或半人半神的人物，只是在使用上，不及神話那麼頻繁。另外，陶立璠對神話的特徵，也作了如下的說明：

1、神話是口頭傳承的。它產生在人類的童年時代，其後一代一代在人們口頭流傳。

2、神話無論是韻文體或散文體，都是敘事的，對各種事物的起因，加以詳細地推原說明。

3、神話中所記敘的事物，在原始人看來是客觀存在的，絕不是一種假託。

4、神話中的人物，可以是人或神，也可以是人以外的自然界的各種有生物和無生物，它們都被人格化，都具有人性。他們的一切行為、心理都和人一樣，體現了原始人類的「萬物有靈」觀念。

5、神話反映原始人的心理和願望，在今天看來，它的內容是荒誕無稽的，極不合理的。〔註9〕

這裡對神話所顯現的特徵，作了詳細地說明，神話具有口傳性，在古代

---

〔註8〕同前註，頁177。

〔註9〕同註7，頁151。

人類「萬物有靈論」思想的支配下，將許多客觀存在的現象加以推原，有些則是原始人類的心理和願望的呈現。這裡所說的「口頭傳承」和「萬物有靈論」的性質和作法，也是童話所具有的。陳天水對神話的藝術特色有以下之見解：

　　1、神話是幻想的。

　　這是神話最重要的表現手法。由於原始社會生產力的不發達，人們知識水平低下，對於各種自然現象無法理解，於是便借助幻想來解釋自然。

　　2、神話是象徵的。

　　這個特點是由於初民在創作神話時，一般是由現實生活中具體、個別的事物出發，通過想像和幻想，賦予事物以一定的概念和思想感情。

　　3、神話是比擬的。

　　「比擬」包括擬人和擬物兩種表現方法。擬人是把事物比擬為人的方法，這是因為神話作者思考問題是直觀、感性的，他們認為神和人是同形同性的。擬物是把人比擬為事物，有的表示作者讚美的感情，有的表示作者厭惡的情緒。

　　4、神話是誇張的。

　　誇張就是強調到極點，大，極言其大；小，極言其小。對神話中的神或英雄人物，一般從以下幾個方面來誇飾，以達到高度強調的效果，對思想的誇飾、對形體的誇飾、對美醜的誇飾。〔註10〕

　　所謂的「藝術特色」，也就是神話的「表現手法」，經由幻想、象徵、比擬和誇張，將神話的主題加以敘述和渲染，而這些也是童話常見的藝術手法，在某一程度上，兩者是相同的，而童話所要求的邏輯性和合理性更強些，因此限制較多。

## 三、神話與傳說、仙話及迷信的區別

### （一）神話和傳說的異同

　　一般人對神話和傳說之間的差異，大多無法清晰地分辨，為什麼神話和傳說難以嚴格區分，界線容易混淆呢？原來神話和傳說有不少相似之處，以下由神話和傳說的形成、內容、人物……等各方面加以說明：

---

〔註10〕同註1，頁89。

1、在形成的時間上：神話和傳說都產生於原始社會，都是人民集體口頭的創作，始於民間口頭流傳，繼而被記錄寫定，後被加工修改。

2、在思想內容上：神話和傳說都是以形象來反映古代人們的生活和感受。它們表達了人民的美好願望和對理想的追求，以及為了實現願望和理想所作的堅持不懈的鬥爭，表現出昂揚樂觀的戰鬥精神。

3、在表現形式上：神話和傳說同是依靠展開想像的翅膀，曲折離奇的幻想，對創作對象進行加工。

4、在人物的塑造上：神話和傳說的主人公都具有超人的本領，有奇才異能和神勇。

5、在流傳的過程中：神話和傳說往往交互混雜在一起，使神話演化為傳說，使傳說滲入神話的內容。〔註11〕

以上是神話和傳說的相似之處，但是，神話和傳說畢竟是有區別的，它們產生的時代、故事的主人公和故事形成的方式皆有所不同，以下即逐一說明：

1、神話的產生早於傳說。

神話是人類童年時代的產物，它產生於原始社會的早期，大致是母權氏族社會時期。傳說的產生則稍晚於神話，它產生於原始社會的晚期，約於父權氏族社會時期。

2、神話和傳說的主人公不同。

神話的主人公是神或半人半神。儘管傳說和神話相混雜，但在傳說產生的時代，畢竟神的作用已由主要地位退居到次要地位，人的地位由原來的次要地位上升到主要地位，傳說的主人公往往是歷史的、實有的人物。

3、神話和傳說形成的藝術方式不同。

神話是不自覺的藝術，它將幻想當作現實，許多故事在今人看來是不合理的，如人形獸身或獸形人身、動物祖先、無夫而孕、死而復生等等，神話的作者皆認為是合理的。傳說則不然，它是自覺的藝術。它往往和歷史的、實有的人物、事件相聯繫，包含著歷史的、真實的因素。〔註12〕

由以上的說明，可以更清晰地分辨神話和傳說之間的異同。在神話和傳說中，都有一部分作品具備童話的特質，亦可視之為童話，因而某些作品可能兼具神話和童話的性質，或是兼具傳說和童話的性質，與原來的神話或傳

〔註11〕同註1，頁21。
〔註12〕同註1，頁23。

說屬性並不衝突。

## （二）神話和仙話的區別

仙話是古代道家和方士所幻想的一種超出人性、長生不老的故事，與神話產生的背景、方式都有所不同，以下將神話和仙話的思想內容、主要人物以及主題意識，加以分析比較：

第一、神話是積極入世的，仙話是消極出世的。以原始時代所產生的神話來說，勞動、創造、防禦凶惡的禽獸、與自然的鬥爭是其主要的內容。仙話卻不然，它產生於戰國，大盛於秦漢，比神話起源晚得多，表現消極遁世的思想。

第二、神話中的人物是神或半人半神，並非憑空產生，仙話中的人物則是子虛烏有的人物。神或半人半神的出現是有現實根據的，這就是自然物或自然力，或在自然、社會鬥爭中出類拔萃的英雄人物。神仙卻是胡謅瞎編的人物。

第三、神話宣傳為集體而英勇獻身的精神，仙話卻是以追求個人享樂，滿足私慾為前提。〔註13〕

前面已經說過，神話中也存在一部分的童話作品，而偏向「消極出世」的仙話呢？其中當然也有積極正面的作品，只要具有童話特質、適於兒童閱讀，亦可視之為童話作品。

## （三）神話和迷信的區別

迷信是指相信星占、卜筮、風水、命相和鬼神，是自然力量和社會力量在人們意識中歪曲虛幻的反映。神話和迷信產生的社會基礎相同，都是在生產力低下，人們對自然力抗爭的力量很薄弱，對於世界的認識還較幼稚時，所產生對於超自然力量的信仰。但神話和迷信卻有著本質的不同。

1、神話和迷信的區別，突出地表現在對待命運的態度方面。神話往往表現人們不肯屈服於命運，儘管大自然給予人類以種種嚴重的災難和禍害，但神話對人的力量、勞動的力量深信不疑，表現人類決不屈服於大自然的威力，是人與自然關係正確的反映。迷信則大力宣揚宿命論、因果報應的思想。

2、神話和迷信的不同，表現在神話往往敢於向神的權威挑戰，鼓勵人們

---

〔註13〕同註1，頁24～26。

擺脫奴隸的地位；而迷信則宣傳人對神的無能爲力，心甘情願做奴隸。
〔註14〕

神話作品中也存在一部分荒誕不稽的作品，這就是「迷信」思想的產物，而此類作品易造成兒童觀念上之偏差，甚至對兒童日後思想和習慣的養成，有相當大的影響，應愼加選擇或加以改寫，取其長而避其短，亦可成爲豐富多彩的童話作品。

## 四、神話、傳說和童話的相互轉化

神話和傳說有許多相似之處，兩者之間相互轉化的情形也相當頻繁，有時同一作品也可能兼具神話和傳說的性質。對神話和傳說的轉化，鍾敬文表示：

> 隨著人類社會的發展，神話產生的基礎削弱了，而社會生活日趨紛繁和複雜，軍事鬥爭、英雄事跡等等重大事件，引起了人們傳頌自己歷史的要求。在這種情形下，傳說逐步興旺，從而產生了同一事件、人物的神話與傳說並存，或神話經過歷史化向傳說轉化的現象。

〔註15〕

鍾敬文的說法，以人類歷史文化的發展爲出發點，認爲神話可能與傳說並存，或神話經過歷史化而向傳說轉化。這是絕對可信的，但對於後起神話而言，傳說則亦有反向神話轉化的可能，如先秦帝王的「感生傳說」，亦可視之爲「英雄神話」。

再者，童話和神話、傳說也有相互轉化的情形，鍾敬文在《民間文學概論》中亦言：

> 幻想故事的主人公是類型化的，又是多樣化的。故事的時間、地點則是比較含混的。它和神話、傳說的重要區別及其互相轉化的標誌就在於：主人公的類型化和故事的時間、地點比較含糊。〔註16〕

幻想故事也是童話中的一個類型，而主人公的類型化，並不等於人物形象性格的單調。故事中的人物來源於現實生活，由於不同地區和民族，其社會生活和自然條件不同，民族性格、地方特色各異，因此，同一類型的人物形象，其性格也是多樣化的。所以童話和神話、傳說間，也常有相互轉化的

〔註14〕同註1，頁27。
〔註15〕同註6，頁185。
〔註16〕同註6，頁210。

情形產生。

　　如〈女媧補天〉中的女媧，煉五色石以補蒼天，斷鼇足以立四極，殺黑龍以濟冀州，積蘆灰以止淫水，如此鮮明的神話形象，反映了原始人民征服自然的強烈願望。然而故事中生動的情節，豐富的想像力，以及完整的主題意識，卻非常適於兒童，因此也兼具童話的性質。

　　又如唐代李復言的〈定婚店〉，故事敘述主人公韋固巧遇一位白鬍子老人，他自稱負責安排天下姻緣，韋固要求見他未來的妻子，卻嫌棄他未成年的妻子太邋遢，故令隨從刺殺女嬰，結果只刺傷眉心，未料十八年後，韋固果然娶了眉心有傷痕的美貌女子，歷述往事，才信了老人之言，也就是我們現在所說的「月下老人」。文中的關鍵性人物——月下老人，對於整個故事的發展有非常重大的影響，雖然月下老人屬於神仙，但〈定婚店〉的故事非常適於兒童，且是富有幻想性的完整故事，應可視之為童話。

# 第二節　傳說和童話之關係

## 一、傳說的意義和分類

　　傳說被人們統稱為各民族人民「口傳的歷史」，這說明傳說在各民族民間文學作品中，具有歷史性和可信性的顯著特徵。所謂傳說的歷史性，指此類體裁的創作離不開一定的歷史人物和歷史事件。從古代和近代各民族歷史傳說來觀察，皆與歷史上曾經發生的事件有關。傳說的形成一般有三種情況：

　　1、解釋某種事物、某些歷史人物、風俗習慣的由來而產生的傳說。

　　2、有的事物、人物與某一事件、某一地方毫無關係，而有某種相似，純屬附會而產生的傳說。

　　3、某些事物、人物符合某些人的心理、意願而加以增益、誇大、理想化或神化而成的傳說。〔註17〕

　　張紫晨在《中國古代傳說》一書中說：「目前大家對傳說的分類遵循著兩個標準。一個是從內容著眼進行分類，一個是從題材著眼進行分類，而通常使用的又是把內容和題材混在一起的綜合分類法。」〔註18〕而鍾敬文在《民

---

〔註17〕見吳蓉章〈民間文學理論基礎〉，四川大學出版社，1987年9月第一版，頁88。
〔註18〕同註6，頁 190～198。

間文學概論》中，將傳說分爲以下三類：

1、人物傳說。

2、史事傳說。

3、地方風物傳說。

人物傳說是以歷史人物爲中心，敘述他們的事蹟和遭遇，史事傳說以敘述歷史事物爲主，往往以一歷史人物爲中心，廣泛刻畫各種人物的動態，揭示歷史的事實，表現人心的歸向，而地方風物傳說則敘說地方的山川古蹟、花鳥蟲魚、風俗習慣及鄉土特產的由來，這也是傳說故事中最主要的部分。

張紫晨在《中國古代傳說》中亦言：

> 各種分類中出現最多的比較一致的是歷史傳說、人物傳說、地方傳
> 說三項。這說明，這三個方面不僅是普遍存在的，而且是特別鮮明
> 的。這三個方面比較能反映我國過去傳說的面貌。〔註19〕

張紫晨依此分爲：人物傳說、歷史傳說、地方傳說和其它傳說四類。人物傳說中包括歷史人物、革命領袖人物、生產技術人物、文藝人物、文化人物、傳說人物、神仙人物……等；歷史傳說則指具有重大歷史意義的政治事件、民族起義事件、抵禦外族侵略事件，以及反抗官吏壓迫事件；地方傳說有名勝、地方風物、動植物、土特產、手工藝品、食品佳餚、風俗節日等；其它傳說則如宮廷傳說、愛情傳說。

## 二、傳說和童話表現手法的異同

傳說的特徵，一是故事中的人物和事件，一半爲歷史，一半爲空想；或者只在傳述、傳說的地方被信爲史實，而從客觀方面看，則全是虛構之談。二是以人物或地方的理想化爲生命，作爲故事鋪陳之主線，而加以敷衍。因此「傳說」在故事情節和人物塑造兩方面都有顯著的特色。

1、在故事情節上，非常具有傳奇性。

2、傳說往往有一定的歷史背景，其故事依附於歷史的或實有的事物。

3、傳說中所塑造的人物，總是和故事情節緊密聯繫。故事中人物的思想感情，主要通過行動來敘述，很少做靜止的描寫。

4、傳說刻畫人物大多採用粗線條的手法，強調人物思想性格的一個方

---

〔註19〕見張紫晨〈中國古代傳說〉，吉林文史出版社，1986 年 7 月，頁 9 至 15。

面，因此形象單純明朗，比較突出，能給人留下鮮明的印象。

5、傳說中常常通過誇張和渲染，將英雄人物理想化。有的傳說還賦予主
　　人公，神奇超人的力量。〔註20〕

　　傳說最大的特色就是具有「濃厚的傳奇性」，且往往有一定的歷史背景。
這在童話中所佔的比例較低；然而「人物形象鮮明」、「賦予主人公以神奇超
人的力量」則是童話中常見的，因此許多具有健康、正面或趣味性的傳說，
同樣是童話的好素材。松村武雄認為「傳說」的藝術特色有：

1、歷史真實與藝術真實的結合。

2、傳奇性和幻想性的巧妙結合。

3、鮮明的民族特色和地方特色。〔註21〕

　　傳說和童話同樣具有幻想性，也同樣具有「鮮明的民族特色和地方特
色」，這些都是傳說和童話表現手法上的相似之處，唯獨「歷史性」之差異最
大。

## 三、傳說和神話、民間故事、童話的關係

### （一）傳說和神話的關係

第一、以傳說的主人公和內容與神話相比較，神話的主人公主要是神，
　　　　內容是以神格為中心的故事；而傳說的主人公是人或是與神有關
　　　　係的人，它的內容比神話更接近現實生活本來的樣式，較為準確
　　　　地反映了社會生活，有較強的現實性和社會性。

第二、神話、傳說都具有幻想色彩，但神話的幻想和想像更為自由和濃
　　　　烈，是用一種原始思維來幻想，是不自覺的幻想。並且不一定以
　　　　具體的人、事、物作依據；而傳說則總是以一定歷史階段的歷史
　　　　人物、歷史事件或地方的風物、風俗習慣等作為依據來幻想和想
　　　　像。〔註22〕

　　但是神話和傳說也是相對劃分的，是相互聯繫、相互轉化的。神話一旦
與歷史事件、地方古蹟聯繫起來，就成為傳說；而傳說中往往有不少神話因
素，因此很難截然劃分。

〔註20〕同註7，頁209。

〔註21〕同註5，頁78。

〔註22〕同註17，頁87。

## （二）傳說和民間故事的關係

吳蓉章在「民間文學理論基礎」中說：

> 民間傳說和民間故事有密切聯繫，也可以說傳說是廣義的民間故
> 事。但就狹義而言，它們又有所區別。前面談到傳說總是與一定實
> 有的事物、人物相聯繫，給人的印象好像是實錄，即實實在在發生
> 的事情，具有較強的歷史性和可信性。〔註23〕

因此傳說具有強烈之歷史性，而民間故事的人名、地名是泛指的，不確
定的，不受歷史人物、事件及地方風物的限制，兩者之間的差異極為明顯。
所以筆者認為傳說和民間故事之間，有某些部分可以是兼容的，但在思考體
系上，仍應為兩類獨立的文體。

## （三）傳說和童話之關係

民間傳說是同一定歷史人物、歷史事件以及自然風物（山、石、河、湖、
花木、蟲、鳥等）、人造古蹟（橋、井、廟、樓、鐘、塔等）、社會習俗等相
關聯的一種故事。

> 一般的傳說，是依據著一定的歷史事實所虛構起來的故事。這原是和
> 一般的神話、童話相像的，但是由於在敘述的形式上，它往往關聯到
> 實際的歷史上有名的人物、事件或眞實的地方、事物，它就好像具有
> 歷史的性質。其實，除了很少數是歷史上的個別事件或著名人物軼事
> 的加工結果，過去的傳說絕大部分是一種根據一般社會歷史所提供的
> 素材的文藝創作，其中不少還是幻想性很強的創作。〔註24〕

因此，傳說和童話同樣具有濃厚之幻想性，但傳說之歷史性佔了相當重
的比例，其中也有些作品具有童話的特質，似不宜將之排拒於童話之外；反
之，以虛構為主之童話故事，除了兼具童話和傳說性質的部分，則鮮有能符
合傳說之條件者。

如我國傣族地方傳說從前有一個魔王，非常猖狂、無惡不作，但因他的
本領高強，所以沒有人敢干涉他，後來他又搶來了第七個老婆，因他非常喜
愛她，她就趁他高興時，詢問他最怕什麼？得知後，她便趁他熟睡時，用他
最怕的頭髮勒斷他的脖子，為民除害，不料魔王的頭落地之後立刻起火，並
由火燄中跳出許多鬼怪，於是其餘六個老婆都趕來幫忙，輪流抱著魔王的頭，

---

〔註23〕同前註，頁 89。
〔註24〕同註 7，頁 189。

以免再生出鬼怪。

　　所以，當每一個人抱滿一年，要換給另一個人時，大家便給她潑水，一方面洗去魔王所流出的污血，一方面避免再起火燄，如此過了七年，魔王才真正死去。從此以後，每到這一天，大家便互相潑水以驅邪避妖。

　　這個故事原屬風俗傳說故事，但因反抗強權的主題意識非常適於兒童，故事本身也充滿幻想性和趣味性，也是一篇很好的童話。因此可知傳說故事若能符合童話的基本特徵，亦兼具童話之性質。

# 第五章　中國童話與民間故事之關係

## 第一節　中國童話與動植物故事之關係

### 一、動植物故事的意義和類型

　　原始動物故事的內容，大多是探索動物的生理特徵和與其有關之事物的解釋型故事，到了後來，特別是到了階級社會以後，動物故事才包含了有教訓的寓意性故事。因此，動物故事是隨著社會的發展而逐漸豐富、複雜和深刻化。

　　動物故事是民間故事的一種。此類故事是以動物或主要以動物為主人公。但在具體講述中，又不是單純地去描繪動物的生活習性和特徵，而是賦予動物人性的特點，使故事中的動物，具有社會的意識、思想和語言，將動物人格化、擬人化，曲折地表現出人與人的社會關係和思想感情。

　　在現有諸多「動物故事」的分類方式中，以大陸作家天鷹的分類法，最為詳盡而清晰，藉由此分類，可更深入地了解動物故事的內容和表現的方式，亦可了解「動物故事」發展的歷程：

　　（一）、解釋型的動物故事

　　純粹是解釋性的動物故事，不含有或較少含有寓意，它的目的在於解釋自然現象的生成起源，帶有原始的自然研究的意義。

　　（二）、寓意型的動物故事

　　這類故事，多數已經沒有對自然現象作解釋的情節，或是只留下淡淡的

痕跡。這類故事主要在總結生活教訓,所以大多有很深刻的寓意。它反映出一般民眾的生活面和世界觀,比較廣泛而多樣。

### (三)、解釋兼含寓意的動物故事

這類故事還是著重在對自然現象起源的解釋,但它又多從故事情節中引出教訓的意味,從而使這一類故事含有一定的思想內容。

### (四)、偏重動物性格描繪的動物故事

這類故事表現了動物之間的關係,這種關係往往符合動物本身所具有的特性,自然界原本就存在這種關係。但更多的故事在表現它們之間的關係時,卻突出了另外一個側面;那些大的、強的、妄自尊大、驕傲蠻橫,在動物界稱王稱霸的動物,卻不一定是聰明的。事物總有兩面,具有狡猾特性的,也往往是愚蠢的,小的、弱的、受欺凌的、受威脅的動物,卻在為生存的奮爭中鍛練成聰明、機智、沉著的特性。所以,勝利往往屬於後者,而受愚弄、遭懲罰的卻是前者。〔註1〕

植物故事一般是以植物為主人公的故事,經由擬人化的表現手法,傳達作者的某種思想,生動地解釋某類植物的由來或特點、習性,並藉以反映複雜的社會倫理生活,且由於本身的特殊需要,以高度的幻想和誇張,提供植物故事廣闊的天地,天上人間,仙妖鬼怪,無奇不有,無所不包。

## 二、動植物故事的特點

動植物故事是以動植物為主人公的故事。動植物的擬人化,以及動植物世界關係的社會化,是動植物故事的特點。所以動植物故事的內容,完全以動植物為主題來鋪陳、鋪敘全局,組成完整的故事,表達完整的主題。

動植物故事中的動植物是被人格化的,作者按照人類社會的種種關係和人類對生活的觀點來描繪動植物世界,因而動植物世界所描繪的,雖然是動植物和動植物的世界,而它的內容卻反映了人類社會的關係和人對於生活和生命的觀點。

在大量流傳的動植物故事中,通常可見以下幾種主題:讚美勤勞和誠實,讚美助人為樂和聰明智慧的美好品德,反對懶惰和虛偽,反對自私自利、投機取巧、不講信用和狂妄自大等不好的品德。

---

〔註1〕 見天鷹〈中國民間故事初探〉,上海文藝出版社,1981年5月第一版,頁280。

### 三、動植物故事和童話、寓言之關係

劉守華在《故事學大綱》中說：

> 在民間童話中是否應該包括一部分具有童話藝術特徵的動物故事在
> 內，民間文藝學家們的作法不一，有的將童話和動物故事作爲平行
> 的兩類作品。我以爲從實際出發，應將動物故事分別歸入童話和寓
> 言兩種體裁之中。以片斷情節寄託某種教訓的小故事係寓言，情節
> 曲折完整、概括的社會生活內容較爲豐富的則屬童話。〔註2〕

由以上的敘述，可以很清楚地了解到動物故事和童話、寓言三者之間的
關係，並且將這類故事加以整合，深入分析故事的結構，將「情節曲折完整」、
「概括的社會生活內容較爲豐富」的故事，歸入童話的範圍之內，而非以故
事之「諷喻性」爲評斷之依據，如〈中山狼〉之類，則可兼具童話、寓言之
性質。

如〈爲媽媽報仇〉是一則生動的動物故事，大意是母雞爲了保護小雞們，
結果被大野貓抓走了，過了一個冬天，小雞們漸漸長大了，於是結合了曾被
大野貓欺負的苦子果、多瓜，又得到了螃蟹、蜜蜂的仗義相助，一起對付大
野貓，終於救回了媽媽。

又如〈兔子判官〉中，敘述山羊從陷阱中救出了狼，狼恩將仇報，反欲
吃羊，而聰明的兔子借由重新了解過程的方法，使惡狼又再度掉入陷阱，故
事情節與明代馬中錫的〈東郭先生〉極爲相似。這兩則故事不但具有諷刺性，
而且故事完整，想像力豐富，因此雖然是動物故事，也是寓言，亦可視之爲
童話。

另以植物故事中的〈薔薇花〉爲例，當薔薇姑娘和阿康爲了對抗皇帝的
無理和壓迫，雙雙跳崖殉情之後，故事展開了離奇動人的情節，皇帝先是命
人將他們的遺體用火燒，繼而又用刀剁，再而是沉海，結果仍是燒不著，剁
不動，也沉不下，最後只好將他們葬在山腳下，不久，便長出了美麗而帶刺
的薔薇花。

在這裡，奇特的幻想和極度的誇張相互交融，使情節更爲曲折多變，故
事結構完整，而且主題意識明顯。因此這類故事不僅僅是植物故事而已，也
具有童話的特質，故而可知某些動植物故事兼具童話的性質。

---

〔註2〕見劉守華〈故事學綱要〉，華中師範大學出版社，1988年10月第一版，頁27。

# 第二節　中國童話與幻想故事、生活故事之關係

　　民間故事學在西方興起，已有一百多年歷史。德國格林兄弟於一八一二～一八一四年發表《兒童和家庭故事集》（簡稱《格林童話集》），被人們認為在民間故事搜集史上，開闢了一個新的科學的歷史階段。此後，在許多國家，搜集採錄民間故事蔚為風氣，積累了不可勝數的民間故事資料。

　　中國五十六個兄弟民族，創造了豐富多彩的民間故事。這些故事淵源久遠，早在晉唐時期的一些古籍中，它們即以相當完美成熟的型態被文人記錄下來，並通過曲折複雜的途徑流傳於世界。中國是世界民間故事的寶庫，其蘊藏之豐富只有印度可以相比擬。

## 一、民間故事的意義和分類

　　廣義而言，民眾所有口頭講述的散文故事皆可稱為民間故事，如《中國民間文學概論》云：「民間故事是人民口頭創作中敘事散文作品的總稱，按題材內容及流傳的不同情況可分為神話、傳說、生活故事、笑話、寓言、童話等六類。」〔註3〕但狹義而言，指神話、傳說以外的部分口頭敘事散文故事。

　　廣義的民間故事包括了神話、傳說在內的一切散文形式的口頭文學作品。但嚴格說來，民間文學和神話、傳說是有所區別的，這種區別在於：

　　　　從內容上看，民間故事不像神話那樣，反映原始人對周圍自然界和
　　　　社會生活中紛紜複雜現象的蒙昧認識；也不像傳說那樣，將生動的
　　　　解釋性故事附會到具體事物上。從表現形式上看，民間故事不像神
　　　　話那樣充滿奇特詭譎的幻想；也不像傳說那樣，具有濃厚的傳奇色
　　　　彩。〔註4〕

　　但狹義的民間故事，指那些具有某種假想性（或幻想性），又與現實生活有著密切聯繫的民間口頭散文作品，如：生活故事、寓言、笑話……等等。至於神話和傳說，在表現形式上，雖然也具有幻想性，但是與現代生活的屬性差距太大，應該有其獨立的文類，不宜統稱為「民間故事」；另外，關於童話，雖然有一部分也具有民間文學的特徵，但在整體性質上，具有相當之特

---

〔註3〕見吳蓉章〈民間文學理論基礎〉，四川大學出版社，1987 年 9 月第一版，頁
　　　　88。
〔註4〕見鍾敬文〈民間文學概論〉，上海文藝出版社，1980 年 7 月第一版，頁 190
　　　　至 198。

異性，應獨立爲一特有之文類。

　　民間故事的分類問題比較複雜，在國際上亦無較嚴格的、供科學研究之用的分類方法。其主要原因在於這些民間故事之間，有許多並存和近似的現象，並且在流傳過程中又有很大的變化。往往同一個故事，既可以是寓言，又可以是笑話，還可以是動物故事。

　　目前一般對民間故事的分類，可分爲以下四類：

　　1、民間童話。

　　2、生活故事。

　　3、民間寓言。

　　4、民間笑話。〔註 5〕

　　這種四類分法看似清晰，但因涵蓋面太廣，反倒過於籠統。以「民間童話」爲例，民間童話之故事類型中，包括「動物故事」，而民間寓言中，也包括「動物故事」，這兩類動物故事中，若富含教育性，又饒富幻想之完整性故事，可能單以童話或寓言稱之，皆不夠周延，因而仍應再深入考慮。

　　在民間文學界，目前「故事」最爲通行之分類法，爲丁乃通依芬蘭民俗學家安蒂·阿爾奈（西元 1867 年～1925 年）的分類法。阿爾奈的類型分類法，乃世界故事學上常用的方法，它早在十九世紀下半期便開始出現，到本世紀初經過安蒂·阿爾奈的編制，發表故事類型索引以後，即成體系。他根據歐洲的材料，把民間故事分爲三大類：動物故事、普通故事、笑話；又按其情節歸納爲五百多個類型。到了一九二八年，美國學者湯普森又在阿爾奈這個索引基礎上作了大量補充和修訂，出版《民間故事類型索引》，使這個類型分類法更受肯定。稱爲「阿爾奈——湯普森體系」，簡稱「ＡＴ分類法」。〔註 6〕丁乃通就是依據這個分類法來分類：

　　一、動物故事。

　　二、普通故事：

　　　　1、神奇故事。

　　　　2、宗教故事。

　　　　3、生活故事（愛情故事）。

---

〔註 5〕見張紫晨〈中國古代傳說〉，吉林文史出版社，1986 年 7 月，頁 9～15。

〔註 6〕見陶立璠〈民族民間文學理論基礎〉，中央民族學院出版社，1990 年 12 月第一版，頁 209。

4、愚蠢魔鬼的故事。

三、笑話：

　　1、傻子的故事。

　　2、夫妻故事。

　　3、女人（姑娘）的故事。

　　4、男人（男孩子）的故事。

　　5、說謊的故事。

四、程式故事：

　　1、連環故事。

　　2、圈套故事。

　　3、其它的程式故事。

五、未分類的故事。〔註7〕

　　但在此種分類法中，大體套用歐洲民間故事之分類，反使許多中國民族性較強之特有故事無法歸類，因此亦非十分恰當。綜合所見，筆者認爲陶立璠在《民間文學理論基礎》中，對民間故事之分類，乃目前民間故事分類中，較爲詳盡而適宜之分類法，列述於後：

一、動物故事：

　　（一）動物特徵、生活習性的解釋性故事。

　　（二）寓言性動物故事。

　　（三）世態人情動物故事。

二、魔法故事（又稱魔術故事或民間童話）：

　　（一）動物報恩故事。

　　（二）因寶獲福故事。

　　（三）怪孩子故事。

　　（四）異類婚配故事。（或稱爲變形故事）

三、生活故事：

　　（一）生活鬥爭故事。

　　（二）勞動和生產經驗故事。

　　（三）家庭、愛情故事。

---

〔註7〕見松村武雄〈童話與兒童研究〉，新文豐出版公司，民國67年9月初版，頁78。

四、機智人物故事和笑話。〔註8〕

## 二、中國童話和幻想故事之關係

　　幻想故事是童話中的一個類型，而主人公的類型化，並不等於人物形象性格的單調。故事中的人物來自於現實生活，由於不同地區和民族，其社會生活和自然條件不同，民族性格、地方特色各異，因此，同一類型的人物形象，其性格亦多樣化。所以童話和神話、傳說間，也常有相互轉化的情形產生。

　　如〈女媧補天〉中的女媧，煉五色石以補蒼天，斷鰲足以立四極，殺黑龍以濟冀州，積蘆灰以止淫水，如此鮮明的神話形象，反映了原始人民征服自然的強型願望。然而故事中生動的情節，豐富的想像力，以及完整的主題意識，卻是非常適合兒童的，因此也兼具童話的性質。

　　又如唐代李復言的〈定婚店〉，故事敘述主人公韋固巧遇一位白鬍子老人，他自稱負責安排天下姻緣，韋固要求見他未來的妻子，卻嫌棄他未成年的妻子太邋遢，故令隨從刺殺女嬰，結果只刺傷眉心，未料十八年後，韋固果然娶了眉心有傷痕的美貌女子，歷述往事，才信了老人之言，也就是我們現在所說的「月下老人」。文中的關鍵性人物——月下老人，對於整個故事的發展有非常重大的影響，雖然月下老人屬於神仙，但〈定婚店〉的故事也非常適於兒童，且是富有幻想性的完整故事，故應可視之為童話。

## 三、中國童話和生活故事之關係

1、孝順故事型：孟宗哭筍、臥冰求鯉、郯子扮鹿取奶。

2、愛情故事型：韓憑妻、阿寶、梁山伯與祝英台。

3、兄弟分家型：紫荊樹、旁也、二商、三兄弟、狗耕田、石榴。

4、巧女故事型：巧媳婦。

5、奇遇型：談生、張奮宅、宋定伯、細腰、桃花源、袁相根碩、劉晨阮肇、王六郎、翩翩、竹青、賈弼、王質、劉晨阮肇遇仙記、袁相根碩天台山奇遇。

6、寓言故事型：鷰子賦、茶酒論、大雁、寒號鳥、老鼠嫁女。

---

〔註8〕同註3，頁87。

　　古代童話中的生活故事，是將生活化的民間故事中，富有幻想成分且適於兒童的部分篩選過濾後，取其娛樂或教育的含意。如《二十四孝》皆屬於孝順故事，然而其中真正適合兒童，並且富有幻想力及時代性的，卻只有〈孟宗哭筍〉和〈臥冰求鯉〉；「愛情故事型」的童話也是選擇適於兒童的故事類型。

　　「兄弟分家型」和「巧女故事型」是中國童話中較特殊的類型，前者的表現尤為多樣化，以各種型態來表達兄友弟恭、相互扶持的重要性；後者則以聰慧的女子為主題，表現女子同樣可具有的智慧。「奇遇型」童話中，有些是成人對現實社會失望之餘，轉為對理想世界的描摩，展現美好的幻想，有些則以戲謔的方式，表現鬼界人性的一面，最後一項「寓言故事型」是具有寓言性的童話故事，具有完整的故事結構。

　　由前面之敘述可知，「童話」大多為「民間故事」的一部分，然而童話中的「民間口傳童話」確實如此，但「古籍存在童話」就被遺漏了。因此只顧慮到「民間童話」的口頭傳承性，反倒易使人們忽略童話本身的完整性。因此，筆者認為應該將「民間童話」由民間故事中獨立出來，賦予童話完整之生命。

　　如陳寔《異聞記》的〈張廣定女〉，張廣定有一女年僅四歲，因避難無力攜女同行，又不忍令女暴屍道旁，便將女兒置於古大塚中，又留下數月份的乾飯及水漿後乃去。三年後，廣定往視，女仍坐塚中未死，詢問之下，方知女效塚中大龜之「龜息大法」，始得存活。

　　這是民間故事，但神奇的故事情節，亦可引發兒童的興趣，姑且不論故事真實與否，此類奇聞異事，也有豐富兒童思考力的正面意義，因此亦可視之為童話。

# 第三節　中國童話與寓言之關係

## 一、寓言概說

　　寓言是寄寓深遠意義的一種簡短緊湊的故事。但它的目的不止於講故事，而是藉著故事來表達或暗示另一種意義和真理。所以故事可說是一種含有啟發性，積極性的假設故事。在古代已有寓言的文體，「寓言」的名義和發展的情形如何？吳蓉章說：

「寓言」這個名稱，我國古代就有，最早見於《莊子》，《莊子‧寓言篇》中有「寓言十九」之說，《釋文》解釋此句道：「寓，寄也。此人不信己，故託之他人，十言而九見信。」但古人對寓言的理解比今天的含義要廣泛一些。「寓言」在我國古代還有其它種種稱謂，《韓非子》把自己的寓言稱爲「儲說」。《文心雕龍》將寓言歸入「隱言」之中。魏晉南北朝時代，人們翻譯佛經，把佛經中的寓言直將稱爲「譬喻」，有《譬喻經》流傳於世。明末，《伊索寓言》傳入中國，譯本被人們稱爲《況義》。把古代寓言作品統一定名爲「寓言」，大概是從茅盾一九一七年編輯《中國寓言》開始的。〔註9〕

另外，就世界各國的寓言發展而言，東方的中國，南方的印度，西方的希臘，是人類文明迅速進步的上古時代，世界寓言的三大發源地。公元前六世紀，古希臘就出現了著名的《伊索寓言》。印度的寓言故事也十分豐富，成書於公元前的《佛本生故事》，講述佛祖過去無數次轉生的故事，共收各類故事五百四十七則，其中第一篇的一百五十則故事，幾乎都是動物故事構成的寓言。《百喻經》這部佛教寓言集，早在公元五世紀的南齊時，即已譯爲漢文，全書收故事九十八則，用愚人所做的蠢事作寓言，別具一格。〔註10〕

希臘、印度、中國的寓言，在題材、體式和思想上各有不同，劉守華曾加以分析比較：

1、在題材上：中國寓言以人物爲主，古希臘寓言和繼承它的西歐寓言，以動物故事爲主，分別處於兩極；印度寓言處於中間狀態，動物形象略多於人物形象。

2、在體式上：古希臘與西歐以韻文爲主，中國寓言以散文爲主，分別處於兩極；印度寓言處於中間狀態，韻文與散文相錯，散文主要用於敘述故事，韻文主要用於詠嘆、對話和總結寓意。

3、在思想上：古印度寓言爲佛教所利用，具有濃厚宗教色彩，古希臘寓言面向現實，具有世俗性質，分別處於兩極，中國古代寓言卻進入到哲學家們的書齋，具有很重的政治倫理色彩。〔註11〕

---

〔註 9〕同前註，頁 89。
〔註10〕見陶立璠〈民族民間文學理論基礎〉，中央民族學院出版社，1990 年 12 月第一版，頁 189。
〔註11〕見劉守華〈故事學綱要〉，華中師範大學出版社，1988 年 10 月第一版，頁 5。

以上是中國寓言發展的大致情況，以及中國與希臘、印度寓言的比較，藉此可以對中國寓言有較概略性的了解。

## 二、寓言的意義和分類

《簡明不列顛百科全書》中說：

> 寓言 fable，以散文或詩歌體寫成的短小精悍、有教誨意義的故事，每則故事往往帶有一個寓意。最早廣爲流傳的寓言是印度、埃及和希臘的動物寓言。〔註12〕

中國的寓言以人物爲主，印度、埃及和希臘的寓言則以動物爲主，兩者之故事主人公雖有不同，但具有教誨、諷喻之本質仍是一致的。在劉守華的《故事學大綱》中，也有一段關於「寓言」的闡釋：

> 寓言也是一種很流行的民間故事。用生動有趣的小故事來闡發哲理，寄託教訓，以發人深思的，就是寓言。民間故事大都包含著某種教訓，寓言的教訓尤其明顯，所以有人稱它是一種「帶有明顯教育意味的民間故事」。寓言實際上是一種形象化的比喻，借此喻彼，借遠喻近，借古喻今，借小喻大，言在此而意在彼，使得抽象深奧的道理從具體淺顯的故事中表現出來。〔註13〕

這裡不但說明了寓言的意義和作法，也將「寓言」和「民間故事」的關係，作了簡明扼要的解說。大體上來說，一般學者仍以寓言爲民間故事中的一類，然而寓言的獨特性質，已受到許多人的肯定和重視，逐漸形成獨立的研究專題。

另外，關於寓言的分類，通常可分爲動物寓言和人物寓言兩種：

> 所謂動物寓言，是動物故事中帶有哲理或寓意的小故事。它以動物爲主人公，但賦予它人類社會中，人與人之間的關係和人的思想感情，用以比喻和象徵社會生活中種種人物及事態，有明顯的訓誡含義。
>
> 人物故事，是以虛構或實有的人物爲主人公，通過一個小故事，揭示一定的寓意，從而使人受到教育。〔註14〕

---

〔註12〕同註6，頁216。
〔註13〕同註11，頁23。
〔註14〕見張紫晨〈中國古代傳說〉，吉林文史出版社，1986年7月，頁18。

這是以故事的主人公為分類的標準，已極為清晰，若從角色有無生命的特點看，寓言大致上又可分四大類：

第一大類是動物寓言：主人公是動物，此類作品最多，最常見。

第二大類是植物寓言：主人公是植物。

第三大類是植物寓言：主人公是人。

第四大類是其它寓言：主人公可以是風、雲、雨、露、江、湖、河、海、金、銀、銅、鐵等自然物，也可以是生活用品乃至人體某部分器官等，角色仍然是多樣的。〔註15〕

## 三、寓言和童話表現手法的異同

寓言是一種獨特的文體，也有其獨特的藝術特色和寫作手法，以下藉由譚達先對寓言特色的分析，反觀它與童話表現手法的異同：

第一、抓住有特徵意義的矛盾現象，通過短小的故事形式，生動的角色形象，巧妙的藝術構思，來表現某種深刻的寓意。往往通過失敗的結局，來表達它的思想效果，即把失敗的結局，與作者否定或批判的思想行為，巧妙地聯繫在一起。

第二、進行有目的性的虛構，豐富的想像和合理的誇張，並把現實生活中的事物與虛構中的幻想，藝術地統一起來，更易於表現事物的本質。

第三、寓言創作手法上最重要的特點是擬人化。

第四、寓言的故事具有鮮明的比喻作用。

第五、不少寓言常在結尾處發表議論，或說出主題思想所在。〔註16〕

以上是寓言寫作上的技巧，而其中的「目的性的虛構」、「擬人化」、「想像」和「誇張」，與童話的表現手法是類似的；而「鮮明的比喻作用」、「失敗的結局」和「在結尾處發點議論」，則以寓言的使用較為突顯。

「寓言」是用獨特的方法寫人寫事來表現主題，將深遠的教訓意義，寓寄在優美的故事之中。它包含了以下幾個特點：

1、它通過現實生活的片斷事件，塑造人物形象，而這些片斷事件，往往最能反映事物本身的本質特徵。

〔註15〕見丁乃通〈中國民間故事索引〉，中國民間出版社，1986年二版。
〔註16〕同註6，頁226。

2、民間寓言刻畫人物性格的方法獨特，一般沒有繁複的故事情節和眾多的人物活動，手法最經濟，人物形象、性格最單純、質樸。

3、寫人、敘事往往採取極簡約的方式，描述人物動作、神態和心理活動的手法，正符合講故事的特點。〔註17〕

這裡主要強調寓言的「簡明扼要」，此與童話的結構完整、故事性強，有很大的差異。另外劉守華在《故事學綱要》中，也說明了寓言的藝術特徵：

1、比喻性。寓言藝術的基本特徵是它的比喻性，即言在此而意在彼。

2、情節結構和語言。民間寓言是一種小故事，它由片斷情節，甚至可以由一個場面構成，寓意一經點明，敘述即告結束，不求以完整曲折的情結發展，將主人公的命運完整地展現出來。

3、題材來源的多樣性。寓言題材的來源很廣，神話、傳說及一般民間故事均可轉化為寓言，寓言與這些口頭散文故事有著複雜的交叉轉化關係，這也是它很突出的一個特徵。〔註18〕

一、二兩點和前面所敘述的，意旨相當接近，而第三點則說明寓言和其它文體間相互轉化的情形。申言之，若能將寓言之故事性加強，同樣可成為故事性較濃的童話。

## 四、寓言和神話、傳說、動物故事、笑話、童話的關係

### （一）寓言和神話、傳說的關係

寓言和神話、傳說既然在古代同時流傳過，有時彼此也互相交錯、互相轉化。有的較特殊的作品，若從某一角度來看，屬於某類作品，從另一角度來看，則屬於另一類作品，這就是一種比較特殊的情況。如《愚山移山》，從反映勤勞能創造世界的真理此一角度看，它屬於神話；在反映有志者事竟成的哲理的角度看，它屬於寓言。可見，有的作品作為兩類藝術形式看待皆可。

### （二）寓言和動物故事的關係

動物故事的主角是動物，寓言的主角也大多是動物。隨著社會歷史的發展，人民文化生活的需要，民間作者有時在動物故事中加上了明顯的寓意，突出它的教育性、哲理性，它又可以轉化為寓言。就某種意義上說，寓言的

---

〔註17〕見劉守華〈故事學綱要〉，華中師範大學出版社，1988年10月第一版，頁78。

〔註18〕同前註，頁79。

主要來源是動物故事。

### （三）寓言和笑話的關係

在古代，寓言和笑話也是同時存在的兩種形式。有時候，兩者也互相交錯，互相轉化。有的作品，具有健康、積極的娛樂性，就被當作笑話看待，亦可由閱讀者的角度，或是語言、文字表現的傾向而定；可是，它們也具有諷諭性，若將它們當作寓言來看待，也是恰當的。

### （四）寓言和童話之關係

就兩類文體的表現形式而言，寓言是簡短且教育性較強的故事；而童話同樣也具有教育性，但表現的方式較爲含蓄，經常「寓教於樂」，將教育功能完全融入故事之中，使兒童獲得潛移默化的最佳效果。因此寓言可以說是童話的縮影，將主題意旨在最簡明的敘述中表達出來。

但有些故事兼具寓言和童話的性質，如我國民間木板年畫裡，有一幅叫〈老鼠嫁女〉或叫〈老鼠成親〉的畫，內容敘述：有一位有法術的老人，看見一隻可憐的小老鼠被老鷹抓住，於是就救了牠，後來小老鼠因感激老人而願作他的女兒，老人就把牠變成了人。日子久了，老鼠愈來愈驕矜，而且也開始嫌棄老人，便要求老人幫她找個好人家嫁了，於是老人找了太陽、雲、風、牆，大家都認爲自己不如後者，最後老人將她變回老鼠的模樣，嫁給了會在牆上打洞的老鼠，那天是正月二十五。

這是一則寓言故事，但若以它在民間廣爲流傳的情形而言，亦可更準確地稱之爲民間寓言，而它所使用的擬人化手法，將整個故事高度地趣味化，而且內容也具有相當完整的故事性，相信定可受到兒童的喜愛，因此也兼具童話的性質。

# 第六章　結　論

　　民國初年至今，童話歷經七十多年的研究與發展，從翻譯、改寫，到創作，其間也有對童話理論進行研究的，然多散論而乏專著，且多為西洋童話理論之介紹與演繹，有關本國童話之整理與研究相當有限，至於中國古代童話之研究則全然闕如。回顧我國童話研究的歷史，兒童文學的先驅周作人，他對童話曾有過相當精闢的見解；同時在童話領域的開拓與探索上，尤其有許多開創之功。其所著《童話略論》、《童話研究》及《古童話釋義》等書，可說是研究中國古童話的開端。其後，趙景琛積極地對童話理論研究及童話的編寫研究工作投入心力，而有《童話評論》、《童話概論》、《童話論集》、《童話學 ABC》等論著；而一九四八年，賀宜陸續發表了《童話的研究》、《童話的特徵、要素及其它》、及《漫談童話》等論著；特別是近十幾年來，教育的普及，兒童文學受到普遍的重視。尤其一九八六年洪汛濤出版了《童話學》一書，系統地介紹了童話的概念、特徵、發展及作家作品，童話的研究漸趨熱絡而蔚為風氣。唯對我國古代童話之整理與研究依然付之闕如。

　　余深信中國童話與中國小說相似，中國古代雖無小說、童話之名，然必然存在有小說、童話之實，乃發心立志從事中國古代童話之整理與研究。唯以才疏學淺，明知綆短汲深，仍不揣淺陋，於諸家研究之基礎上，勉力整理探賾，並嘗試調查現階段四至十二歲兒童閱讀中西童話之情形，期能提供童話改寫、創作與出版業者之參考。全篇約略可得以下幾點主要結論：
　　一、中國古代童話的名稱：以往大多數人對於童話的名稱，並未作整體之考慮，往往隨著分類方式的不同而有所差異，有古典童話、藝術童話、文學童話、現代童話、創作童話、民間童話和幻想故事、魔法故事、傳奇故事、

奇蹟故事……等各種不同的名稱，眞可說是眾說紛紜，莫衷一是；然就古代童話的存在方式而言，似以「古籍存在童話」和「民間口傳童話」稱之，較能全面概括各種類型的古代童話，再配合細部的故事分類，即可達到綱舉目張的最佳狀況，並使童話的來源一目了然。

二、中國古代童話的特徵：中國古代童話的基本特徵，可得以下五點——適於兒童、幻想性、趣味性、教育性、故事性。中國古代童話並不一定要完全具備這些特徵，即使現代的創作童話，也未必能完全符合以上五點要求。但在選擇古代童話作品時，須以「適於兒童」和「故事性」爲第一要務，其次是「幻想性」。至於「趣味性」和「教育性」則視情況而定，在程度上並不作絕對之要求；然而故事的主題，必須要是健康的，才不致對思想尚未獨立的兒童，造成負面之影響。

三、中國古代童話的故事分類：目前有少數從事兒童理論研究的作家，將童話加以分類，但分類的方式大多極爲粗略，尤其對於童話故事類型的分析研究，更是貧乏；而大多數的學者仍將童話置於民間故事的範疇之內，只探討有關「民間童話」的部分，而忽略了古籍中豐富的童話材料。因而本論文綜合所見，去蕪存菁，將已被公認之故事類型加以保留，並抒己見，納入已類型化之相似童話類型，共計有以下各類型：

（一）魔法故事：

〈寶物類〉：意外得寶型、搶寶遭懲型、尋找幸福型、鬥法型。

〈異能類〉：能工巧匠型、怪孩子型、神技異能型。

（二）動物故事：動物助人型、動物報恩型、負心獸型、狼外婆型。

（三）變形故事：異類變形婚配型、人變動物型、動物變形助人型、牛郎織女型、田螺姑娘型、灰姑娘型。

（四）生活故事：孝順故事型、愛情故事型、兄弟分家型、巧女故事型、奇遇型、寓言故事型。

（五）風俗故事。

（六）神仙鬼妖的故事：神類故事、仙類故事、鬼類故事、妖類故事。

四、中國古代童話和其它文類的關係：廣義的民間故事類型範圍極廣，包含了神話、傳說、民間童話、民間寓言、民間笑話……等表現手法各異的所有故事；而狹義的民間故事也包含了民間童話、民間寓言、民間笑話……等各種型態的故事。但是事實上，這些故事類型之間，經過長時期的演化或

是口頭的傳播，常使同一類的故事兼具數種不同的性質，或是轉化爲另一種不同的故事類型。因此我們在選擇古代童話時，應廣泛閱讀各類故事，從中發掘兼具童話特質的作品，以免有遺珠之憾。

## 五、展望與建議

（一）近代童話作品與童話作家研究：民國以後可說是中國童話發展最迅速的階段，無論是外國童話的改寫、現代童話的創作或是童話理論的建立，皆較前代有長足的進步，然因政府遷臺，使得許多民國初年至今的童話資料難以取得，研究工作也相對地受到阻礙；近年來，兩岸學術的交流日漸頻繁，有關童話的著作也可經由搜集而更加完備，我們可藉此良機，將民國以來的童話作品以及相關著作，作一系統性的整理與分析，相信對中國現代童話的發展和中國童話理論的彰顯，必有重大的貢獻。

（二）由古籍中選取童話材料：有許多人認爲中華民族是較缺乏幻想力的民族，但筆者在搜羅古代童話的過程中，卻屢爲故事中豐富之想像力驚嘆不已，可見並非缺乏，而是尚未將這些最富有幻想力的童話作品加以整理。除了已具備童話特質的作品之外，也有許多材料是在添枝加葉、踵事增華之後，就能成爲非常精彩的、具有民族性特色的童話，如我國的植物傳說故事，就是美妙動人的童話材料，若能善加運用，必可成爲美好的童話。

（三）類型研究：目前已有多項童話的類型，經過學者的搜集整理後，在各相關書刊中發表，如：〈灰姑娘型〉、〈老虎外婆型〉、〈蛇郎型〉……等，對於童話類型的分析和探討，都有相當的成就。而筆者在本論文的第三章第三節中，也曾列舉古代童話的故事分類，並舉例說明分類的依據，但每一類型中的故事數量極爲有限，仍需大量地搜集之後，加以比較分析，才能使童話的故事類型得到更適當的重視和發展。

# 參考書目

## 一、辭 典

1. 《童話辭典》，張美妮等編，黑龍江少年兒童出版社，1989 年 9 月，第一版。

2. 《寓言辭典》，鮑廷毅主編，明天出版社，1988 年 1 月，第一版。

3. 《寓言鑑賞辭典》，文杰，羅琳主編，中國商業出版社，1990 年 2 月，北京第一版。

4. 《民間文學詞典》，段寶林，祁連休等編，河北教育出版社，1988 年 9 月，第一版。

5. 《中國神話傳說辭典》，袁珂編著，上海辭書出版社，1985 年 6 月，第一版。

## 二、兒童文學理論部分

1. 《兒童文學》，北師大研教室，祝士媛編，新文識出版中心，民國 78 年 10 月初版。

2. 《兒童文學》，林守為編著，五南圖書出版公司，民國 79 年 7 月，三版。

3. 《兒童文學》，葉詠琍，東大圖書公司，民國 75 年 5 月初版。

4. 《兒童文學研究》，吳鼎，遠流出版公司，民國 78 年 8 月，初版十刷。

5. 《兒童文學研究〈第一集〉》，謝冰瑩，中國語文月刊社，民國 66 年 7 月，再版。

6. 《兒童文學研究〈第二集〉》，葉楚生，中國語文月刊社，民國 66 年 7 月，再版。

7. 《兒童文學綜論》，李慕如，復文圖書公司，民國 78 年 3 月，再版。

8. 《兒童文學論述選集》，林文寶主編，幼獅文化事業公司，民國 80 年 1

月，再版。

9. 《兒童文學的思想與技巧》，傅林統，富春文化事業公司，1980 年 7 月，臺北初版。

10. 《兒童文學創作論》，張清榮，富春文化事業公司，1991 年 9 月，臺北初版。

11. 《兒童文學創作與欣賞》，葛琳，康橋出版公司，民國 75 年元月，再版。

12. 《兒童文學史料初稿》，邱各容，富春文化事業公司，1980 年 8 月，臺北第一版。

13. 《兒童文學故事體寫作》，林文寶，復文圖書公司，民國 76 年 2 月，初版。

14. 《兒童文學學術研討會論文集》，台灣省立臺東師範學院主編，文史哲出版社，民國 78 年 5 月出版。

15. 《兒童文學論述索引》，馬景賢，書評書目出版社，民國 64 年 1 月，初版。

16. 《兒童文學與兒童圖書館》，高錦雪，學藝出版社，民國 70 年 9 月。

17. 《兒童少年文學》，林政華，富春文化事業公司，1991 年 1 月，臺北第一版。

18. 《兒童讀物研究》，小學生雜誌社，五十五年 5 月，初版。

19. 《中國兒童文學研究》，雷僑雲，學生書局，民國 77 年 9 月，初版。

20. 《西洋兒童文學》，葉詠琍，東大圖書公司，民國 71 年 12 月，初版。

21. 《敦煌兒童文學》，雷僑雲，學生書局，民國 74 年 9 月，初版。

## 三、童話專書

1. 《童話學》，洪迅濤，富春文化事業公司，1989 年 9 月，臺北第一版。

2. 《童話與兒童研究》，松村武雄，新文豐出版公司，民國 67 年 9 月，初版。

3. 《中國民間童話研究》，譚達先，木鐸出版社，民國 73 年 9 月。

## 四、民間文學理論部分

1. 《民間文學理論基礎》，吳蓉章，四川大學出版社，1987 年 9 月，第一版。

2. 《民間文學概論》，鍾敬文，上海文藝出版社，1980 年 7 月，第一版。

3. 《中國民間故事初探》，天鷹，上海文藝出版社，1981 年 5 月，第一版。

4. 《中國民間文學概要》，段寶林，北京大學出版社，1985 年 10 月，第一版。

5. 《中國民間文學概論》，譚達先，木鐸出版社，民國 72 年 9 月，初版。

6. 《中國民間故事索引》，丁乃通，中國民間出版社，1986 年，二版。

7. 《故事學綱要》，劉守華，華中師範大學出版社，1988 年 10 月，第一版。

8. 《民族民間文學理論基礎》，陶立璠，中央民族學院出版社，1990 年 12 月，第一版。

9. 《五十年來的中國俗文學》，婁子匡、朱介凡，正中書局，1987 年 10 月，臺初版第五次印行。

10. 《日本學者中國文學研究譯叢·第四輯──現代文學專輯》，劉柏青、張連第、王鴻珠主編，武鷹、宋紹香編譯，吉林教育出版社，1990 年 3 月，第一版。

11. 《近代文學叢談》，趙景琛，中華藝林文物出版有限公司，1976 年 11 月出版。

12. 《中國民間傳說》，程薔，浙江教育出版社，1989 年 7 月，第一版。

13. 《中國神話史》，袁珂，時報出版公司。

14. 《周作人全集》，該社編輯部，藍燈文化事業公司，民國 71 年 11 月，初版。

15. 《神話·傳說·民俗》，屈育德，中國文聯出版公司，1988 年 9 月，第一版。

16. 《中國歷代兒童故事選》，江蘇省兒童文學創作研究會編，江蘇人民出版社，1983 年 4 月，第一版。

17. 《佛經童話故事》，謝保生編，甘肅少年兒童出版社，1990 年 6 月，第一版。

18. 《佛經寓言精選》，謝希堯編著，國家出版社，民國 78 年 8 月，初版。

19. 《佛經的故事》，林靈編，新潮社文化事業公司，民國 80 年 4 月，初版。

20. 《中國古代神話》，陳天水，國文天地雜誌社，民國 79 年 3 月，初版。

21. 《古神話選釋》，袁珂，長安出版社，民國 71 年 3 月出版。

22. 《中國神話》，陶陽、鍾秀，上海文藝出版社，1990 年 4 月，第一版。

23. 《中國創世神話》，陶陽、鍾秀，上海人民出版社，1989 年 9 月，第一版。

24. 《中國古代笑話選注》，王利器、王貞珉，北京出版社，1983 年 6 月，第一版。

25. 《歷代短篇小說選》，陳萬易等編，大安出版社，民國 72 年 2 月，校訂版。

26. 《唐前志怪小說輯釋》，李劍國輯釋，文史哲出版社印行，民國 76 年 7 月，再版。

27. 《中國古代寓言選》，陳蒲清等選編，湖南教育出版社，1983 年 12 月，再版。

28. 《中國民間故事選粹》，賀嘉、黃柏編，湖南文藝出版社，1936 年 9 月，第一版。

29. 《中國民間寓言研究》，譚達先著，木鐸出版社印行，民國 73 年 9 月。

30. 《中國仙話》，鄭土有、陳曉勤編，上海文藝出版社，1990 年 3 月，第一版。

31. 《搜神記》，（晉）干寶撰，江紹整理，木鐸出版社。

32. 《搜神後記》，（晉）陶淵明撰，汪紹楹整理，金鐸出版社。

33. 《聊齋誌異》，（清）蒲松齡著，呂湛思註，新文豐出版公司印行，民國 68 年 10 月初版。

34. 《敦煌變文集新書》，潘重規，中國文化大學中文研究所印行，民國 73 年 1 月，初版。

35. 《唐人小說校釋》，王夢鷗，正中書局，民國 73 年 3 月，臺初版。

36. 《中國四大傳說》，賀學君，雲龍出版社，民國 80 年 12 月，臺一版。

37. 《正代筆記概述》，劉葉秋，木鐸出版社，民國 76 年 7 月，初版。

38. 《中國鬼話》，文彥生選編，上海文藝出版社，1991 年 3 月，第一版。

39. 《中國古代五大奇觀——鬼神奇境》，龔斌，遼寧教育出版社，1990 年 7 月，第一版。

40. 《談狐說鬼錄》，盧潤祥，遠流出版公司，民國 80 年 4 月，臺北初。

41. 《傳統語文教育初探》，張志公，上海教育出版社，1962 年 10 月，第一版。

42. 《中國小說史》，周樹人，谷風出版社。

43. 《文學概論》，王夢鷗，藝文印書館。

44. 《文學概論》，張健，五南圖書出版公司。

45. 《中國文學概論》，袁行霈，五南圖書出版公司。

46. 《朱光潛文集》，朱光潛，群玉堂出版公司。

# 附錄 四至十二歲兒童閱讀中西童話之研究

## 第一節 研究目的和動機

### 一、研究動機

在搜集「中國古代童話」之初，為使自己對童話有更正確而深入之認識，特對坊間出版之童書，作廣泛之查閱和搜集。在訪求的過程中，除了更感到中國「童話」觀念的模糊和混淆外，也深刻地體會到中國蘊含豐富廣博的童話材料，卻束之高閣，使得我們對於外國的〈灰姑娘〉故事朗朗上口，卻鮮有知悉中國灰姑娘〈葉限〉的故事。

筆者曾對二十五位國小高年級的學童做過口頭測驗，結果顯示，讀過或看過〈灰姑娘〉故事者，佔全數；而讀過或聽過〈葉限〉故事者，卻僅有四位。於是筆者希望藉由此項調查，了解現代兒童對中西童話接觸的多寡，以及兒童喜歡哪一類型的故事。

### 二、研究目的

兒童是國家未來的棟樑，我們在幼年時，也都有過美好的童話幻想，使我們對童話世界懷有一份憧憬、一份難捨的情愫。然而只有安徒生、格林兄弟能提供兒童思想上的滋養嗎？中國兒童若是無法或無緣閱讀中國童話，豈

不爲人生一大憾事。

因此，希望此項研究提醒有志書商或相關單位，對於中國童話之重視，同時也希望我們能培養出更具有「民族性」的中華兒童。並藉此結果，了解以往和現在的兒童，在童話閱讀上，有何差異？並提供從事創作、改寫童話及童話研究、出版者之參考。

## 三、文獻探討

葛琳曾針對「兒童文學與兒童發展」作詳細之分析，並根據美國兒童文學家哈克（Char-lotte S. Huck）博士之研究，給予三歲至十二歲兒童心智發展與閱讀傾向，作摘要式的說明。她說：

> 三四歲以後，聯想力、組織力和事物的關連性，都在萌芽成長，這時他們可以接受擬人化的圖書書，擴大生活的經驗。另外他們也喜歡歌謠中有趣味的故事，和有旋律的歌聲，如果發音好聽，可以百聽不厭。〔註1〕

從這段說明中，我們可以了解到三、四歲的兒童所具有的閱讀能力，以及他們喜好的傾向，對童話而言，他們喜歡「擬人化」的故事，而且是一口氣就能讀完的短篇故事，在此一階段的兒童，「只能看出故事中的一個觀點，能清楚的辨認故事的角色，喜歡和日常生活有關與直接有關的寵物、玩具和家庭人物。〔註2〕因此可知，四歲之兒童已具有聽或閱讀童話故事的能力。如：小鹿班比、三隻小豬、小飛象、小鴨子貝貝……等，大抵上仍以「擬人化」的故事類型最受歡迎。

> 學齡以後的兒童，逐漸由聽故事進步到看故事，六七歲的兒童富於想像及同情心，尤其喜歡小動物，喜歡聽有人情味的生活故事，及簡單有連續性的故事。八歲到十歲左右的孩子，他們的身心都有急劇的發展，因此產生了好奇好想像的心理，所以這個時期的兒童特別喜歡童話，及英雄偉人的童年故事。十歲以上的兒童，已開始有獨立的傾向，理智較發達，感情也非常豐富。他們對成人的生活非常嚮往，所以他們喜歡歷史、傳記、冒險故事及小說。〔註3〕

---

〔註1〕見葛琳《兒童文學創作與欣賞》，康橋出版公司，民國75年元月再版，頁7。
〔註2〕同註1，頁9。
〔註3〕同註1。

由葛琳所摘要的「兒童心智發展、閱讀傾向、及參考書目表」可以得知：六、七歲的兒童已能分別現實和幻想，想像力的發展最強，喜歡欣賞幻想故事、喜歡了解自然與人類的關係，能欣賞文學中的幽默、故事中意外的結局、字句的變化、以及熱鬧的喜劇，並且希望從書本中了解不同的生活型態與生活思想，然而，最好還是一次能講完一個完整的單元。如：桃太郎、白雪公主、仙履奇緣、小人國遊記、小飛俠、木偶奇遇記……等，最受兒童歡迎。

八至九歲兒童最明顯的特徵是——對「時空」的概念開始建立，所以對過去的生活、遙遠的土地及未來均感興趣，並且喜歡刺激性及殘而不廢的故事。如：涿鹿大戰、賣火柴的女孩、一千零一夜……等。

十至十二歲的兒童有了更獨立的人格，開始建立偶像，區別性別的書被優先閱讀，希望對生長過程有所了解，關心個人問題的解決，也喜歡神秘的、科學的故事。如：名人傳記故事、楚漢相爭、格烈佛遊記……等。此一階段的學童，已不再單純地閱讀同一類型的故事，觸角逐漸地寬廣，尤其喜好閱讀歷史性的故事，如童話中有關歷史人物、風物的傳說。

葛琳所作的表格分析，具有相當之理論基礎，也將三至十二歲兒童的心智發展和閱讀傾向，作了很透徹的分析，但在參考書目的舉例上，幾乎都是英美出版的讀物譯本，當然，這是因為此項調查是由美國哈克博士的研究翻譯過來的結果；但我們衷心地希望，能有一份針對中國故事或中國童話的調查，以徹底了解中華兒童適合閱讀的「中國童話」的類型和適合的程度。

# 第二節　研究方法

## 一、研究對象

本論文之受測對象包括：台北縣三峽鎮某私立幼稚園中班及大班、某公立小學部分學童，板橋市、樹林鎮兩所才藝中心之作文班學童，以及某私立大學企管系二年級之學生。〔註4〕取樣過程：由幼稚園、小學、大學之不同年齡層的男女受試者中，以兩個年級為一個年齡組：

〔註4〕 此次受測對象為台北縣三峽鎮私立小樹曲幼稚園中班及大班、三峽鎮成福國民小學部分學童、板橋市立達補習班、樹林鎮紅蘋果才藝中心作文班學童以及東吳大學企管系二年級學生。

1、中班（四歲左右）至大班（六歲左右）。

2、國小一、二年級：七歲至八歲左右。

3、國小三、四年級：九歲至十歲左右。

4、國小五、六年級：十一歲至十二歲左右。

5、大學二年級。

受試者之性別、年齡及人數表：見附表（一）、（二）。

在選取年齡範圍時，因本論文認為「童話」狹義之閱讀對象在四至十二歲之間，因此在受試學童的選擇上，以此為範圍。而在選擇對象「居住城鄉」的考慮上，本擬採城鄉之比較，但因取樣人數較少，而且現各小學之圖書極為普遍，故將板橋、樹林、三峽三區之受試兒童混合計量。

幼稚園之人數較少，因在取樣時，發現幼童在做集體調查時效果奇差，而且在認知上的變數太大，與其它年齡層相較之下，可信度降低許多，故以抽樣方式行之，取每班之五、十、十五、二十、二十五號兒童，做個別測驗，以提高測試結果的可信度。

另外，在大學二年級學生的測試部分，因大部分的人除了特殊因緣之外，所閱讀的童話，大多停留在青少年以前，因此希望藉時代的變異，來了解近十年前後，兒童在童話書籍閱讀習慣上的差異。

## 二、研究工具

本研究以「中、西洋童話調查表」為工具（見附件一），分為三個部分：

第一部分：西洋童話。在故事的選取上，以適於兒童且具有普遍性為主，參考葛琳的「兒童心智發展、閱讀傾向、及參考書目表」〔註5〕及《安徒生童話》、《格林童話》中較著名的故事。第十八——其它，則由兒童自由填寫。

第二部分：中國古代童話。包括古籍存在童話及民間口傳童話，但為了瞭解兒童閱讀的習慣，亦包括了少數的非童話故事。由故事的來源可分為：一至三寓言類、四至六神話類、七至九傳說類、十至十二民間故事、十三寶物故事、十四至十六愛情故事、十七鬥法故事、十八至十九孝順故事、二十至二十一鬼故事、二

---

〔註 5〕 同註 1，頁 8～11。

十二奇遇故事、二十三至二十五動物故事。

第三部分：你喜歡哪一類的故事？可複選。藉此了解兒童喜好故事的傾向。

## 三、實施過程

在實施上，主要是調查表的填寫，填寫時，若有不了解處，則由施測者加以解釋。民國八十一年三月中，首先對幼稚園中班及大班實施問卷，原採全體共同進行方式，但因幼童對調查表缺乏一對一之填表概念，無法達到預期效果，只好被迫放棄，改採抽樣個別調查方式。

小學部分，因國民學校自有其現行規章，筆者無法親自執行調查，只好將解說部分逐條記錄下來，委由受試班級老師代為解說，但有小部分問卷未填寫基本資料，則捨之。

在大學部分，特別要求受試學生，盡力回憶在小學階段讀過或聽過的故事，且需知故事之內容，斷不可以故事名稱熟悉，則予以勾選。

## 四、資料處理

在資料設計之初，本以一、「男女」、二、「年齡」、三、「城鄉」為標的，因此資料填寫不清者，皆捨之。剩餘之有效問卷，以不同之性別、年齡組以及資料來源之不同，分項統計之，並計算出各題及各類閱讀過人數的百分比。見附表（一）、（二）、（三）

# 第三節　結果與討論

本節將就資料分析之結果，分別討論年齡、性別、故事類別不同時，結果的差異，並針對這種差異加以討論。

## 一、年齡不同的受試結果與討論：

1、由測試結果顯示，國小部分的受試學童，在中國童話方面，隨著年齡的增加和閱讀的多寡成正比，年齡愈高，所讀過或聽過的故事就愈多，理所當然地，這是排除遺忘後應有的正常結果。但西洋童話則呈不規律狀態，但各年級百分比皆相當高，由此可知受試學童對西洋童話閱讀的普遍性。至於四年級受試學童的平均百分比又居各年級之冠，可

能與班上之讀書風氣或級任老師之閱讀引導有關。

2、幼稚園受試學童聽過或看過中西洋童話的百分比，都比小學受試學童的百分比高。其可能原因有：

(1) 學齡前兒童在幼稚園中之時間，由師長自由運用，學童經由師長、錄音帶、錄影帶、電視⋯⋯等，獲知故事的機率大為提高。

(2) 幼稚園以趣味性為教學之重要竅門，故幼童有更多「聽或看故事」的機會，而國小低年級的學童，已有既定之「四育並進」教學目標，加上以往聽過的故事，可能會遺忘，故有此一現象。

3、大學二年級受試的學生，在中國童話部分的百分比，介於國小中年級到高年級之間，西洋童話則介於低年級至中年級之間（中、高年級相近），因此並無法確定因時代的差異，其中可能產生之改變。因經過八至十年後，記憶的變因亦極大，甚至有些受試者已經過更長之年歲，極有可能已遺忘了許多，而且測試結果的數據差異不是很大，故無法做出判斷。

## 二、性　別

以國小部分而言，各年級男生所讀過的童話，皆比女生所讀過的比例要高，而有趣的是，在西洋童話部分，除了二年級男生的百分比高於女生之外，其餘皆是女生高於男生。探討其原因可能有二：

1、中國童話的種類繁多，冒險性亦較強，而小男生較勇於嘗試閱讀不同類型之故事。

2、西洋童話中，較多唯美之幻境描述，更能吸引小女生的喜好。

除了國小部分之外，作文班受試兒童及大學生受試學生之男女比例，差異過於懸殊，故不採其數據以作比較。

## 三、故事類別

1、中西洋故事類別之比較：讀過西洋童話的百分比，都要比中國童話的百分比高出十至二十個百分點以上，因此可知兩者顯示之結果差異頗大。

2、中國古代童話中又細分為許多類別，由結果無法判別出哪一類之百分比較高或較低，但可統計出三、五、七、十六、十八、二十、二十二、

二十四普遍較低，其中「蠶的由來、梁山伯與祝英台、董永賣身葬父、宋定伯賣鬼、桃花源」都是中國很有價值的童話，卻佔較低之閱讀率，殊為可惜。

3、喜好之類別：由國小部分的結果顯示，第八類的「鬼故事」拔得頭籌，遠遠超過其它各類型的故事。

# 第四節　結論與建議

## 一、結　論

　　現代兒童由於經濟的繁榮及傳播事業的發達，可以享受更良好之學習環境，以及豐富之教學材料，也可以經由各種不同之管道，看到或聽到各種類型的童話，確實是身為現代兒童的一大福音。

　　由本研究對受試幼稚園、小學、大學所得之結果，配合研究目的，得到以下的主要發現：

1、國小學童，讀過或聽過中國童話的百分比，隨年齡之增加而增加。

2、讀過或聽過西洋童話的百分比，普遍較中國童話高多。

3、對國小學童而言，男生閱讀中國童話之比率略高於女生，女生閱讀西洋童話之比率略高於男生。

4、大學二年級學生測試之結果，未如預期差異之大，難以斷定因時代之不同，能產生顯著之差異。

5、對國小學童而言，「鬼故事」的吸引力，遠勝過其它各類型的故事。

## 二、建　議

　　筆者在作這份研究之前，尚未讀過有關之實際調查工作的報告，因此在測試之時，僅能依個人之需要擬定「調查表」、選取樣本，再藉由「調查分析」之相關資料，進行資料之處理，因此多有缺失，在此對於有關之研究方向，提出以下幾項建議：

1、在樣本方面：本研究之受試對象偏向同一地區，因此可能影響到研究資料之代表性。若能擴大受試之選樣層及受試數，必更能增加研究之成效。

2、在研究工具方面：除了「調查表」之外，可兼及受試學童之家庭經濟環境、父母之學歷及學童本身之學業成就，或可作更深入之分析比較。

3、尋求更佳之計算方法：因本研究之「調查表」較為簡略，所欲知之結果亦較為單純，故只採取百分比之計算方法，且未加進變因之計算公式。若研究目的要求增加時，應採取更科學、更精確之計算公式，才能獲得更具公信力之有效支持。

4、實務上之應用：由本研究結果可知，中國童話之搜集及刊行是非常需要的，除了附屬於成人的中國民間故事之外，中華兒童需要有屬於他們自己的「中國童話」，選取及改寫的過程，可能極為浩繁，但卻是極有意義的，盼有心人士能大刀闊斧，為中國童話開展出一條燦爛多彩的道路，引導中華兒童浸沐其中。

## 附表（一）

| 學　校 | 年　級 | 有效人數 | 西洋童話 | 中國童話 |
|---|---|---|---|---|
| 成福國民小學 | 一男 | 20 | 40.88% | 32.20% |
| | 一女 | 19 | 60.06% | 31.36% |
| | 二男 | 17 | 56.41% | 34.36% |
| | 二女 | 20 | 62.65% | 26.20% |
| | 三男 | 21 | 83.76% | 47.40% |
| | 三女 | 18 | 77.47% | 38.88% |
| | 四男 | 21 | 88.53% | 54.28% |
| | 四女 | 20 | 90.53% | 48.72% |
| | 五男 | 21 | 84.06% | 56.60% |
| | 五女 | 18 | 89.53% | 55.12% |
| | 六男 | 27 | 77.59% | 66.96% |
| | 六女 | 16 | 93.00% | 73.00% |

## 附表（二）

| 學　　校 | 年　　級 | 有效人數 | 西洋童話 | 中國童話 |
|---|---|---|---|---|
| 作文班 | 一二 | 27 | 73.20% | 43.12% |
| | 三四 | 36 | 83.82% | 54.00% |
| | 五六 | 34 | 93.77% | 72.12% |
| 幼稚園 | 中班 | 10 | 63.53% | 54.80% |
| | 大班 | 10 | 81.18% | 62.80% |
| 大　　學 | 企二 | 34 | 84.78% | 34.28% |
| 所有國小部分綜合 | 一二 | 103 | 62.41% | 43.80% |
| | 三四 | 124 | 85.52% | 73.20% |
| | 五六 | 116 | 82.35% | 65.72% |

## 附表（三）

| 年　　級 | 一二 | 三四 | 五六 | 平均 |
|---|---|---|---|---|
| 有效人數 | 103 | 124 | 116 | 343 |
| 成語故事 | 25.24% | 30.65% | 37.93% | 31.23% |
| 歷史故事 | 23.30% | 39.52% | 53.45% | 39.03% |
| 偉人故事 | 24.27% | 34.68% | 42.24% | 33.73% |
| 愛情故事 | 26.21% | 20.16% | 36.21% | 27.53% |
| 孝順故事 | 41.75% | 58.87% | 58.62% | 53.06% |
| 鬥法故事 | 38.83% | 48.39% | 51.72% | 46.30% |
| 鬼故事 | 72.82% | 79.03% | 90.51% | 80.77% |
| 動物故事 | 41.78% | 43.66% | 60.86% | 45.375% |

# 附件 《中國古代童話》調查表

《中國古代童話》調查表

調查對象：幼稚園中班至國小六年級

學校：　　　年級：　　　姓名：　　　□男□女

1、你(妳)看過或聽過以下哪些故事？請打勾。

1□三隻小豬　　2□小鹿斑比　　3□小飛象
4□桃太郎　　　5□白雪公主　　6□睡美人
7□小飛俠　　　8□拇指姑娘　　9□灰姑娘
10□小紅帽　　11□青蛙王子　　12□醜小鴨
13□人魚公主　　14□賣火柴的小女孩
15□木偶奇遇記　　16□小人國歷險記
17□鞋匠與小矮人
18 其他：

1□愚公移山　　2□畫蛇添足　　3□朝三暮四
4□女媧補天　　5□洪水故事　　6□后羿射日
7□鹽的由來　　8□門神的故事　　9□大禹治水
10□田螺姑娘　　11□月下老人　　12□虎姑婆
13□聚寶盆　　14□牛郎織女　　15□白蛇傳
16□梁山伯與祝英台　　17□孫悟空大鬧天宮
18□董永賣身葬父　　19□目連救母
20□宋定伯賣鬼 21□漁夫和水鬼 22□桃花源
23□螞蟻報恩　24□九色鹿 25□忘恩負義的狼
26 其他：

2、你(妳)喜歡哪一類的故事？

1□成語故事　　2□歷史故事　　3□偉人故事
4□愛情故事　　5□孝順故事　　6□鬥法故事
7□鬼故事　　　8□動物故事
9 其他：